농담의 세계

| 휴먼앤북스
뉴에이지 문학선 **10**

조중의 지음

1판 1쇄 발행 | 2010. 1. 27

발행처 | **Human & Books**
발행인 | 하응백
출판등록 | 2002년 6월 5일 제2002-113호
서울특별시 종로구 경운동 88 수운회관 1009호 (우110-775)
기획 홍보부 | 02-6327-3535, 편집부 | 02-6327-3537, 팩시밀리 | 02-6327-5353
이메일 | hbooks@empal.com

값은 뒤표지에 있습니다.
ISBN 978-89-6078-083-5 03810

휴먼앤북스
뉴에이지 문학선 **10**

농담의 세계

조중의 장편소설

Human & Books

• 작가의 말

정치와 나는 상관이 없는 사이였다.
어느 날 철이 들어보니, 정치는 내 의지와는 무관하게 내 안에 자리하고 있었다. 이 녀석이 어떻게 내 안에 들어온 것일까? 놈은 창자 속 기생충같이 어엿하게 살아 있었다. 정치란 그런 것인가 보았다. 이놈을 어찌할까? 고민 끝에 비틀기로 했다. 정치와 정면 대응하느니 우리 집 강아지와 진지한 대화를 나누는 편이 훨씬 쉬울 것이라고 믿었다. 뚱딴지같은 소리로 들릴지 모르겠지만, 그 결과가 이 소설이다.
뒤돌아보니 불만투성이다. 퇴고하면서 몇 번이나 낯을 붉혔다. 정치를 비꼬겠다는 의욕에 치어 문장이 이토록 박색해져도 좋은가 하는 자책에 며칠 밤을 고민하기도 했다.

그럼에도, 이 글이 타락과 위선의 정치를 해체하고 작은 진실의 마음들을 소생시킬 수 있는 작은 초석이 될 것이라는 믿음만은 확고했다. 현실의 실과 상상의 바늘로 농담의 세계를 수놓으면서 나는 행복했다.

뒤돌아보니 나는 참 우둔한 사람이었다. 쉰 살에 겨우 여기에 도달했다. 밥벌이의 고단함을 핑계 댈 생각은 추호도 없다. 순전히 나의 옹졸함과 게으름 탓이다. 이상과 현실 사이에서 갈팡질팡하는 사이 여기까지 오고야 만 것이다. 스스로의 결단으로 한 발짝도 걸어 나가지 못한 채……

어쨌든 나는 바보다. 변병의 여지가 없다. 바보는 이제 텅 빈 자리로 걸어가 그 안에서 고독하게 죽었다가 새로 태어나든지, 꽉 찬 세상 속으로 들어가 쪽박을 차고 헤매든지, 결단을 내려야 한다. 그 시간이 성큼성큼 다가오고 있다.

그나마 한 가닥 희망은, 바보도 똑똑해질 수 있다는 사실이다. '시련은 바보도 똑똑하게 만든다'고 일러준 사람은 에라스무스다. 속담대로라면 나는 똑똑해질 가능성이 있다. 나에게 이런저런 시련이 다가와 물풀처럼 잠시도 가만있지 못할 것이 분명하기 때문이다. 그래도 속단하기는 이르다. 오늘의 현자가 내일은 바보가 되고, 내일의 바보가 모레는 현자가 되는 고리의 순환을 간과할 수 없기 때문에……

첫 장편소설이다. 독자들에게 당당하기 위해 마음이 곤고하고, 약하고, 바보 같은 사람이 되어야겠다. 그러지 않으면 지금까지 살아온 날들처럼 여전히 갈팡질팡할 것이기 때문이다.

이미 떠나버린 기차를 바라볼 때면 아쉬움이 가시지 않는 법. 나는 다시금 기차를 타기 위해 여행 가방을 꺼내 먼지를 훅훅 분다. 구둣솔을 꺼낸다. 구두코를 문질러 눈이 부시도록 광을 낸다. 해는 중천이고, 나는 다시 길을 나선다.

2010년 1월, 조중의

차례

작가의 말 5

이무기가 발견됐다고? 11
비곗덩어리 37
질투 49
야망과 욕심의 이중주 83
주먹과 돈 109
유령 130
테러 151
2시간 24분 동안의 키스 166
매미 소리 179
폭로 208
투표 235
느티나무의 수난 254
굿바이, 유령 271
사망 원인 282
작별과 출발의 사이 295

7월 6일 • 맑음 • 폭염, 오존경보 • 최고기온 43℃

이무기가 발견됐다고?

1

마트를 나왔을 때, 그들은 거의 동시에 훅, 하고 숨을 몰아쉬었다. 에어컨이 가동 중인 실내와는 달리 바깥 지하주차장은 열풍으로 달아올라 있었다. 숨쉬기조차 힘들었다. 천장에 매달린 실내등 아래로 둥둥 떠밀려 다니는 먼지가 분해된 고온성 미생물처럼 보였다. 지하주차장 C12 구역은 찜통 속과 다를 바 없었다.

"외출을 금지하라는 방송 들었어요?"

윤도영이 승용차를 세워둔 C12 구역으로 걸어가면서 말했다. 벌써 두 번째 똑같은 말을 되풀이하고 있었다. 열풍이 어둠 속 이곳저곳에서 게릴라처럼 불쑥 튀어나왔다. 뜨거운 바람이 스칠 때마다 전기난로에 덴 듯 살갗이 후끈거렸다.

이무기가 발견됐다고?

"오존 경보가 내려졌으니까, 자동차 운행도 중단시킬 거예요."

그가 투덜댔다. 더위를 잘 참지 못하는 체질 때문이기도 했지만 식을 줄 모르는 폭염이 밤낮 기승을 부리자 신경이 날카로워져 있었다. 그의 셔츠 옆구리 주변으로, 흘러내린 땀이 구불구불 검은 지도를 그려놓고 있었다.

이강란은 짙은 아이보리색 손수건으로 이마에 흐르는 땀을 조심스럽게 훔칠 뿐, 남자의 불평에 대해 대꾸하지 않았다.

"섭씨 40도를 넘기 시작한 지가 벌써 두 달째잖아요! 이대로 가다가는 오존중대경보가 발령될 거라고요. 그런데도 바깥출입을 금지하라는 말뿐이잖아요? 오존농도가 0.5피피엠을 넘으면 어찌되는 줄 아세요? 학교는 문을 걸어 잠그고, 노인들이나 어린이들은 바깥활동을 중단해야 해요. 노약자나 어린이들은 기관지하고 폐, 그러니까 호흡기 기능이 약해져 떼죽음을 당할 수도 있어요. 기억나요? 2003년 여름에 유럽을 덮친 폭염으로 노인들이 3만 명이나 질식사했다고요. 하긴, 언제 그런 일이 있었냐는 듯 까맣게 잊혀지고 말았지만 그 비극은 엄연한 현실이었거든요."

윤도영은 지하주차장의 공기가 답답한 듯 푸, 하고 입바람을 불었다. 그는 기상대가 지금 벌어지고 있는 이상고온현상에 대해 '이변'이라는 표현을 사용하지 않고 있다는 사실에 화를 냈다.

"도시가 불타버린 뒤에야 기상이변이라고 인정할 건가?"

기상대는 예고도 없이 들이닥친 최악의 폭염과 가뭄이 기상이변이라는 데 동의하지 않았다. 기상이변이 아니라 엘리뇨 현상에 따른 파장이라고 단정했다. 그 때문에 한국과 일본, 중국 등 동북아시아 지역에 평년에 비해 고온현상이 나타나고 비가 내리지 않고 있는 거라는, 판에 박힌 분석만 내놓았다.

이강란은 쇼핑 가방을 트렁크에 넣고 나서 손바닥으로 바람을 부쳤다. 얼굴이 창백했다. 이마로부터 볼을 따라 몇 올의 머리카락이 흘러내렸다. 윤도영이 손을 내밀어 그녀의 흘러내린 머리카락을 위로 넘겨주었다.

"지쳐 보이는군요."

그는 서둘러 지하주차장을 빠져나가야겠다고 생각했다.

"몇 시에 도착하죠?"

그녀가 물었다.

윤도영은 스케줄을 기억해냈다. 박수종 의원이 공항에 도착하는 시간에 맞춰 가야 했다. 시내에서 공항까지는 30분이 걸렸다.

"6시 40분요."

"시간이 많이 남았네. 바람 좀 쐐요."

그녀가 손목시계를 보았다.

윤도영이 차를 운전했다. 지하주차장을 빠져나오자 강렬한 태양빛이 차창을 녹여 버리기라도 할 듯 달라붙었다. 차창 밖은 낯선 도시라고 여겨질 만큼 눈부신 햇빛에 덮여 있었다. 반짝거리는 빛이 동공을 자극했다. 사방이 검게 보였다. 빌딩의 그림자는 유독 검어서

이무기가 발견됐다고?

해가 비치는 곳과 대비를 이루었다. 검은 기름과 흰 모래를 연상시켰다. 흑과 백의 단조로운 도시가 지독히 조용했다. 가로수는 시들시들 말라붙어 있던 잎사귀마저 떨군 채 겨울 가지처럼 앙상했다. 생경한 풍경이었다.

이강란이 선글라스를 썼다. 남자도 선글라스를 꺼내 눈부신 태양빛을 가렸다. 승용차는 공항과는 반대 방향인 강변도로를 따라 달렸다. 에어컨 바람이 나오면서 다소 기분이 나아진 남자가 휘파람을 불었다. 그러나 휘파람은 이내 멎었다. 그의 기분을 잡친 것은 바닥을 드러낸 강이었다. 강물은 석 달 전부터 급속히 줄어들기 시작했다. 가뭄과 고온이 겹치면서 하루가 다르게 수위가 낮아졌다. 그리고, 어느 날 갑자기 강물이 사라져 버렸다. 땅속으로 스며들고 대기 속으로 증발했다. 물이 사라진 강바닥은 흉측했다. 푸른 물이 자취를 감춘 강은 길고 긴 뱀의 몸뚱어리가 빠져나가고 남겨진 허물처럼 끔찍했다. 윤도영은 껍질만 남은 강바닥을 바라보다가 버릇처럼 또다시 입바람을 푸, 하고 불었다.

윤도영이 그녀의 손을 가만히 쥐었다. 작은 손이 부드러웠다. 그는 약간의 불안감 때문에 저도 모르게 그녀의 손에 힘을 주었다. 재앙이 가까이 다가온 것인지도 모른다. 초봄에 한여름처럼 섭씨 30도가 넘는 고온현상이 나타났었다. 6월로 들어와서는 섭씨 40도를 넘어버렸다. 고온뿐이 아니었다. 비는 벌써 3년째 내리지 않고 있었다.

"모두들 눈이 멀었어요. 이건 분명히 재앙이라고요! 안 그래요? 3

농담의 세계

월에 기상관측 이래 최고기온을 갈아치웠잖아요? 6월 낮 최고기온이 40도라니 말이 돼요? 기온은 자꾸 올라만 가고, 비는 내리지 않고……. 그래도 재앙이 아니라고 우기겠죠? 어느 날 갑자기 불구덩이로 변하고 나서야 재앙이라고 인정하겠죠?"

윤도영은 흥분했다.

"문제는…… 누구도 다가오는 재앙을 막아낼 방법을 찾지 못한다는 거겠죠?"

이강란이 차창 밖으로 고개를 돌렸다. 구불구불 말라붙은 강바닥이 햇빛을 받아 모빌처럼 번들거리고 있었다.

"막을 방법이 없고 대책이 없다고 해서, 지금 일어나고 있는 재앙이, 재앙이 아니라고 속여서는 안 되잖아요. 그건 더 나쁜 것 아닌가요?"

"두려운 거예요. 믿고 싶지 않은 거겠지요."

"암묵?"

"맞아요. 암묵."

윤도영이 이맛살을 찌푸렸다.

그가 갑자기 자동차의 속도를 줄였다. 바닥이 드러난 강바닥에 한 무리의 시민들이 보였다. 그는 차창 밖으로 그들을 살폈다. 강바닥에 모여든 시민들은 무엇인가를 발견한 듯, 서로 실랑이를 벌이고 있었다. 한 소년이 몰려든 사람들에게 뭐라 소리치고 있었다. 궁금했다. 섭씨 43도의 뜨거운 태양빛과 오존경보에도 아랑곳하지 않고 사람

이무기가 발견됐다고?

들이 몰려 있다니…….

"말라붙은 강바닥에 사람들이 몰려 있다는 게 이상하지 않아요?"

"사고가 분명해요."

이강란이 선글라스를 벗으며 말했다.

윤도영이 자동차를 갓길로 붙인 뒤 시동을 껐다.

밖으로 나오자 달구어진 검은 아스팔트의 열기가 몸을 감쌌다. 얼굴이 달아올라 참기 힘들 정도였다. 강바닥 쪽에서 흙먼지가 일었다. 열풍이 불 때마다 강바닥을 쓸어대듯 누런 먼지가 피어올랐다. 강은 이미 사막이나 다를 바 없었다. 말라비틀어진 잡풀 사이로 자갈과 모래가 얼룩말처럼 드러났다. 비가 내리지 않아 갈라터진 논바닥 같았다.

그는 비탈진 방천을 따라 내려갔다. 풀대가 꺾이고 흙이 흘러내리면서 먼지가 풀풀 피어올랐다. 숨이 막혔다.

2

모여든 사람들을 향해 소년이 가리킨 곳은 늪지대 아래쪽으로 드러난 바위틈 사이의 좁은 동굴이었다. 검회색의 앙금과 진창으로 뒤덮인 움푹 꺼진 바위 동굴 입구에 거무튀튀한 물체가 보였다. 징그럽기도 했고 무섭기도 했다. 말라붙은 강바닥을 구경하던 어른 몇몇이 소년의 진지한 외침을 외면할 수가 없어 아무런 기대도 없이 강으로 내려가 물이 사라진 늪의 바닥을 건너갔다. 그들은 진흙에 덕지덕지 덮여 있는 괴상하게 생긴 물체의 꼬리를 잡아당겼다. 흉물스러운 고기는 손에서 미끄러지기만 할 뿐 꿈쩍도 하지 않았다. 어른들은 이놈이 엄청 큰 물고기가 분명하다며 흥분해서 외쳤다.

"수백 년 묵은 잉어일지도 몰라!"

"꼬리 모양이 돌연변이 된 신종 메기가 영락없구먼!"

잉어냐 메기냐를 두고 논란을 벌일 분위기가 아니었다. 주변에 있던 구경꾼들이 너나할 것 없이 달라붙어 꼬리를 잡아당기기 시작했다. 그러나 물고기의 꼬리는 꿈쩍도 하지 않았다.

어른들은 궁리 끝에 시내 목공소로 달려가 전기드릴과 밧줄을 트럭에 실어왔다. 드릴로 꼬리의 복판을 뚫은 뒤 밧줄을 꿰매어 90여 명의 어른과 소년, 부녀자까지 합세해 길게 늘어서서는 줄다리기를 하듯 잡아당기기 시작했다. 비좁은 바위 동굴에 들어가 꼬리만 남겨 놓고 있던 정체불명의 괴물이 서서히 움직이기 시작했다.

사람들은 처음 얼마 동안은 이 도시가 생긴 이래 최고로 기록될 대어(大魚)를 잡은 것이라 여겼다. 그러나 그런 생각은 곧바로 수정해야 했다. 밧줄에 묶여 끌려오는 물고기의 길이가 어마어마한 데다 몸통의 크기 또한 믿을 수 없을 정도로 굵었다. 물고기는 끝도 없이 길었다. 아무리 잡아당겨도 끝이 나지 않았다. 도대체 이놈의 물고기가 동물인지 괴물인지, 슬슬 두려움이 밀려왔다. 아무튼, 밧줄을 잡

이무기가 발견됐다고?

아끌던 90여 명의 어른과 소년 그리고 아낙네들은 방천 위로 올라와 둑길을 따라 계속 뒷걸음질해야 했다. 망할 것! 괴상망측한 괴물의 머리가 바위 동굴에서 쏙, 빠져나왔을 때 가까이 있던 사람들이 비명을 질렀다. 길이는 22미터, 굵기가 1.9미터, 머리에 달린 뿔의 높이가 49.2센티미터인 죽은 이무기였다. 그것을 본 한 아낙네가 눈을 하얗게 뒤집더니 벌러덩 뒤로 나자빠졌다.

"이무기다!"

맨 처음 강바닥에서 이상한 동물을 발견했던 소년은 얼굴 가득 경악과 감탄과 호기심으로 얼룩진 표정을 하고는, 새로운 발견을 전파하는 선각자와 같은 기분에 사로잡혀 흙먼지 날리는 둑길을 따라 도심 쪽으로 달려가면서 외쳤다.

"이무기가 나타났어요! 이무기!"

소년은 그날 오후 내내 땡볕이 작열하는 도심 상가와 주택가, 아파트 단지, 이 골목 저 골목을 뛰어다니며 이무기가 나타났다고 외치다가, 목이 쉬고, 눈이 가물가물해지더니, 낯이 박처럼 새파랗게 변해 끝내 정신을 잃고 말았다. 섭씨 43도의 펄펄 끓는 태양 아래서 빗물을 맞은 듯 땀을 뿌려대며 무려 3시간 28분을 쉬지 않고 달렸으니……. 소년이 죽지 않고 기절한 것은 그나마 하늘이 도왔기 때문이라는 것이, 말라붙은 강 절벽 아래 바위 동굴 속에서 이무기를 끌어냈던 90여 명의 어른과 부녀자와 노인들의 공통된 생각이었다.

시민들은 이무기가 발견된 장소, 그러니까 바닥이 드러난 강의 위

농담의 세계

치가 평소 강물이 넘쳐흐를 때는 커다란 소(沼)가 있던 자리라는 것을 알았다. 이 강의 허파와 같은 기능을 하는 곳이었다. 물고기의 아가미처럼 모든 것을 빨아들이고 내뿜으면서 맑게 걸러낸다고 생각했던 자리였다. 더러워진 강을 정화시키는 아주 중요한 역할을 하는 곳이라 여겼다. 그렇다고 늘 좋은 것만은 아니었다. 세상의 이치가 그렇듯이, 낮과 밤이 있는 것처럼 좋은 일 뒤에는 나쁜 일이 그림자처럼 생겨나기 마련이었다.

소는 깊이를 잴 수 없을 만큼 깊기도 하거니와 검은 강물이 쉬지 않고 휘감아 돌고 있어 이곳에 한번 빠졌다 하면 퉁퉁 부어오른 송장이 돼 며칠 뒤 소리 없이 물 위로 떠올랐다. 그래서 오돌오돌 소름이 돋도록 무서운 늪이기도 했다.

강이 말라붙자 대대로 전해져 내려오던 비밀도 하나 둘씩 깨져버리고 말았다. 질퍽질퍽한 강바닥을 들여다본 사람들은 얼굴을 메주처럼 일그러뜨리며 실망했다. 명주실 한 타래는 고사하고 빨랫줄을 걸어두는 장대 높이도 안 되는 깊이였다. 신성하게 여겨온 늪의 바닥은 녹슨 통조림 깡통에다가 빨간 라면봉지, 깨진 플라스틱 바가지, 썩은 생리대, 콜라병 따위로 지저분했다. 강바닥은 진흙으로 곤죽이 된 쓰레기 천국이었다.

어쨌든, 신비로움과 두려움을 모두 지닌 전설 속의 이무기가 바닥이 드러난 강 아래 좁은 동굴에서 발견된 것이었다. 윤도영과 이강란은 지저분한 강바닥에서 노인들의 입으로만 전해오고, 판타지 영

이무기가 발견됐다고?

화 속에서나 볼 수 있었으며, 국어사전에나 나오던 전설 속의 이무기가 말라죽은 채 발견된 것을 두 눈으로 똑똑히 보았다.
"도대체 뭐가 뭔지 모르겠어요. 기상이변에다가 이제는 생전 처음 보는 이무기까지 등장했네요."
윤도영이 혀를 찼다. 강바닥에서 바람이 일더니 한차례 흰 먼지를 쏟아냈다. 도로 위로 날려 올라온 먼지를 피해 윤도영과 이강란이 고개를 숙였다.

3

시장 이수는 시내 중심가인 번영대로에 자리한 동주시(東州市) 시청사 3층 집무실 창가에 서서 녹아내리는 검은 아스팔트를 바라보았다. 한 대의 트럭이 느린 속도로 흐늘거리는 아스팔트 위를 달려가고 있었다. 허연 털이 푸석푸석 일어난 죽은 닭을 짐칸 가득 실어 나르는 트럭을 보며 코를 움켜쥐었다. 이마의 굵은 주름살이, 길게 이어진 아스팔트 위의 바퀴자국처럼 욱실거렸다. 썩는 냄새가 도로에서 32미터나 떨어진 시장 집무실까지 날아와 역겹게 풍겨댔다. 속이 울렁거렸다. 헛구역질이라도 하듯 몇 차례 기침을 토했다.
이수는 예기치 못한 기상이변에다가 일주일 앞으로 다가온 동주시 제6대 시장을 뽑는 선거까지 겹쳐 몹시 혼란스러웠다. 야당인데도 여당보다 의석수가 많은 보통시민자유민주공화당―약칭 '보민당'이라 불리는―의 추격이 만만치 않았다. 자칫 이번 지방선거에서 낙선될지도 모른다는 두려움이 온몸을 진저리치듯 떨게 만들었다.

이수는 자신이 참정치민주개혁미래창조평화대통합신당―약칭 '참민통'으로 통하는―이라는 정당 역사상 가장 긴 당명을 보유한 집권 여당 소속의 동주시 시장이지만 현실은 여당의 프리미엄과는 거리가 멀다는 점에 절망했다.

경찰서장인 정만영은 노골적으로 야당 후보인 조팔개를 지지하고 있었다. 보민당 동주시지구당 위원장인 박수종 국회의원이야 자기 당 공천 후보인 기호 1번 조팔개를 지지하는 것이 당연한 것이지만, 공직자 신분인 경찰서장 정만영의 처신은 이해할 수 없기도 하거니와 괘씸했다.

이수는 경찰서장을 공직자 사전불법선거운동 혐의로 선거관리위원회에 고발하려고 했지만 막상 이렇다 할 결정적인 물증과 단서가 없었다. 지능적이고도 교묘한 방법으로 조팔개의 선거운동을 도와주는 경찰서장 정만영은 경계 대상이자 요주의 인물인 골칫거리였다.

보수우파 야당인 보민당, 그러니까 보통시민자유민주공화당 쪽에서는 외롭기 짝이 없는 진보좌파 집권당인 참민통, 그러니까 참정치민주개혁미래창조평화대통합신당 소속의 이수 시장을 기필코 낙선시키겠다는 각오로 똘똘 뭉쳐 있었다. 그뿐이 아니었다. 동주시의 토호세력들은 국회의원 박수종과 시의회 의장이자 시장 후보이기도

이무기가 발견됐다고?

한 조팔개가 주도하는 보수 신경제주의의 기치 아래 시청사를 접수하겠다며 혈안이었다. 그 와중에 폭염은 도시를 불태워 버릴 듯 맹렬한 기세로 덤벼들고 있었다. 시민들은 지구의 종말이 다가오고 있는 건지도 모른다는 일말의 두려움에 떨면서, 폭염에 지칠 대로 지쳐 있었다. 시장을 뽑는 선거 이야기가 나오기라도 하면, "선거가 있다고요? 누굴 새로 뽑나요?" 하고 냉소적이었다.

심상치 않은 폭염은 선거를 앞둔 현직 시장에게 불리하기 짝이 없는 악재였다. 기상이변은 시정을 책임지고 있는 시장에게는 언제 날아올지 모를 부메랑 같은 치명적인 무기일 수도 있었다. 이수는 콕콕 찔러대는 편두통 때문에 두 알의 아스피린을 삼키고는 눈을 감았다. 그에게 가장 필요한 것은 휴식이었다.

그때 비서실장이 들어와 아들 명구가 기절했다는 사실을 보고했다.

"아드님이 졸도했답니다."

이수는 자리에서 벌떡 일어났다. 조금 전까지 콕콕 쑤셔대던 편두통이 말끔히 사라지더니 이내 가슴이 답답해져 숨을 제대로 쉴 수가 없었다.

"졸도라니? 아니 어린애도 졸도를 하나?"

이수는 얼떨떨했다. 아들 명구가 기절을 할 이유가 뭔가? 놀란 시장에게 비서실장이 다가가 귀엣말을 했다.

"목숨에는 지장이 없답니다."

농담의 세계

이수는 목숨에 지장이 없을 만큼이라면 도대체 얼마나 위험한 상황에 처했다는 것인지, 입이 바싹 말랐다. 이수는 서둘러 아들이 입원해 있는 시립보건소로 향했다. 차에 올라 눈을 감자 벌써 십몇 년이 지난 과거의 일이 너무나 또렷하게, 마치 엊그제 일처럼 생생하게 떠올랐다.

이수는 결혼을 했지만 자식이 생기지 않았다. 절망 속에서 18년이라는 긴 세월을 보낸 뒤 44살 되던 해 여름, 기적처럼 아들을 얻게 됐는데, 그가 바로 명구였다.

이수는 아이를 갖지 못하는 아내에게 온갖 비방을 다 써보았다. 전국 곳곳의 유명하다는 양의사와 한의사를 찾아다니며 처방을 받아봤지만 아내의 자궁은 조용했다. 이수는 자신에게 문제가 있을지도 모른다는 두려움에 부들부들 떨면서 생식기능에 대한 정밀진단을 받아보았지만 멀쩡했다. 정자는 매일 수억 마리씩 잘도 만들어졌고, 녀석들은 그의 남근에서 분수처럼 뿜어져 나와, 섭씨 36.5도의 옥문을 거쳐 난자가 숨어 있는 나팔관을 따라 쏜살같이 헤엄쳐갔다. 아내의 나팔관 속에 숨어 있는 난자까지 도달하는 건강한 정충만도 3천여 마리 정도는 되고도 남았지만 정작 수정되는 정자는 없었다.

그럼 아내가 문제인가? 천만의 말씀이었다. 아내에게서도 불임의 원인을 찾아낼 수 없다는 진단이 나왔다. 매달 배란이 일정했고 난자는 건강하게 만들어졌지만 정자를 받지 못해 그만 시들시들 녹아내렸다. 이수와 그의 아내는 결국 17년 동안, 정자는 난자를 향해 헤엄을 치다 지쳐 죽고, 난자는 정자의 거친 파도에 깨어질 날을 기다리다 삭아 내리는, 불행한 세월을 보내야 했다.

　결혼한 지 18년째 되던 해 봄, 유난히 진달래 빛깔이 붉었던 어느 날 이수는 명리학에 통달했다는 동주시 남쪽 어래산 골짜기의 우보(愚步) 선생을 찾아갔다가 그만 감복하고 말았다.

　―물에서 나셨구만요!

　우보는 이수의 사주를 천천히 훑어보고 나서는 대뜸 그렇게 말했다. 이수는 우보를 향해 눈알을 올빼미처럼 모은 채 벌어진 입을 다물지 못했다. 그의 출생에 얽힌 비밀을 알고 있는 사람은 이수 자신과 택호가 양동댁이라 불렸던 어머니 둘뿐이었다. 그런데, 그 비밀을 우보가 알아맞힌 것이었다.

　이수가 태어난 곳은 뜨끈뜨끈한 산방이 아니라 방천 너머 물줄기가 검은 구십천 강물이었다. 초복 더위가 극성이던 1955년 7월. 만삭의 몸을 한 양동댁은 출산에 앞서 마지막으로 목욕을 해둬야겠다는 생각에 옷장을 열어 속속곳을 챙겼다. 어둠이 내려오자 습한 대기가 여물어 가는 포도 빛으로 변하기 시작했다. 양동댁은 주섬주섬 속속곳과 단속곳까지 챙겨들고는 강으로 나갔다. 은하수가 강물에 어려 은빛으로 출렁대며 흘러가고 있었다. 양동댁은 끈적거리는 이마의 땀을 손바닥으로 훔쳐내면서 옷가지를 하나하나 벗어내고는 부풀대로 부푼 배를 두 손바닥으로 떠받친 채 강물로 들어갔다.

　기분이 좋았다. 이제 이 목욕이 출산을 앞두고는 마지막이 될 것이라고 여겼다. 그런데 아뿔싸, 그때 산통이 시작됐다. 드넓은 강에 혼자 놓인 양동댁은 사람 살려, 하고 목이 메도록 소리쳤지만 그 소리는 강물 소리와 강변을 따라 빽빽하게 늘어선 미루나무 잎사귀가 바람에 흔들리는 소리에 막혀 방천 너머 동네까지 날아가지 못했다. 양동댁은 잔뜩 겁에 질려 강물에 몸을 담근 채 아이를 낳아야 했다. 달리 해볼 방법이라고는 없었다. 몇 번의 산통과 비명 끝에 질 밖으로 나온 시뻘건 갓난애는 터진 양수를 따라 나오자마자 만난 첫 세상, 자궁처럼 미지근한 강물에 자연스레 헤엄을 치며 움직였다. 양동댁은 어금니를 짓이겨 탯줄을 자르면서 눈물을 쏟았다. 양수 냄새를 맡은 강물 속의 메기, 뱀장어, 잉어, 가물치, 쏘가리, 자라 등이 한꺼번에 몰려들어 양동댁의 양수와 탯줄 사이를 비집고 다니며 난리를 피웠다. 놀란 그녀가 손을 뻗어 징그러운 물고기들을 쫓아내려 했지만 역부족이었다. 양동댁 주위를 까맣게 둘러싼 물고기 떼가 비늘을 번쩍이며 물 위로 소리 내어 뛰어오르기도 하고 꼬리로 물살을 치기도 하면서 그녀의 벌거벗은 맨 궁둥이와 허벅지와 뱃살 사이로 미끄러져 다녔다. 양동댁은 물속을 유영하며 유유히 돌아다니는 갓난아기를 붙들기 위해 허둥댔다. 갓난것은 우글거리는 물고기 속에 뒤섞여 함께 놀기라도 하듯 자유자재로 움직였다. 양동댁은 강물 속의 물고기 떼 사이에서 씨름을 하다시피 해서 겨우 갓난애를 건져 올려 품에 안고는 부랴부랴 집으로 돌아왔다.

　동네 사람들은 산발한 머리에 흠뻑 젖은 옷차림으로 뻘건 살덩이

이무기가 발견됐다고?

를 품에 안고 돌아온 양동댁을 보고 기겁을 했다. 머리카락과 치맛자락 끝으로 채 마르지 않은 검은 강물이 뚝뚝 떨어져 내리고 있었다. 양동댁은 갓난애를 남편에게 맡기자마자 눈을 하얗게 뒤집으며 기절하고 말았다.

아들의 이름은 물에서 났다 하여 수(水)로 지어졌다. 어린 수는 강물만 보면 앞뒤 가리지 않고 엉금엉금 기어들었기 때문에 양동댁은 물가에라도 나갈라치면 너무 긴장한 나머지 머리카락이 뻣뻣이 서버렸다. 양동댁은 잠시라도 아들에게서 눈길을 뗄 수가 없었다.

이수가 3살 되던 해 여름에는 그가 강물에 빠져 한동안 자취를 감췄다가 돌연 물속에서 불쑥 올라온, 믿지 못할 사건이 벌어졌다. 양동댁은 그때 어린것이 물에 빠져 죽은 줄 알고 발을 동동 구르다 정신을 잃었다. 주위에 있던 동네 장정들이 어린것의 시신이라도 찾아보겠다며 강물로 뛰어들었다. 그때 기적이 일어났다. 세 살배기 수가 물에 빠져 자취를 감춘 지 약 30여 분이 지났을 때 보글보글 물방울을 일으키며 강물을 헤집고 올라온 것이었다. 어린 수는 강물을 가르며 유유히 헤엄을 치다가는 또다시 물속으로 잠영을 해 들어가 10분쯤 뒤에 다시 나오고는 했다.

양동댁은 아들의 혼령이 몇 번의 무색계를 거쳐 이생까지 오는 동안 어느 시기인가는 분명 물고기였을지도 모른다고 생각했다. 그러나 그것을 믿지는 않았다. 자존심이 용납하지 않았다. 자기 뱃속에서 나온 아들이라는 강한 집착이 물과의 관계를 의도적으로 부인하게 했다. 그러면서도 한편으로는 그것을 믿어야 할지, 아니면 믿지 않아야 할지 스스로도 헷갈렸다. 인체 구조가 어떻게 생겼기에 물속에 들어가 30분씩이나 끄떡없이 버티는 것인지 이해할 수가 없었다. 양동댁은 그해 여름밤 구십천 강물 속에서 아들을 낳는 순간, 과학적으로는 설명되지 않는 어떤 불가사의한, 물과 생체 사이의 변환작용이 일어남으로써 포유류인 아들의 폐와 심장 기능이 살짝 바뀐 것일 수도 있다고 막연히 위안을 했다. 폐의 구조가 바뀌어 고래처럼 된 것이거나 파충류의 거북이처럼 물속에서도 숨을 쉴 수 있게 된 것이라 여겼다.

—아, 아니…… 어떻게…….

이수가 자신의 출생에 얽힌 비밀을 꿰뚫어 본 우보 선생을 향해 말을 더듬대자 그가 껄껄껄 웃었다.

—아들이 하나 있긴 있는데, 처사님의 공덕이 모자라서 세상에 나오지 못하는 겁니다.

이수의 눈이 번쩍 떠졌다. 자신의 출생에 얽힌 비밀을 신통하게 알아맞힌 데 대한 신뢰감 때문이었을까. 우보는 결혼한 지 18년째가 되도록 갖지 못한 아들을 얻을 수 있다고 장담했다. 우보는 백일기도를 권했다. 이수는 아들을 낳기 위한 백일기도를 흔쾌히 받아들였다. 자신의 출생 내력을 족집게처럼 알아맞히는 신통력을 지닌 선생이라면 믿을 수 있다는 것이 그의 판단이었다. 이수는 그 후 아내와 함께 하루 한 번 우보를 찾아가 백일기도를 올리면서 마음과 몸을 정결하게 했다. 백일기도가 시작되면서 어쩌다 한 번씩 가졌던 부부관계도 완전히 중단했다. 그리고 정해진 때를 기다렸다. 아내의 난소에서 성숙한 난자가 생겨나는 은밀한 밤이 오면 이수는 우보가 적어준 시간을 정확히 기다렸다가 아내의 뽀얀 배 위에 올라가 조심스레, 가슴이 두근거리는 소리를 들으며, 벌써 젖기 시작한 아내의 은밀한 옥문을 연 뒤, 아들을 갖게 해주세요, 라고 읊조리듯 기도를 했다. 그러면 뜨끈뜨끈한 애액이 흘러내리기 시작한 옥문을 살포시 열어준 아내도, 저도요, 하고 이수의 귀를 간지럽게 빨면서 맞장구를 쳤다.

이윽고 아들을 낳고 싶다는 열망에다, 우보의 처방, 아니 가르침을 따라 오랫동안 중단했다 재개한 부부관계의 불같은 욕정이 더해져, 옥문을 연 사람이나 열어준 사람 모두 금방 이성을 잃고, 소리를 지르고, 신음을 내뱉고, 방언을 하는 사람처럼 알아듣지도 못할 헛소리를 마구 씨부렁거리며, 열락의 세계를 향해 발사된 로켓 같은 스피드로, 뜨겁게 달아오른 맨몸뚱어리를 부둥켜안고, 죽어도 좋아, 죽어도 좋아, 하고 합창을 하다가 끝내 둘 다 정신을 잃고 말았다.

62일이 지나자 거짓말처럼 아내의 배가 볼록해졌다. 기적이 일어난 것이었다. 그리고 정확히 9개월 반인 290일째 되던 날 밤에 아내의 옥문이 크게 열리면서 아들이 태어났다. 이수는 귀한 아들의 이름을 오래오래 살라는 뜻으로, 목숨이 아홉 개라는 명구(命九)로 지었다. 늦둥이 명구는 이수에게 유일한 희망이었고 활력이었다.

그런 아들이 이글이글 타오르는 태양 아래서, 섭씨 43도의 달아오

농담의 세계

른 대기 속에서 졸도를 한 것이었다.

4

기상대는 낮 기온이 섭씨 43도를 넘기자 오존중대경보와 함께 폭염경보를 발령했다. 대기 중의 오존 농도가 0.5피피엠을 넘어서면서 비상이 걸렸다. 동주시 정부는 시민들에게 자동차 운행을 금지시켰다. 급한 볼일을 보기 위해서는 자전거를 이용해야 했지만 자전거를 타고 가다 길바닥에 쓰러져 의식을 잃은 시민이 줄을 이었다. 교육청은 무기한 휴교에 들어갔고, 병원과 보건소는 24시간 비상진료체제에 들어갔다.

이미 바닥이 말라붙은 동주시의 구십천은 마른 갈색 이끼와 회색 앙금으로 덮여 바람이 불 때마다 하얀 먼지를 날렸다.

시민들은 600년 만에 닥친 재앙이라며, 모래와 자갈 사이로 마른 잡초가 무성한 강의 황량한 풍경을 바라보았다. 강이 바짝 말라붙은 것도, 낮 기온이 43도를 넘긴 것도 기상관측이 시작된 이후 처음이었다. 시민들의 낯이 하얗게 식어 달처럼 창백했다.

'염병할, 하필이면 왜 지금이야!'

이수는 시장 선거를 앞둔 중요한 시기에 덮친 가뭄과 폭염을 원망했다. 현직 시장에게는 기상이변이 악재면 악재지 결코 호재일 수는

이무기가 발견됐다고?

없었다. 비서실장이 시립보건소를 향해 달리는 시장의 관용차 안에서 폭염과 가뭄이 연일 기승을 부리면서 시중에 떠돌고 있는 얼토당토않은 소문에 대해 보고를 했다. 이수는 옆 자리에 앉은 비서실장이 "구십천에는 옛날 옛적부터 이무기 한 마리가 살고 있었다는데요……" 어쩌고저쩌고 하면서, 그야말로 황당한 말을 떠듬대는 소리를 듣다가 흘끔 쳐다보았다. 비서실장이 움찔 놀라는 기색이 농담은 아닌 듯했다. 오히려 난처해하는 표정을 짓고 있어, 도대체 이자가 무슨 말을 꺼내려고 저리 호들갑을 떠는 것인지, 그냥 듣기로 했다.

비서실장이 "저, 좀 웃기는 얘기 같아도 무시하지 마시고, 끝까지 들어 주셔야겠습니다" 하고는 손바닥으로 입술을 훔쳤다.

"자네답지 않게 웃기는구만."

시장이 눈을 감았다. 비서실장이 헛기침을 한 번 내뱉고 나서 말문을 열었다.

"가뭄과 폭염을 견디다 못해 무지막지하게 큰 이무기 한 마리가 땡볕에 말라 죽었다는 소문입니다. 강아지가 풀 뜯어먹는 소리와 진배없는데요, 그런데 그 소문이 동주시내에 쫙 퍼졌습니다."

비서실장의 보고는 흥미로웠다. 이수가 절로 입술을 가르며 콧방귀를 뀌듯 흥, 소리를 냈다. 흥미롭다 못해 호기심, 더 나아가 신비함까지 느껴져 그는 귀를 쫑긋했다.

"이무기가 나타났다고? 대단하구만. 그래서 어찌됐소? 군부대가 출동이라도 했나?"

농담의 세계

비서실장이 이마의 땀을 훔쳐낸 뒤 생수병을 들어 벌컥벌컥 마셨다. 냉소적이긴 해도 평소와는 달리 시시콜콜한, 들으나 마나한 소문까지 죄다 듣고자 하는 시장의 변화된 자세를 확인하고는 눈을 동그랗게 떴다. 비서실장이 이곳저곳에서 주워들은 소문을 종합적으로 정리해 놓은 메모지를 뒤적이며 떠벌리기 시작했다.

　"그사이 번개와 천둥을 동반한 폭우가 한차례라도 퍼부었더라면 이무기는 그렇게 턱없이, 형편없이 죽지 않았을 거라는 겁니다. 굵다란 빗줄기와 물보라와 강력한 상승기류를 타고 하늘로 올라가, 먹구름 속에 숨어 강원도 어느 깊은 골짜기나 강으로 풍덩, 하고 들어갔더라면 목숨을 부지했을 거라는 얘깁니다. 그렇게 지내다가 동주시의 가뭄이 끝나고 예전처럼 비가 내려 강물이 불어나면, 다시 먹구름을 타고 돌아와 검은 구십천으로 들어가 버리면 그만 아니었겠냐는, 뒤늦은 해결책까지 나돌고 있습니다. 나 원, 젠장……, 시장님, 좀 웃기죠? 그런데 그런 믿거나 말거나 식의 소문이 우스꽝스런 상상만으로 만들어진 것이 아니라는 사실입니다. 시장님도 용오름에 대해 들어보셨죠? 시장님도 보셨을라나? 그 왜 언젠가 텔레비전에 회오리바람처럼 구름기둥이 생기면서 구불구불 이동하는 것을 보셨잖습니까? 그게 바로 용오름인데요, 전문가들은 용오름의 과학적인 현상을 이해할 수만 있다면 구십천에 살던 이무기가 폭우, 그러니까 강력한 상승기류를 타고 하늘로 올라가는 일은 식은 죽 먹기만큼이나 쉬운 일이라고 떠벌린답니다. 입가로 허연 침을 거품처럼 부글부글 밀어

내며 나발을 불어댄다니까요, 글쎄!"

　비서실장이 따발총처럼 몰아붙이던 보고를 잠시 멈추고는 한숨을 길게 내뱉었다. 차창 밖으로 메마른 도심을 불태워 버릴 듯 이글거리는 태양이 보였다. 행인은 뜸했다. 구간 구간마다 철시한 도시처럼 사람이 보이지 않는 곳도 있었다. 숨을 고른 비서실장이 손바닥으로 이마에 맺힌 땀을 닦아낸 뒤 다시 생수병을 입에 물었다. 그는 시장이 허무맹랑하다고 무시할 가능성이 매우 높은 자신의 보고를 중단시키기라도 할까 봐, 재빨리 눈치를 보고는 서둘러 이무기 이야기를 이어갔다.

　"용오름을 직접 보았다고 장담하는 노인네가 있는데, 그 영감탱이에 대해 알아보니까, 몇 년 전 정년퇴직을 하고 지금은 경로당과 게이트볼장에 출입하며 소일하는 전직 초등학교 교장이더라고요. 그 간간하기도 하고 쩨쩨한 영감탱이가 어찌나 전문가처럼 쟁쟁대며 나발을 부는지, 그 소리를 듣는 사람마다 벌어진 입을 다물지 못하는 겁니다, 글쎄! 그 영감탱이 왈, 검은 구름덩어리 아래로 일직선의 기둥이나 깔때기 모양의 구름기둥이 세찬 회오리를 일으키며 땅에서 멍석처럼 말아 올려지는데, 이때 땅에 있는 양동이며 세숫대야며 바가지는 말할 것도 없고, 짐승 그러니까 뭐냐, 그래, 쥐며 닭이며 고양이며 염소며 개새끼까지도 초속 80 내지는 90미터의 강력한 상승기류를 타고 하늘로 딸려 올라가는 거여, 하고 회오리를 일으키듯 손바닥을 마구 흔들어대는 겁니다. 그러면 주위에 있던 사람들은 마치 자

농담의 세계

신들이 하늘로 끌려 올라가기라도 하는 듯 서로 붙들고 발바닥에 힘을 주느라 용을 쓰는 겁니다. 영감탱이는 유식한 척 온갖 전문용어까지 동원해 모두를 기절이라도 시키겠다는 듯 신 나서 지껄이는데, 박사나 교수 정도라면 모를까 어지간한 식자들은 홀딱 넘어가겠더라고요! 영감탱이는, 그러니까 용오름이 생기지 않아 구십천의 이무기가 말라 죽었다는 헛소문이 헛소문만은 아닌 겨, 엉뚱한 우스갯소리가 아닐 수도 있는 겨, 하고는 은근히 겁을 주는 겁니다."

비서실장은 이제 허풍스러운 소문과 동향 보고에 이어 마지막 결론을 내리겠다며 침을 꼴깍 삼키고는 입술을 오므렸다.

"에, 죽은 이무기의 출현설에 무게가 실리고 있는 직접적인 근거로는 3년 전 봄 이후 천 일 가까이 비가 거의 내리지 않았다는 기상학적 현상이 한몫하고 있기 때문입니다. 구십천의 이무기는 그사이, 적어도 한 번은 시퍼런 번개가 강물을 찌르고 어마어마한 천둥이 물보라를 일으키며 세찬 빗줄기를 퍼부을 것이라고 기대를 했던 것인데, 용오름은커녕 마른 땅의 흙먼지조차도 가라앉힐 수 없는, 채송화 씨만 한 가랑비가 몇 방울 떨어진 것이 고작이었으니! 제기랄……. 이무기는 결국, 끝내, 기어이, 강물이 줄어들어 바닥이 드러나기 시작하자 비참한 최후를 맞이한 것이다, 이것이 동주시내에 퍼진 이상한 소문의 요지입니다."

시장 이수가 한심하다는 듯 피식 웃었다. 그렇게 웃기만 할 뿐 대꾸하지 않았다. 대꾸할 가치도 없었지만 힘도 없었다. 비서실장은 시

이무기가 발견됐다고?

장의 심기를 살피느라 눈알을 이리저리 굴려댔다. 이수는 비서실장으로부터 전해 들은 전설의 동물 이무기와 용오름과 승천과 사망…… 등등으로 잠시 스트레스가 풀린 듯했지만 어딘지 모르게 기분이 찝찝하고 가슴이 답답했다.

그때 휴대전화의 벨이 울렸다. 경찰서장 정만영에게서 걸려온 전화였다. 이수는 기진맥진해서 경찰서장의 용건을 듣다가 갑자기 얼굴이 발개지기 시작했다. 거의 실성한 사람처럼 버럭 소리 질렀다.

"씨발! 그런 유언비어를 퍼뜨리는 놈들을 모조리 잡아들여야 하는 거 아니요? 선거를 앞두고 가뜩이나 민심이 흉흉한데, 이무기가 말라 죽었다니, 말이 되는 소리요? 아가리로 방귀를 뀌지……. 빌어먹을!"

시장은 수화기 저편의 경찰서장에게 신경질적으로 쏘아붙였다. 그러나 경찰서장으로부터 두 번째 이야기를 전해 듣고는 안색이 설익은 살구처럼 파랗게 변하고 말았다. 서장이 시중에 나도는 모든 소문을 확인한 결과 사실이라고 우겼기 때문이었다.

"속고만 사셨나요? 사실이라니까 그러시네! 구십천에, 내 생전 처음 보는 이무기란 놈이, 이무긴지 괴물인지는 나중에 조사해 봐야겠지만……, 뻗어 있는 것을 두 눈으로 똑똑히 확인하고 돌아오는 길입니다. 시장님도 가보세요. 믿을 수 없는, 이거야말로 황당하기 짝이 없는, 그러나 너무나 엄연한, 해괴망측한 사달이 벌어졌다니까요! 세상에 이무기가 어데 있습니까? 시장님, 안 그래요? 그런데 말로만 듣던 그놈이 지금 강바닥에 떠억, 죽어서 나자빠져 있단 말입니다! 그리고, 말 나온 김에 한마디 합시다. 그, 씨발, 씨발 하는 욕지거리 자꾸 하실 겁니까! 시장님이 체통도 지키셔야지……. 니기미, 욕이 들어가야 품격이 선다는 법이라도 있소! 시청 직원들이 뭐라겠습니까!"

"사돈 남 말 하고 자빠졌네. 이봐요, 정 서장! 쓸데없는 걱정 말고, 강바닥에 뻗어 있다는 이무기나 잘 지키쇼!"

이수는 휴대전화 폴더를 신경질적으로 닫은 뒤 비서실장의 무릎 위로 내던졌다.

5

"의사! 의사!"

이수는 시립보건소에 도착하자마자 담당 의사를 찾았다. 담당 의사 대신 나온 보건소장 손춘호는 별로 대수롭지 않은 일이라는 듯 허연 비듬이 군데군데 붙어 있는 뒷머리를 긁적거리면서 더위에 지친 얼굴을 찡그렸다. 세수를 며칠째 하지 않아 개기름이 줄줄 흘러내렸다. 하얀 화장지로 문지르기라도 하면 검은 땟국이 시커멓게 묻어나올 것처럼 지저분했다. 그가 얼굴을 일그러뜨리며, 별일 아니라는 듯 시큰둥하게 대답했다.

"별 탈 없습니다. 섭씨 43도라는 말도 안 되는 폭염 속에서 3시간 28분을 달리고도 멀쩡한 사람이 있다면, 그 사람이 오히려 이상한 겁니다. 그러니까 기절하는 것이 정상이란 말씀이죠."

헷갈리기는 했지만, 졸도한 외아들 명구가 정상이라는 보건소장의 대답에 벌떡벌떡 뛰던 이수의 가슴이 가라앉기 시작했다. 이수는 보건소 직원들이 중구난방으로 떠벌리는 시시콜콜한 무용담을 듣고 나서야 강바닥에 모습을 드러냈다는, 황당한 이무기 사건의 구체적인 전말을 비로소 실감할 수 있었다. 동행한 비서실장으로부터 아들 명구의 헌신적인 활동상을 전해 듣고는 눈시울이 뜨거워지기까지 했다.

침상에 누워 있는 명구를 보자 괜히 서러운 마음이 들었고, 불쌍해 보였다. 그는 동주시를 이끄는 위엄 있는 시장이기도 했지만 내면을 들여다보면 자기 연민이 강한 사람이었다. 그래서 졸도한 아들의 모습을 보자 지나온 인생역정에서 겪어야만 했던 숱한 고난과 시련과 외로움과 슬픔과 기쁨이, 꽃봉오리 터지듯 한꺼번에 떠올라 그만 훌쩍이고 말았다.

얼마 후 아들이 눈을 뜨자 이수는 땀으로 축축해진 아들의 머리카락을 쓸어 올려주며 "내 아들, 내 아들……" 하고는 더 이상 말을 잇지 못하고 울먹였다.

7월 7일 • 구름 조금, 박무 • 최고기온 42℃

비곗덩어리

1

윤도영이 눈살을 찌푸렸다.

새벽에 울린 전화벨 때문이었다. 밤이 돼도 기온은 여전히 식지 않았다. 곧 날이 밝아올 텐데도 섭씨 30도였다. 지독한 열대야가 이어지면서 잠을 설쳤다. 그렇잖아도 평소 불면증으로 고생을 해온 그의 머릿속은 최근 들어 밤만 되면 이런저런 잡념들이 은하수처럼 와글거렸다.

그는 침대에서 일어나 에어컨 스위치를 켜는 대신 책상 위에 놓여 있는 부채를 들었다. 에어컨 바람도 이제 진력이 났다. 창문을 활짝 열어 놓았지만 바람 한 점 들어오지 않았다. 뜨겁게 달구어진 바람이 창문을 타고 뱀처럼 스르르 넘어와 그의 눅눅해진 살갗을 핥았다. 진득거리는 땀을 말리기 위해 부채를 더욱 세게 흔들었다. 전화벨이 벌써 대여섯 차례 울렸다. 벽시계가 새벽 4시 30분을 가리키고 있었다.

깊은 새벽, 윤도영에게 아무렇지도 않게 전화를 걸어올 수 있는 사람은 박수종 의원뿐이었다. 박수종은 초선 국회의원인데도 막강한 국가권력의 실세였다는 점이 인정돼 당에서 만장일치로 정세분석위원장으로 추대한 인물이었다. 그를 정세분석위원장으로 추대하는 데 반대를 할 만큼 간이 큰 국회의원은 없었다.

윤도영은 박수종 의원의 보좌관이었다. 보좌관이 되기 전 그는 날아가는 새도 떨어뜨린다는 국가안전기획부장 박수종의 수행 비서였다. 얼마 지나지 않아 박수종이 보통시민자유민주공화당의 공천을 받아 국회의원에 당선되자 덩달아 보좌관으로 변신한 것이었다. 젊은 윤도영은 박수종을 권력의 상징으로 보았다. 그런 그를 충심으로 추종했다. 그를 보좌하는 일을 숙명으로 알았고 자부심도 가졌다.

윤도영은 전화를 받기 전 헛기침을 두어 번 내뱉어 목청을 가다듬었다. 박 의원에게 피로한 음색을 보이지 않으려는 배려 때문이었다.

"여보세요?"

무거운 새벽 공기를 깨뜨린 전화벨의 주인공은 박수종 의원이 아니었다. 뜻밖에도 어제 오후 마트에서 쇼핑을 보고 공항까지 함께 갔던 이강란이었다. 그녀는 무엇인가에 몹시 놀란 듯 떨고 있는 것 같았다. 목소리가 불안정했다.

"의원님이 숨을 쉬지 않아요!"

농담의 세계

"숨을 못 쉰다고요? 목에 뭐라도 걸렸단 말입니까?"

윤도영은 박 의원이 숨을 쉬지 못한다는 그녀의 급박한 호소에 목에 걸린 견과류나 찰떡을 떠올렸다. 그러나 경솔하고 무책임하게 떠올린 생각은 그녀의 참담한 목소리로 인해 곧 사라지고 말았다. 그녀는 두려움과 낭패감, 그리고 슬픔으로 뒤섞인 복잡한 심리상태인 것 같았다.

"이 양반이 죽은 것 같아요."

"돌아가셨다고요?"

윤도영은 불과 6시간 전, 그러니까 지난밤 10시 손수 집까지 동행했다가 돌아온 박수종 의원이 숨을 거두었다는 사실이 믿겨지지 않았다. 송수화기를 귓바퀴와 어깨 사이에 끼운 채 더듬더듬 담배 케이스를 찾았다. 손이 후들후들 떨렸다. 폭염과 가뭄에다가 이무기의 출현까지 더해 지칠 대로 지친 윤도영은 박수종 의원이 죽은 것 같다는 이강란의 다급한 목소리가 거짓말처럼 들렸다. 거짓이 아니라면 꿈을 꾸는 것이겠지…….

평소 불면증으로 고생을 해온 윤도영은 요 며칠 맥이 풀리고 가슴이 울렁거려 밤새 한숨도 자지 못하고 부엉이처럼 부리부리한 눈을 껌뻑대고 있었다. 열대야의 눅눅한 대기가 불면을 더욱 부채질해 심신이 피곤했다.

"살아 있다는 것이 너무 우습네요. 그 양반이 죽었다는 것이 실감도 안 나네요. 거짓말 같죠? 하긴 눈물도 안 나오는 걸요."

비곗덩어리

이강란의 맥 빠진 목소리를 들으며 윤도영은 라이터를 켰다. 불을 댕겨 담배를 빨았다. 이마 가득 주름을 만들었다. 믿을 수가 없어 고개를 갸웃거렸다.

"혹시, 의원님께서 지금 깊이 주무시고 계신 거 아닙니까? 어제 오후 공항에서 내려 댁에 도착했을 때까지도 멀쩡했잖아요."

이강란은 대답 대신 흐느껴 울기 시작했다. 윤도영은 그제야 새벽 4시 30분에 걸려온 한 통의 전화가 한때 국가 최고 권력기관인 국가안전기획부의 수장을 지낸 보통시민자유민주공화당 국회의원 박수종의 임종을 알리는 부고임을 깨달았다.

나의 주군께서 간밤의 짧은 순간, 어이없게 숨을 거두셨다!

윤도영은 너무 뜻밖이어서 믿기 힘들었지만 인정해야 했다. 예기치 못한 사고가 분명했다. 그는 흐느끼고 있는 이강란에게 지금 곧 달려가겠노라고 말한 뒤 전화를 끊었다.

그는 박수종 의원의 집이 있는 동주시 남쪽 청수동을 향해 차를 몰면서 백미러 속에 비친 푸석푸석한 얼굴과 빨간 눈동자가 너무 낯설어 자꾸만 쳐다보았다.

2

박수종은 숨이 멎어 있었다. 가느다란 깃털을 코 아래 들이댔지만 미동도 하지 않았다. 맥은 멎었고 체온도 싸늘했다. 윤도영은 즉시 보통시민자유민주공화당 중앙당 사무처에 전화를 걸어 당직자에게 박수종 의원의 사망 사실을 보고했다.

"조금 전 새벽 4시 30분에 보통시민자유민주공화당 동주시지구당 위원장인 박수종 국회의원께서 작고하셨습니다. 사인은 아직 밝혀지지 않았지만 아마 심장마비인 것 같습니다. 자세한 내용은 추후 보고하겠습니다."

박수종의 주치의인 내과의사 윤 박사가 연락을 받고 달려왔다. 50대 중반의 안경을 낀 비쩍 야윈 사람이었는데 깐깐하고 신경질적으로 보였다. 그가 박수종의 써늘한 가슴에 청진기를 댔다. 허둥대거나 긴장하는 기색이 전혀 없었다. 냉정함으로 똘똘 뭉쳐 있는 전형적인 의사였다. 어찌 보면 무성의하고 형식적이었지만 의사의 진단이라는 것이 감정과는 별개인 만큼 그런 태도와 자세를 이러쿵저러쿵 평가할 것은 아니었다. 윤 박사는 잠시 진료를 하고 나더니 고개를 가로저었다.

"심근경색입니다. 이럴 경우 어쩔 수가 없어요. 천하장사라도 당해낼 재간이 없어요. 과로에 스트레스가 원인입니다."

윤 박사는 덤덤한 투로 사인(死因)을 전하면서 땀에 젖어 이마 위로 들러붙은 머리카락을 쓸어 올렸다. 몹시 피곤해 보였다. 그는 사망 진단을 내린 뒤 이곳에서 자신이 더 이상 해야 할 일이 없다는 듯 슬그머니 밖으로 나가버렸다.

비곗덩어리

아직 해가 뜨지 않았다. 한여름이라 밤은 짧았지만 동이 트려면 30분쯤 더 기다려야 했다. 더위는 식지 않았다. 동틀 무렵이 됐는데도 기온은 내려가지 않았다. 여전히 푹푹 쪘다. 짜증스러운 열대야 때문에 박수종 의원의 뜻하지 않은 돌연사가 실감 나지 않았다. 슬픔의 농도도 얕았다.

날이 밝자 보통시민자유민주공화당 동주시지구당 사무국장과 당원들이 가장 먼저 도착했다. 뒤를 이어 박수종의 추종세력이자 옛 부하들인 국가안전기획부 동주시지부 조정관과 핵심 요원들이 들이닥쳤다. 표정이 딱딱하고 머리카락이 짧은 국가안전기획부 요원들은 도착하자마 박 의원의 사인부터 확인했다. 박수종이 피살을 당했을 수도 있다는 듯, 모든 가능성을 열어놓고 시신 곳곳을 살폈다. 그들 몸에 밴 체질 탓이기도 했다. 그러나 외상은커녕 팔과 다리에 멍 자국 하나 없이 깨끗했다.

오전 7시. 박 의원의 부인 이강란과 보좌관 윤도영 그리고 지구당 사무국장과 총무부장, 안전기획부 동주시지부 조정관이 한자리에 모였다. 그들은 박수종의 시신을 시립병원으로 옮겨 그곳에서 장례를 치르기로 결정했다. 장례의식은 국회사무처의 지침에 따르기로 했다. 그럴 경우 전례에 따라 국회장이 될 것이 확실했다.

윤도영은 시립병원장에게 전화를 걸어 앰불런스를 보내달라고 요청했다. 앰불런스는 10분도 채 지나지 않아 도착했다. 윤도영은 지구당 사무처 직원들을 시켜 박수종의 시신을 수습해 거두도록 했다. 산

천초목도 떨고 날아가던 새도 겁에 질려 제풀에 떨어질 만큼 무서워 한다는 국가안전기획부장을 지냈고, 국회 정세분석위원장에 거대 보수야당인 보민당 동주시지구당 위원장인 박수종 의원도 죽어서는 한낱 딱딱한 비곗덩어리에 불과했다.

3

윤도영은 박수종의 비곗덩어리 시신을 보는 순간 슬픈 감정보다도 가슴이 꽉 막히는 답답함 때문에 괴로웠다. 일주일 앞으로 바짝 다가온 동주시 시장 선거가 골칫거리였다.

박수종은 보민당 소속의 동주시의회 의장 조팔개를 차기 시장에 당선시켜야 한다는 신념이 확고했었다. 그는 자신의 지역구인 동주시에 보수우파 출신이 아닌 집권당 소속의 좌파 이수 시장이 시정을 이끌고 있는 것을 몹시 불만스러워했다. 이번 선거에서는 반드시 자신이 공천한 보민당 후보, 건전한 보수 성향에 실물경제에 밝고, 침체된 지역경제를 되살릴 조팔개를 시장에 당선시켜야 한다는 각오였다. 보좌관 윤도영이 보기에 박 의원은 조팔개를 차기 동주시장에 당선시켜야 한다는 강박감과 집착에 빠져 안절부절못하며 초조해할 때도 있었다.

반면 참정치민주개혁미래창조평화대통합신당 소속의 욕쟁이 시장인 이수는 꿈쩍하지 않았다. 오히려 박수종 의원을 만나기만 하면 졸부에 무식꾼인 조팔개가 동주시장에 당선됐을 경우 동주시에 미칠 심각한 파장에 대해 목이 쉬도록 설명했다. 어디 그뿐인가! 건전한 보수우파 야당이라는 보통시민자유민주공화당이 그런 형편없는 졸부를 신경제주의의 신봉자이자 진정한 중도 보수주의자로 탈바꿈시켜 동주시장 후보로 공천한 것에 대해서도 침을 튀겨가며 맹렬히 비난했다. 이수는 박수종 의원의 귀에다 대고, 조팔개는 꼴통 보수에다가 돈밖에 모르는 무식한 개불상놈 아닌가요, 라고 비아냥거리기도 하고 은근히 다그치기도 했다.

윤도영이 보기에 박 의원은 시장 이수의 주장에 공감은 하면서도 인정하지는 않는 이중적인 자세를 취했다. 현실정치는 그만큼 냉엄한 것이었다. 거물급 정치인인 박수종은 명분보다는 실리를 택했다. 그에게는 양심도 정치적으로 이용되는 도구일 뿐이었다. 공감은 하지만 결코 인정하지 않는 이중적인 잣대를 작동시켰다. 그 때문에 국회의원 박수종과 시장 이수 사이에는 보이지 않는 신경전과 노골적인 마찰이 벌어졌다.

박수종 의원은 이수가 진보좌파 진영이 급조하다시피 만든 참민통의 공천을 받아 동주시장에 당선된 것부터가 실수라고 여겼다. 그를 찍어 준 유권자들을 탓할 수는 없지만, 박수종의 생각에는 일종의 좌파 광기가 폭풍처럼 몰려오면서 시민들의 변별력이 잠시 아둔해졌거나 마비된 탓이라고 해석했다.

어쨌든 동주시장에 당선된 것은 좌파의 이수였다. 문제는 그가 좌파든 우파든 정치이념을 떠나 지역구 국회의원에게 비협조적인 것이었다. 그러나 달리 어쩔 방법이 없었다. 현직 시장이 지역구 국회의원과 시정 전반에 대해 협조해야 한다는 조항은 헌법이나 지방조례 어느 구석을 찾아보아도 나오지 않을 테니까!
 시장 이수 역시 국회의원과 마찬가지로 주민투표로 뽑히다 보니 오히려 국회의원보다 영향력이 더 세면 셌지 약하지는 않았다. 게다가 집권당 소속의 시장이다 보니 제아무리 거대 야당 출신의 거물급 국회의원이라고는 해도 호락호락 당하지 않았다.
 이 같은 둘 사이의 묘한 관계가 곧 치러질 시장 선거의 구도를 이상하게 만들어 놓았다. 박수종이 졸부에다가 무식하고, 저돌적이고, 돈밖에 모르는 조팔개를 보민당의 동주시장 후보로 내세운 것은 현직 시장 이수에 대한 반감 때문이었다. 영리한 좌파 개혁주의자 이수와 무식하고 고지식한 보수꼴통 조팔개가 다를 것이 무어냐는 식이었다. 누구나 시장 후보가 될 수 있고, 누구나 시장에 당선될 수 있다는 것을 보여주기 위한 오기였다. 박수종 의원의 그런 의도를 훤히 꿰뚫고 있는 이수는 노골적으로 불만을 드러냈다.
 ─잡놈 조팔개를 시장에 앉혔다가는 동주시가 어떻게 되는 줄 압니까! 거덜 납니다! 다 털어먹는다니까요! 제기랄, 그런 졸부 새끼를 공천한 이유가 뭡니까? 아무리 인물이 없어도 그렇지, 그 양반이 보민당 당원이라는 이유만으로 공천했다 쳐도, 시민들 생각을 해야

비곗덩어리

지요. 동주시가 조팔개 잡놈의 주식회사로 바뀌는 것을 두 눈으로 확인해야 정신을 차릴 겁니까? 의원님은 자존심도 없습니까? 이거야 원, 창피해서 고개를 들 수가 있나. 젠장, 시장 깜도 아닌 놈을 시장 후보로 공천해놓고 한판 붙으라니 쯧쯧……. 더러워서 못해 먹겠네…….

보좌관 윤도영이 듣기에도 시장 이수의 비아냥거림은 죄다 맞는 말이었다. 그렇지만 국회의원 박수종도 이수의 노골적이고 욕지거리가 범벅이 된 집중포화에 그냥 주저앉을 사람이 아니었다. 시장 이수의 지적이 조목조목 다 맞다 쳐도 결코 물러서서는 안 된다는 정치판의 기 싸움과 배짱을 누구보다 익히 터득해온 터였다.

시장 이수의 지극히 호전적인, 욕설로 얼버무리다시피 한 발언이 당황스럽고 불쾌했지만 박수종은 태연히 미소를 지으며 대세를 역전시킬 만한 한 방의 어퍼컷을 먹였다.

―조팔개가 무식하다지만, 당신보다 나을지도 모르잖소! 졸부에다가 배운 것이라고는 초등학교가 전부라서 가방 끈이 짧기는 해도 실물경제에 밝고 운수업에, 금융업에, 건설업까지 확장해 나간 성공한 기업인 아닌가요? 그가 자신의 경제적 수완과 예리한 판단력과 불도저 같은 추진력으로 동주시를 이끈다면야 굳이 정통 행정관료 출신에 엘리트라고 자랑하고, 좌파 개혁세력이라고 떠드는 당신보다야 못할 것도 없잖소? 개혁과 분배를 외치지만 정작 개혁은 뒷전이고, 빈부 격차는 더 벌어지고, 소득 분배는 제자리걸음이고, 시민

들은 못살겠다고 난리잖소! 관료들은 의욕을 잃고 우왕좌왕하고 있고, 경제는 뒷방 노인네 거시기처럼 시들시들하고 있는 것을, 조팔개라는 저돌적이면서도 수완이 대단한 인물이 나와서, 박정희 각하께서 오일륙 혁명을 했듯이 깡그리 뒤집어버릴 수도 있는 것 아니요?

박수종은 얼굴색 하나 변하지 않고 능글능글 웃어가며 시원하게 역공을 했다.

윤도영의 눈에는, 입술에 침을 발라가며 조팔개를 두둔하고는 있지만 정말로 조팔개를 신뢰하는 것인지 자신조차도 확신할 수가 없다는 박수종 의원의 이중적인 심리상태가 훤히 보였다. 그 같은 묘한 감정이 박수종의 기분을 더욱 상하게 만드는 것 같았다. 그럴수록 그는 이수를 미워했다. 이번 시장 선거에서만큼은 얼치기 좌파 시장 이수를 기필코 낙선시켜야 한다는 강박관념에 사로잡혀 있었다.

……그 같은 막중한 역할을 두 어깨에 짊어진 박수종 의원이 밤사이 한마디 유언도 남기지 않은 채, 격침시켜야 할 참민통 소속 동주 시장 이수를 그대로 둔 채 돌연사하고 만 것이었으니, 난감하기 짝이 없었다.

보좌관 윤도영은 정신을 추슬렀다. 지금이야말로 위기였다. 현명하게 대처해 나가야 할 순서를 꼽아보았다. 무엇보다도 우선은 박수종 의원의 장례였다. 제아무리 선거가 중요하다고는 해도, 모든 정치적인 문제는 장례를 치르고 난 뒤에 정리하는 것이 순서였다.

장례 절차를 조목조목 짚어 보았다. 당장 망자가 된 박수종 의원을

비곗덩어리

묻을 묏자리를 고르는 일이 급했다. 그는 천하제일의 지관으로 소문이 파다한 비학산 수천(水泉)을 찾아가기로 마음먹었다.

7월 9일 • 흐림 • 폭염경보 • 최고기온 43.2℃

질투

1

강변도로가 갑자기 몰려들기 시작한 차량들로 북새통을 이루었다. 동주시의 남북을 가로지르며 흐르는 구십천의 비좁은 방천길은 죽은 이무기를 구경하러 가는 사람들과 돌아 나오는 행렬이 뒤섞여 뿌연 흙먼지가 피어올랐다. 뭉게뭉게 떠오른 먼지가 그 일대 하늘을 구름처럼 뒤덮었다. 흙먼지는 낮 동안에는 안개처럼 떠 있다가 밤이 오면 이슬에 묻혀 말라비틀어진 개망초와 달맞이꽃 잎사귀 위에 내려앉았다.

동주시 구십천에 이무기가 나타났다는 소문이 퍼지면서 전국에서 몰려들기 시작한 구경꾼 때문에 동주시의 교통은 마비되기 직전이었다. 자가용이 줄을 이었고 관광객을 가득 실은 전세버스에 오토바이 행렬까지 가세했다. 동주시내로 진입하는 고속도로 인터체인지와 국도와 지방도까지 몸살을 앓았다.

　시장은 전혀 예기치 못한 돌발 사태에 당황했다. 강이 말라붙은 것도 골치 아픈데, 죽은 이무기가 발견되더니 이제는 구경꾼들이 장사진을 치기 시작한 것이었다.

　"대책을 세워야 하지 않소?"

　시장은 교통국장을 불러놓고 불만을 토로했다. 이맛살이 꿈틀댔다.

　"전국에서 몰려드는 차량 행렬을 무식하게, 일방적으로, 막무가내로 막을 수도 없고……. 그렇다고 뒷짐 지고 멍청히 쳐다만 볼 수도 없고……. 사정이 그렇습니다, 시장님. 이 모든 것이 망할 놈의 이무기 탓입니다. 하필 이런 때 이무기가 나타난 건지, 나 원……."

　교통국장이 변명을 하며 한술 더 떴다. 이수는 한심했다. 동주시의 교통행정을 책임지고 있는 고위 간부가 한다는 말이 고작 이 정도라니! 간부의 상황판단과 사고방식, 대처능력에 이르기까지 모든 점이 마음에 들지 않았다. 나태하고 타성에 젖어버린 탓이었다. 무능하고 무식하고 고집불통 같으니라고……. 이런 폐단이야말로 오랜 기간 동안 보수우파 시장 체제에 잘못 길들여진 탓이었다. 참았던 화가 다시 솟구쳤다.

　"당신 교통국장 맞소? 시의 교통을 책임지고 있는 국장이라면 원인을 탓할 것이 아니라 해결방안을 강구해야 하는 것 아니오? 내 말이 틀렸소? 몰려드는 자동차를 어떻게 통제할지, 뭐 이런 대응책을 내놓아야 할 양반이 이무기 탓만 하고 자빠졌네. 참말로, 못해 먹겠네…… 썅! 내가 시장 같지 않소? 그리 만만해 보입니까? 한번 붙어 볼랍니까?"

시장이 자리에서 벌떡 일어나 셔츠 소매를 걷어붙였다. 흥분한 탓에 얼굴이 발개졌다.

"도로가 막혀서 자동차가 움직일 수 없으면, 고속도로 톨게이트에 바리게이트를 쳐놓든가, 아니면 빠꾸를 시키든가 해야지……. 굴러오는 발통이라고 다 들여보내니까 시내 도로가 몽땅 주차장이 된 것 아닙니까! 이건 상식 아니오? 국장이란 양반이 그런 판단력도 없는 거요! 그러고도 지금까지 안 짤리고 국장하는 것 보면 참 대단하십니다. 대단한 철밥통이야. 하여간 보수우파들이 다 망쳐놨어, 씨발!"

시장이 손바닥으로 책상을 탕 내리쳤다. 교통국장의 무책임한 대답이 화근이 되기는 했지만, 이수의 불같은 성질은 마른 덤불로 옮겨붙은 불길처럼 순식간에 화르르 타올라 꺼질 낌새가 보이지 않았다.

"아, 아니, 요즘 세상에 굴러오는 자동차를 어떻게 막습니까? 비상계엄령이 선포됐다면 모를까……. 군부 독재시절도 아니잖아요? 경찰도 뒷짐 지고 나 몰라라 하는데 괜히 우리가 나섰다가는 몰매 맞기 십상입니다. 저라고 왜 눈치가 없겠습니까?"

교통국장의 변명도 시장의 신경질적인 핀잔만큼이나 빠르고 논리적이었다. 이수가 보기에는 형편없이 게으르고 무능한 간부지만 교통국장은 막상 공격을 당하자 재빠르게 명분과 핑계를 갖다 붙이는 재주를 드러냈다.

시장과 교통국장이 옥신각신하고 있는데 비서실장이 노크도 하지 않고 허겁지겁 들어왔다. 그의 이마 위로 땀이 송골송골 맺혀 있었다. 얼굴은 창백했다.

"큰일 났습니다!"

비서실장의 얼굴이 그새 울상이 됐다.

"또 기절했소?"

"아드님이 아니고요, 구경꾼들이…… 세상에…… 수백 명이 한꺼번에 와르르 깔려버렸습니다!"

"깔렸다고? 12. 12 때 탱크에 깔리듯 깔렸단 말이오?"

이수는 느닷없이 그 옛날 군부 쿠데타를 떠올렸다. 중앙청사 도로를 살벌하게 달려가던 탱크 소리가 들리는 것만 같아 자리에서 벌떡 일어났다. 비서실장이 손수건을 꺼내 이마의 땀을 닦아내고 나서 한 차례 숨을 몰아 내쉰 뒤 말문을 열었다.

"강바닥의 이무기를 구경하기 위해 한꺼번에 2만 6천2백 명의 성인 남자와 부녀자와 노인과 어린이들이 우글우글 몰려들면서 사달이 났습니다."

"안전사고로군. 니기미! 갈수록 태산이네."

시장이 자리에 털썩 주저앉더니 손바닥으로 이마를 감쌌다.

"말이 2만 6천2백 명이지! 글쎄, 2만 6천2백 명의 구경꾼들이 뻗어

농담의 세계

52

있는 이무기를 보려고 우르르 방천길로 몰려들다가 서로 뒤엉키면서 넘어지고, 자빠지고, 엎어지고 하면서 그만 왕창……."

비서실장이 더 이상 말을 잇지 못했다. 귀신에게라도 홀린 듯, 폭과 길이가 한정된 비탈진 방천길을 따라 이무기를 보고야 말겠다는 집념 하나만으로 꾸역꾸역 몰려온 구경꾼들이 서로 밟고 밟히는 참사를 불러온 것이었다.

"맨 뒷줄에 있던, 키가 똥자루만 한 남자가 까치발을 하고 서서 앞사람 어깨너머로 강바닥의 이무기를 보려고 용을 쓰다가, 그만 중심을 잃고 앞으로 꼬꾸라진 것이 불행의 발단이었던 것 같습니다. 그가 넘어지자 거의 다닥다닥 붙어 있다시피 서 있던 앞쪽의 뚱뚱한 아줌마가 옴짝달싹할 수 없는 발 때문에 오뚝이처럼 앞으로 넘어진 것이고, 그걸 시작으로 쿵! 쿵! 쿵! 도미노 게임을 하듯 앞쪽 구경꾼들이 차례차례 엎어지기 시작한 것입니다. 발 디딜 틈도 없이 빽빽하게 서 있던 구경꾼들이 나무토막, 아니 허수아비처럼 쓰러졌고, 방천 비탈에 서 있던 구경꾼들은 경사진 각도에 비례해 동시에 데굴데굴 굴러 내렸답니다."

비서실장은 현장에서 전해온 보고 내용을 있는 그대로 전달했다. 그리고는 이수 시장이 보다 쉽게 이해할 수 있도록 구십천으로 이어진 방천길에서의 압사사고 원인을 장황하게 분석했다.

도미노 게임에서 나무토막의 간격은 넓은 것보다 좁을수록 빠른데 이 간격은 쓰러지는 속도와 비례한다는 점부터 설명했다. 동일한

질투

폭, 동일한 두께의 도미노일 경우 높이가 높은 것이 더 빨리 쓰러진 다는 사실도 알려줬다. 특히 경사가 있을 경우에는 경사면의 차이가 도미노 강도를 높여 속도가 빨라진다는 것도 덧붙였다.

"중심보다는 위쪽을 때려야만 위력이 크다는 도미노의 과학이론 이 이번 구십천 방천길 참사에서 정확히 증명된 셈입니다!"

이수는 비서실장의 장황하고도 심각한 보고를 들으면서 생뚱맞게 도 묘한 감동을 느꼈다. 수천 명의 구경꾼들이 깔려버린 사고현장을 보고하면서 도미노 이론을 덧붙이는 비서실장의 실력은 믿음직스러 웠다. 그러나 비서실장의 보고는 끝난 것이 아니었다. 시작에 불과했 다. 그의 치밀함과 분석력을 누가 말릴 것인가!

"기원전 300년 전 마작의 고장 중국에서 시작된 상아 뼈나 나무토 막을 이용한 도미노 게임이 졸지에 인간 도미노 게임으로 변형돼, 동 주시 구십천으로 몰려든 2만 6천2백 명의 구경꾼들을 일사불란하게 쓰러트릴 줄 누가 알았겠습니까? 불쌍한 구경꾼들은 넘어지는 순간 서로의 발에 밟혀 죽을 수도 있다는 불안과 공포로, 어떻게든 그곳으 로부터 도망쳐야 한다는 생리적인 반응을 일으켜 더더욱 아수라장 으로 돌변했을 겁니다. 서로가 초인적인 힘을 발휘하며 우왕좌왕 허 우적대면서, 서로를 밟고 잡아당기고 떠밀고 꼬집고 때리고 괴성을 지르면서 거대한 공포의 폭풍을 만들었고, 그것이 끝내 광폭한 죽음 의 에너지로 회오리친 것입니다. 방천길이 황천길이 된 대참사지 뭡 니까……. 육시랄!"

이수가 비서실장과 함께 부랴부랴 구십천 사고현장에 도착했을 때 방천길의 인간 도미노 게임은 이미 종료돼 뒤처리가 한창이었다. 경찰과 구조대, 소방대원들이 현장에 남아 있는 소지품들을 정리 중이었다. 현장 책임자인 경찰 간부가 시장이 도착했다는 소식을 듣고 달려와 사고 내용을 보고했다.

둑 아래로 굴러 떨어지거나 군중의 발에 밟혀 현장에서 즉사한 어린이와 여자, 노인이 22명이라고 했다. 그리고 547명의 부녀자와 노인, 266명의 성인남자가 중경상을 당해 병원으로 후송됐다고 했다.

사고현장은 대형 폭탄이 터진 것만큼이나 참혹했다. 가지각색의 신발들이 흩어져 나뒹굴고 있었고 벗겨진 옷가지들과 깨진 안경과 시계와 각종 소지품들이 널브러져 있었다. 군데군데 토사물과 핏자국이 엉켜 참사 당시의 아비규환을 상상할 수 있게 했다.

시장은 이무기가 누워 있는 구십천 반경 3킬로미터에 비상사태를 발동하도록 했다. 구속력이 있는 행정행위는 아니었지만 긴박한 상황에 대처하기 위한 내부지침이었다. 공무원들이 나서서 구경꾼들의 출입을 통제했다.

"이대로 뒀다간 쑥대밭이 되겠소. 걷잡을 수 없다니까요! 또다시 대형 참사가 일어나기 전에 경찰병력을 동원해서 질서를 잡으세요! 질서 유지! 경찰이 하는 일이 그런 것 아니오?"

이수는 경찰서장 정만영에게 전화를 걸어, 좀 신경질적으로 병력 지원을 요청했다. 정 서장은 동원될 경찰병력의 배식문제를 시 정부

질투

에서 해결해 줄 것과 구십천 진입로에 에어컨이 작동되는 경비초소를 세워줄 것을 요구했다. 이수는 사사건건 까탈스럽게 조건을 다는 경찰서장이 괘씸하기도 했지만 꼬치꼬치 따질 겨를이 없었다. 대형 참사에도 불구하고 쉬지 않고 몰려들고 있는 인파를 제지할 훈련된 정예 경찰병력이 시급했다. 그래서 두말 않고 수락했다.

이날 밤 자정 동주경찰서 소속 전투경찰 기동대 3개 중대가 출동했다. 기동대원들이 구십천으로 통하는 주변도로와 이무기가 발견된 현장 주위를 장악했다. 시청 도시건설국에서는 구십천 진입도로 곁에 컨테이너박스를 이용한 가건물을 세워 경찰이 그곳에서 임시로 경비를 설 수 있도록 초소를 만들어 줬다. 그리고 나서야 겨우 질서가 회복됐다. 무질서하게 몰려들었던 구경꾼들은 경찰의 통제에 따라 줄을 서기 시작했다. 강바닥에 드러누운 죽은 이무기를 보기 위해 차례를 기다리는 인파가 매일 아침부터 해가 질 때까지 길게 늘어섰다. 그들을 상대로 아이스크림과 김밥을 파는 상인들이 호황을 맞았다. 시내 호텔과 모텔도 전국에서 몰려온 구경꾼들로 초만원이었다. 폭염에 파리만 날리던 식당과 계속된 불경기로 철시한 상가도 돌연 활기를 찾았다. 동주시내 전역이 가을 관광시즌이 아닌데도 북적거렸다.

사안이 워낙 이상야릇하고 기이하다 보니 서울에서 방송사와 신문사 기자들이 속속 내려왔다. 일부 호기심이 많은 외신기자들도 눈에 띄었다. 방송사들은 티브이 전송장비를 구십천 현장에 설치해놓고 뉴스 시간마다 몰려드는 인파와 죽은 이무기의 모습을 번갈아 가며 중계했다. 언론의 집중 조명을 받자 구경꾼은 더욱 늘어났다. 방송사 간의 보도 경쟁도 더욱 치열해져 나중에는 미증유의 해괴한 이무기 출현 사건을 연일 생중계했다. 바싹 마른 구십천 바닥에 흉측하게 드러누운 이무기 사체를 비추다가 방천길 위에 줄지어 선 구경꾼들을 비췄다. 대학의 생물학 전공 교수들이 출연해 이무기라 불리는 상상 속의 동물, 희귀한 어종의 출현을 놓고 학자의 지식과 양심을 걸고 설전을 벌이기도 했다.

2

연일 40도를 웃도는 고온과 기상이변에 대한 공포에 시달리던 시민들이 이무기의 등장으로 잠시 관심을 돌리기 시작했다. 불길한 폭염에 대한 두려움이 슬그머니 수그러든 대신 이무기를 둘러싼 유언비어가 난무했다. 근거 없는 악성루머가 시루 속의 콩나물처럼 불쑥불쑥 자라났다.

유언비어는 대부분 시장 이수를 겨냥한 것들 일색이었다. 그와 관련된 루머는 하나같이 조잡하고 생뚱한 것들이었다. 특히 구십천이 말라붙도록 비가 내리지 않고 있는 가뭄과 이수와의 관계, 곡식이 녹아내릴 만큼 펄펄 끓는 폭염과 이수와의 관계……, 주로 그런 것들이었다.

그중 하나가 구렁이 피살설이었다. 시장 관사를 증축하기 위해 굴삭기로 마당을 파헤쳤을 때 백년 묵은 구렁이가 나타났다는데, 이를 본 기사가 놀란 나머지 포클레인 삽으로 구렁이를 무참히 깔아뭉갰기 때문에 비가 내리지 않는다는 것이었다.

유언비어는 끊이지 않고 만들어졌다. 억지스러운 데다가 가관이었다. 시장 이수가 동주시 곳곳에 330군데의 암반을 무차별로 굴착해 들어가 지하수를 뽑아 올리는 바람에 땅 기운이 몽땅 지상으로 빠져나와 구십천이 말라붙었다는 소문. 지하 300미터나 되는 암반을 뚫었는데 그 속에서 검은 먹물이 솟아올랐다는 소문. 아침에 일어나 보니 동네 땅이 10미터 아래로 푹 꺼졌다는 소문. 온갖 소문들이 시민들의 입에 오르내렸다.

"염병할! 시국이 어수선하다 보니 별별 소문이 다 만들어지는군. 이러다가는 내가 백 년 묵은 여우라는 소문이 나지 말란 법도 없지 않겠소?"

시장 이수가 쓴웃음을 터뜨렸다. 비서실장과 몇몇 간부들이 따라 웃었다. 이수는 기상관측 이래 연일 최고를 기록하고 있는 폭염과 600년 만의 가뭄으로 강바닥이 드러나고, 느닷없이 죽은 이무기까지 등장하다 보니 유언비어가 극성을 부릴 만도 하다는 점을 인정했다. 그러나 유언비어의 정도가 지나쳐 나중에는 걷잡을 수 없는 통제 불능 상태로 번져나가고, 그것이 사실인 양 굳어버릴 수도 있다는 불안감이 생겨났다. 결국 잘못된 유언비어가 불만의 씨앗이 되고, 집단폭력 시위로 확산되고, 폭동의 불씨가 되고, 무정부 상태의 도시가 될지도 모른다는 데까지 생각이 미쳤다. 괜한 걱정일 뿐더러 과대망상과도 같은 우려였지만, 어찌된 것인지 시간이 흐를수록 점점 불안해졌다. 이수는 더 이상 방치할 수 없는 일이라는 결론을 내렸다. 몹쓸 루머가 더 번지기 전에 수습해야 한다고, 차단해야 한다고, 싹을 잘라버려야 한다고 결심했다.

시장 이수의 지나친 우려가 현실로 나타났을 때 그는 자신의 판단이 옳았다고 확신했다. 시장이 퇴진해야 비가 내리고 폭염이 수그러들 것이라는 유언비어가 시내 전역으로 급속히 번지기 시작한 것이다. 이수의 가슴을 부글부글 끓도록 한 최악의 유언비어는, 시장이 본래 강물에서 태어난 사람인데 그가 이번 가뭄으로 강바닥이 드러났을 때 잡힌 수십 마리의 메기와 잉어와 뱀장어 등을 잡아 어죽을 만들어 먹었기 때문이라는 엉터리 음해였다.

"이건 단순한 유언비어가 아냐! 보민당 쪽의 의도된 공작이 분명해. 기상이변에다가 이무기 출현으로 가뜩이나 민심이 흉흉한 것을 이용해 재미 좀 보자는 것 아니겠어? 재미 볼 놈들이 누구겠어? 이번 선거에서 나를 낙선시키기 위해 치밀하게 짜낸 음모라고!"

이수는 충실한 심복인 자치행정국장 손호익에게 확신에 찬 목소리로 말했다.

"음모가 맞습니다. 열흘 앞으로 다가온 시장 선거와 관련이 있는 것이 분명합니다. 보민당 쪽 정보공작팀 짓이 확실합니다. 보수꼴통들이 짜내는 모사라는 것이 늘 그 모양 아닙니까! 유신 때 써먹던 공작만 해도 얼마나 무식하고 치졸했습니까? 긴급조치니, 간첩단이니 하면서 진보 세력을 깡그리 조졌잖습니까! 이 유언비어만은 빨리 잡아야지 그렇지 않을 경우 낭패를 당하기 십상입니다. 그런데 심증만 갖고는 안 되고, 결정적인 물증, 아니면 단서를 잡아야 합니다."

손 국장은 매우 진지하게 말했다. 문제는 바람처럼 떠도는 유언비어의 진원지와 확실한 물증을 어떻게 잡을 것이냐 하는 것이었다.

"진원지를 찾게. 싸가지 없는 유언비어를 만들어내는 장본인! 아니 나를 음해하려는 핵심세력이 있을 것 아니요? 그를 찾아내도록 하게. 그리고 사실이 아닌 것은 사실이 아니라고 정면 대응하는 정공법을 동시에 진행하게. 우리 시가 발행하는 주간지 〈시정 브리핑〉은 뒀다 뭐하나. 이럴 때 써먹을 라고 만든 것 아뇨! 〈시정 브리핑〉 지면에다가 항간에 떠도는 유언비어에 대한 특집기사를 대문짝만 하게 써서, 좆도 개나발 부는 수작이라는 사실을 명명백백하게 해명하도록 하세요!"

손호익은 시장실을 나오자마자 곧바로 〈시정 브리핑〉 편집장을 불렀다.

"시중에 난무하고 있는 악성 유언비어의 실체와 그로 인한 해악, 시민 정서에 미치는 악영향을 분석한 뒤, 그런 루머에 현혹되지 말 것과 힘을 합쳐 이 난국을 극복해야 한다는 내용을 주제로 특집기사를 쓸 것! 알았소? 이상!"

편집장이 돌아간 뒤 이번에는 감사담당관을 호출했다. 이름이 김영춘인 감사담당관은 키가 195센티미터로 동주시청 공무원 중 가장 컸다. 그 때문에 항상 어깨가 구부정했고 걸음걸이는 팔자로 매우 느렸다. 자치행정국장실로 불려온 감사담당관 김영춘은 커다란 눈을 깜박대며 국장의 지시를 기다렸다.

"언제, 어디서, 누가, 어떻게, 왜, 우리 시장님을 음해하는 유언비어를 만들어 내는지 조사해야겠소."

"조사라고요? 시청에서는 시민을 조사할 수 있는 사법권이 없잖습니까? 그런 조사를 벌이려면 사법권이 있는 경찰에 맡겨야지요."

감사담당관이 머리를 갸웃갸웃하며, 자치행정국장의 판단력을 의심하기도 하고, 한편으로는 계속된 폭염 때문에 정신이 이상해진 것 아닌가 하는 표정을 지었다.

"안 되면 되도록 해야지! 방법을 찾아봐요. 시장님 특별 지시사항이란 말이오!"

손 국장이 손을 내저으며 짜증스럽게 목소리를 높였다. 그런 뒤 다소 위압적인 목소리로 감사담당관의 안일하고 구태의연한, 보수꼴통 스타일을 닮은 복무 자세를 가차 없이 질타했다.

"담당관! 융통성을 발휘하세요. 방법을 찾아보지도 않고 못하겠다고 하면 어쩝니까? 사법권이 없다는 건 나도 알아요. 그러니까 방법을 찾으라는 것 아니오! 머리를 싸매고, 수단방법을 가리지 말고,

당장 조사할 수 있는 방법을 찾아보세요. 이게 보통 심각한 문젠 줄 알아요? 담당관! 이러다가 시민들 모두가 혼돈에 빠져 변별력을 잃고 미치기라도 하면 어쩔 거요. 유언비어 때문에 민심이 흉흉해지고, 모두가 해까닥해서 또라이가 되거나, 판단력이 흐려지고 시국이 불안해져 난동이라도 일어나면 어쩔 거냔 말이오!"

손 국장의 표현이 다소 거칠고 위협적이기는 해도 틀린 말은 아니었다. 감사담당관 김영춘은 그제야 사태의 심각성을 깨달았다. 유언비어를 퍼트리는 배후는 사회 혼란을 야기시키려는 보수꼴통 진영의 불순세력일 수도 있다는 사실을 처음 인정했다. 정치적인 음모일지도 모른다는 데까지 생각이 미치자 심장 박동이 거칠어지기 시작했다. 시장 선거를 앞두고 정권을 되찾기 위한 고도의 심리전일 가능성도 배제할 수 없었다.

그는 곧장 방송실로 달려가 시장님의 특별지시라며 청내 방송을 연결토록 했다. 김영춘은 마이크 앞에 입을 바짝 들이대고 나서 헛기침을 한 번 내뱉은 뒤, 약간 떨리는 목소리로 "아, 아" 하고 긴장을 풀기 위해 목청을 다듬었다.

"감사담당관 김영춘임다. 최근 시중에 떠도는 악성 유언비어와 관련해서 알려드림다. 유언비어 가운데 시장님과 관련된 내용을 들은 적이 있는 직원은 그 사실을 육하원칙에 따라 자세히 기록한 뒤 부서별로 해당 과장에게 제출해 주시기 바람다. 사안이 워낙 시급한 만큼 오늘 중으로 아, 아니 지금 곧바로 제출바람다. 이상!"

농담의 세계

그의 독특한 '~임다'로 매듭짓는 끝 발음이 공무원들의 관심을 집중시킨 것인지 그날 오후 시청 공무원 39명이 유언비어와 관련한 보고서를 냈다. 감사담당관은 그들 39명의 직원들을 회의실에 불러 모았다. 그리고 그들 하나하나를 대면해 심문하듯 캐물었다. 구체적으로 누구에게서 시장이 물러나야 비가 내린다는 유언비어를 들었느냐는 것이었다.

대답은 제각각이어서 도무지 종잡을 수 없었다. 뚜렷한 대상이 없었다. 그냥 흘려들은 이야기가 대부분이었다. 목욕탕에서 때를 밀다가 옆에 앉아 있던 낯선 남자들끼리 주고받는 말을 들었다는 공무원부터 밥상머리에서 초등학교 3학년짜리 아들한테 들었다는 공무원에 이르기까지 가지가지였다. 유언비어의 진원지는 고작 옆집 아줌마거나 구멍가게 노인, 술집에서 만난 고등학교 동창, 조기축구회 동료 등이었다.

키다리 감사담당관 김영춘은 땀을 뻘뻘 흘리면서도 인내심을 갖고 39명 모두를 완벽하게 조사했다. 시장에 대한 충성심과 사안의 중대성을 깨달은 때문인지 시간이 흐를수록 편집광 비슷한 반응을 보이기까지 했다. 그런 열의에도 불구하고 한편으로는 부정적인 결과에 대한 애석함으로 마음이 흔들렸다. 도대체 유언비어의 실체가 있는 것인지 의심하기에 이르렀다. 여러 가지 정황을 종합해 본 결과, 소문은 그저 소문일 뿐이라는 결론을 내려야 한다는 쪽으로 기울어 갔다. 원인을 규명한다든지, 배후를 찾는다든지, 전달 경로를 파악한다든지, 접선자를 색출한다든지 하는 일은 어리석은 짓일 뿐이라는 확신을 갖기에 이르렀다. 유언비어가 현실적인 현상인 것만은 확실하지만 루머를 고의적으로 만들어내고 있다고 여겨지는, 특정집단 혹은 개인에 대한 파악이 도저히 불가능하다는 판단도 그런 결론을 내리는 데 일조했다.

감사담당관으로부터 조사 결과에 대한 보고를 들은 시장이 화를 냈다. 이수는 몹시 노해서 얼굴을 붉혔다.

"씨발! 그렇다면 그들 조사선상에 올라 있는 놈들을 모두 불러다가 캐묻고, 또다시 삼 차, 사 차, 오 차, 그들이 말한 놈들을 모조리 들어오라고 해서 묻고 또 묻고…… 그렇게 계속 추적하다 보면 결국 진원지를 찾아낼 수 있는 것 아니오! 젠장! 방법을 찾아보세요! 이 일에 동주시의 미래가, 아니 동주시의 운명이 걸렸다 해도 지나치지 않습니다. 무슨 말인고 하면, 당신, 동주시 5급 사무관이자 감사담당관인 김영춘 씨의 손에 우리 모두의 미래가, 모두의 모가지가, 아니 목숨이 왔다 갔다 한다, 이겁니다!"

감사담당관 김영춘은 시장의 거침없는 욕설과 유창한 설명과 펄펄 끓는 열정에 감동받고 말았다. 우와! 너무나도 인간적인 시장이었다. 그는 불과 1분 33초 만에 다시 마음을 바꿔 먹었다. 비록 너무 힘든 일이기는 해도 유언비어의 진원지 내지는 단서 또는 낌새 혹은 냄새라도 맡을 수 있다면 혼신의 힘을 쏟아 붓기로 결심했다. 악성 유언비어의 진원지를 색출함으로써 동주시의 미래가 평화롭다면 이

까짓 고생쯤은 감수해도 좋은 일이라는 결론이었다.

김영춘은 루머의 진원지를 판단하는 기준이 모호한 것은, 내면에 소용돌이치는 불확실성이 일차적인 이유라고 판단했다. 그로 인해 파생되는 자신감의 결여가 두 번째 난관이라는 새로운 결론을 내리게 됐다. 어리석은 자신을 책망하고 새삼 용기를 내 조사에 임하기로 했다.

김영춘은 1차 조사 자료를 토대로 유언비어를 퍼트린 제2의 인물로 파악된 시민들을 모두 시청에 나오도록 조치했다. 이번에는 좀 더 늘어난 158명이었다. 그들 대부분은 1차 조사 때 나온 공무원들이 기억나는 대로 떠벌인 가족이거나 이웃집 사람이거나 친구거나 동료들이었다. 그들을 상대로 1차 때와 같이 유언비어를 전해준 사람이 누구인지를 캐물었다. 그러자 비슷한 대답이 나왔다. 김영춘은 그들이 일러준 320명의 사람을 다시 수소문해 불러들였고 그들 320명에게서 들은 645명의 시민들을 재차 같은 방법으로 불러들였다. 이번에는 기필코 뿌리를 뽑을 작정이었다. 한 사람이 서너 명씩의 이름을 대는 바람에 조사 대상자는 급격히 불어났다.

아! 그 일은 쉬지 않고 반복됐다. 택시기사, 술꾼, 초등학생, 다방 커피배달 아가씨, 보험 설계사, 초등학교 선생, 직업 군인, 미장원 미용사, 목욕탕 때밀이, 구두닦이 등 온갖 부류의 사람들이 끝없이 불려왔다. 그렇게 불어난 인원이 이틀 사이 무려 2천 명에 도달했다. 그러자 앞서 조사를 받은 사람이 다시 불려나오는 일이 벌어지기 시작했다. 어처구니가 없기도 했고, 일이 점점 뒤죽박죽이 되어 갔다.
 김영춘은 자제력을 잃을 것만 같아 두려웠다. 곧 폭발할 것만 같은 감정을 억누르느라 진땀이 배어나왔다. 그럼에도 그가 이성을 잃지 않고 끝까지 견딜 수 있었던 것은 자존심 때문이었다. 그는 들끓는 감정을 컨트롤하지 못해 자제력을 잃으니 차라리 자존심을 떨쳐버리는 편을 선택하겠노라며 최후의 방어선을 쳤다. 자존심! 김영춘이 설정한 그 방어선은 눈물 어린 노력에도 불구하고 무서리에 녹아내린 호박잎처럼 한순간 비참하게 무너져 내리고 말았다. 그는 모든 책임을 지겠다는 각오로 자치행정국장에게 사직서를 들고 갔다.
 "소문의 실체는 아무 곳에도 없었슴다. 소문은 소문으로만 줄곧 이어질 뿐이었슴다. 제가 얼마나 많은 시민들을 만났는지 모르시죠? 소문이 만들어진 공간을 찾겠다는 것은 보이지 않는 바람을 잡겠다는 것과 다를 바가 없다고…… 본인, 감사담당관 김영춘이 감히 말씀드립다. 그러니까 소문은 현상학적인 관점에서 볼 때는 실재하는 것이 분명해 보이지만 막상 현상 속으로 들어가면 실재하지 않는 일종의 블랙홀 같은, 그러니까…… 에, 그러니까 소문이라는 것은 그냥, 에, 그러니까…… 나약한 인간의 몸으로는 차마 엄두를 낼 수 없는 비밀이랄까, 신만이 알 수 있는, 에, 그러니까……."
 자치행정국장이 허허, 하고 한차례 어이없다는 듯 소리 내어 웃고 나더니 앞에 서 있는 감사담당관의 희멀건 얼굴을 물끄러미 올려다보았다. 동정심이 가득한 표정을 짓더니, 휴, 하고 숨을 내뱉었다. 약간의 냉소와 더불어, 어이없는 일을 당했을 때 흔히 하듯 목소리를 낮춰 조용히 물었다.

"자네 더위 먹었나?"

감사담당관이 멀뚱한 눈으로 자치행정국장을 바라보았다.

"너무 심각하게 생각하지 말고 좀 쉬게. 좀 쉬다가 기운이 나면 다시 시작해도 돼요. 서두를 건 없어요. 문제는 유언비어를 퍼트린 불순세력을 발본색원하는 거니까."

감사담당관 김영춘은 자신의 이야기를 좀처럼 이해하지 못하는 자치행정국장에게 실망한 표정을 지었다. 그는 손 국장을 이해시켜야 한다는 강박감에 빠져 계속 횡설수설했다.

"이대로 계속 조사를 벌이다 보면 곧 5천 명이 넘을 테고요, 결국에는 동주시민 대부분이 시청으로 불려와 조사를 받아야 할 것입디! 5천 명이 만 명이 되고 만 명이 2만 명이 되면 동주시의 선량한 시민들이 모두 유언비어의 피해자가 될 것입디! 그 고통을 누가 책임질 것이며, 그 많은 시민들을 어떻게 조사할 것이며, 끝내는 시청 업무가 마비되고 말 것이고, 민심이 떠날 것이고, 오히려 얻는 것보다 잃는 것이 많을 것이고, 시민들은…… 시민들을 의심하는 시장을 향해 손가락질을 할 것이고, 시민들은 참다못해, 에, 에, 참다못해, 에……."

"됐네! 됐으니 그만 나가보게. 수고가 많았어요!"

자치행정국장이 고개를 절레절레 흔들며 김영춘을 향해 그만 돌아가라는 표시로 손짓을 했다.

"그러니까 제 의견은……."

"알았다지 않소! 그러니 집에 가서 푹 쉬도록!"

"오해하고 계시는 거죠? 설마 나를 정신 나간 놈이라고, 해까닥한 것으로 오해하시는 건 아니겠죠?"

"아니 이 양반이, 다 알아들었다니까 자꾸 지랄이네. 우라질! 모두 더위 먹었나! 제정신이 아냐!"

손 국장이 조사자 명단이 적힌 서류뭉치를 탁, 하고 책상 위로 던지며 화를 냈고, 김영춘은 겁에 질려 울상이 되어 국장실을 나왔다. 손 국장은 이마에 배어나는 땀을 닦아내며 허공을 향해 연신 욕을 해댔고, 밖으로 나온 감사담당관은 눈물을 뚝뚝 떨어뜨리며, 자신의 충정을 이해하지 못하는 국장을 야속해 했다. 김영춘은 무엇보다도 이런 악역을 맡게 됨으로써 실추된 감사담당관의 위상과 손상된 자존심과 자신의 처지가 원통해 서럽게 울었다.

3

컨테이너 초소는 숯가마처럼 뜨거웠다. 출입문에 걸린 실외 온도계가 섭씨 58도를 가리켰다. 한낮의 흰 태양 아래 우뚝 서 있는 직사각형의 쇳덩어리 컨테이너는 피어오르는 열선에 덮여 어른거렸다.

에어컨이 쉬지 않고 돌아갔지만 실내 온도는 30도 아래로 내려가지 못했다. 그나마 한 뼘 두께의 컨테이너박스 안이 바깥의 살인적인 더위를 막아주고 있다는 사실만으로도 감사해야 했다. 에어컨 팬이 회전하는 소리가 부웅부웅 지루하게 울렸다. 창밖을 살피던 경찰 하나가 팬이 내는 소음을 참지 못해 손바닥으로 벽을 쳐보았지만 소용없었다.

초소 안에서 창밖을 살피던 경찰서장 정만영이 정보과장으로부터 긴급연락을 받고는 눈을 번쩍 떴다.

"뭐라고? 시청에서 선량한 시민을 상대로 수사를 벌인다고! 그게 사실이야? 이봐, 정보과장, 확실하지? 그렇다면 그냥 넘어갈 일이 아니로군."

정만영은 햇빛이 들기 시작한 컨테이너 초소 서쪽 창문의 커튼을 내린 뒤 시장에게 전화를 걸었다. 전화가 연결되자 형식적인 인사도 내팽개친 채 다짜고짜 따졌다. 사법권이 없는 시청에서 선량한 시민들을 불러다가 심문을 하는 이유가 뭐냐는 것이 핵심이었다.

"요즘 시청은 사법권도 있고 수사권도 있나 보죠? 집권여당 시장이라고 너무하는 거 아닙니까?"

정 서장이 능글능글 따졌다.

전화를 받은 시장도 짜증스럽기는 마찬가지였다. 그러잖아도 누군가의 계획된 음모 때문에 일이 꼬여가고 있다고 의심하던 차였다. 시장은 무엇보다도 경찰서장의 비꼬는 듯한 태도가 못마땅했다. 예전 같으면 경찰서장이 시장에게 그런 일로 불쑥 전화를 해 따지듯 항의하는 일은 엄두도 못 냈었다. 시장은 경찰서장의 목소리에 힘이 들어가고, 상대를 얕잡아보는 듯한 말투로 이야기하는 것이 순전히 거대 야당인 보민당을 믿고 그러는 것이라고 여겼다.

"이봐요, 정 서장! 유언비어를 퍼뜨린 놈들이 누군지 알아보는 것뿐인데, 그렇게 낭창낭창 비꼬듯 따질 것까지는 없잖소. 따지고 보면 이 일도 경찰 쪽에서 자발적으로 해야 하는 일 아니오? 그쪽 정보형사들은 도대체 뭐 하는 사람들이요! 이거 직무유기 아냐? 씨발, 미리미리 정보형사를 풀어서 유언비어를 차단하는 것도 아니고, 그렇다고 범인을 색출하려는 것도 아니고……. 당신들 경찰이 하는 일이 뭐요? 팔짱 끼고 폼 잡고 구경만 하겠다는 거 아니오? 지금 시중에 무슨 소문이 떠도는 줄이나 압니까? 씨발! 나 때문에 비가 삼 년째 내리지 않는답니다. 그래서 시장이, 아니 나 이수가 퇴진해야 비가 내릴 거라는 소문이 쫙 깔렸소! 니기미, 이게 보통 일이오?"

이수의 욕설 섞인 불만이 화로처럼 부글부글 들끓었다. 정만영도 뒤지지 않고 반격을 했다.

"그야, 말 그대로 유언비어 아닙니까? 그런 루머에 일일이 대응하는 것부터가 무리지요. 두둑한 배짱은 뒀다가 어디 쓰시려고 그럽니까? 어쨌든, 선량한 시민들을 불러다가 심문하는 일은 당장 그만두세요. 그러지 않고 계속할 경우 문제 삼겠습니다!"

"뭐! 지금 나한테 명령하는 거요, 협박하는 거요!"

"내 말이 뭐 틀리기라도 했수? 사법권이 없는 시장이 멀쩡한 시민들을 상대로 벌이고 있는 불법수사를 중단하라는데 뭐가 잘못됐소?"

"불법수사? 야 인마! 정 서장! 당신, 지금 있는 데가 어디야?"

"인마? 뚫린 입이라고 함부로 나불대면 안 되지요! 인마라뇨? 내가 당신 친구요? 부하요? 보자보자 하니까 너무하시는구만!"

"그만 지껄이고, 당신 지금 어디 있소?"

"컨테이너! 이무기 옆이오!"

"구십천? 좋았어. 당장 달려갈 거니까 꼼짝 말고 기다려요!"

이수는 수화기를 집어던졌다. 치밀어 오르는 열을 식히기 위해 숨을 길게 내쉬었다. 경찰서장 정만영이 거대 보수 야당인 보민당 쪽에 매수됐을지도 모른다고 의심해 오던 차여서 속이 부글부글 끓었다. 이수는 경찰서장이 이번 선거에서 참민통 소속의 현직 시장을 떨어뜨리고 우파 보민당 시장 후보로 나선 졸부에 무식꾼인 조팔개를 당선시키기 위해 조직적으로 선거에 개입하고 있는 것이 분명하다고 확신했다. 시장은 달려가는 관용차에 앉아서도 화가 풀리지 않아 연신 가쁜 숨을 내쉬었다. 흥분을 가라앉히고 냉철한 이성으로 상대해야 한다는 것은 알고 있었지만 흥분은 쉬 가라앉지 않았다.

차창 밖으로 보이는 시가지는 뜨거운 태양빛에 바싹 익어버린 바게트 같아 보였다. 가로수도 폭염에 진이 다 빠져버린 듯 말라비틀어졌다. 이수의 귓속에서 위잉, 하는 하루살이의 날개 소리가 아득하게

질투

들렸다. 머리가 무겁고 어지러웠다. 그는 눈을 감고 숨을 골랐다.

시장과 전화 통화를 끝낸 경찰서장 정만영은 들끓는 파리를 잡기 시작했다. 그의 손은 파리를 잡기 위해 잠시도 쉴 겨를이 없었는데 그 모습이 태극권을 하는 것 같기도 하고 춤을 추는 것 같기도 했다. 초소 바닥에는 죽은 파리들이 여기저기 널브러져 있었다.

구십천 경비초소에 도착한 이수는 정 서장의 괴상한 손놀림을 보고는 그가 태극권의 기본 동작으로 몸을 푸는 줄로 알았다. 싸움이 벌어질 경우 기꺼이 한차례 붙어보겠다는 것으로 받아들여졌다. 그러자 이수는 갑자기 기가 죽었다. 강물이 말라붙어 바닥이 드러난 것이 원통했다. 강물이 평소처럼 유유히 흘러내리고 있었다면 정 서장과의 결투에서 결코 지지 않을 자신이 있었다. 이수는 물속에 들어가 10분 이상 숨을 쉬지 않고 잠수할 수 있다는 것을 비장의 무기로 삼아왔다. 정만영이 지상에서 빠른 발차기와 주먹으로 공격을 해올 경우 이수는 그를 강물로 유인해 물속에 빠트린 뒤 목조르기 내지는 풍차 돌리기로 제압해 항복을 받아낼 수 있었다. 날고뛰는 놈이라 해도 물속에 처박혀 목이 졸리면 단박에 항복 선언을 할 것이었다. 이수는 흙먼지 날리는 강바닥을 바라보면서 물 없는 맨땅에서의 풍차 돌리기와 목조르기가 무슨 소용이 있으랴, 하고 실망했다.

이수는 당초 기세와는 달리 다소 수그러든 자세로 정만영에게 다가갔다. 그가 성질을 죽일 수밖에 없었던 또 다른 이유는 자신이 실질적으로 경찰서장에게 명령을 내릴 아무런 권한이 없다는 것이었다. 더욱이 그와 한바탕 싸움이 벌어지기라도 하면 구십천의 이무기를 보려고 몰려든 인파를 효율적으로 통제하는 경찰병력의 협조를 받을 수 없다는 현실적인 문제도 걸려 있었다. 어디 그뿐인가! 도시의 치안문제부터 각종 집단민원이 발생했을 때 데모대의 진압과 청사 보호 등 협조를 받아야 할 일이 한두 가지가 아니었다.

맙소사! 지금 당장 구십천에서 경찰병력이 철수라도 하게 되면 구경꾼들의 질서가 깨지면서 너도 나도 이무기를 먼저 보겠다고 우르르 몰려들다가,'지난번과 똑같은 끔찍한 대형 참사가 일어날 것이 뻔했다.

이수의 불같은 성질이 슬슬 시들어갔다. 참아야 해! 참아야 해! 그렇게 감정을 다독이다가도 정만영이 보민당 쪽의 사주를 받고 있다는 사실이 불쑥불쑥 떠올라 그를 괴롭혔다. 일주일 앞으로 다가온 시장 선거가 이수에게는 당장 넘어야 할 산이었다. 그 산을 넘지 못하고 패자가 된다면, 모든 것은 허사가 될 것이 뻔했다. 그러자 아무리 현실적인 어려움에 직면해 있다 해도 이번 선거에 치명상을 입히려 드는 인물에게는 본때를 보여야 한다는 오기가 다시 발동했다. 어차피 언젠가는 한번 붙어야 할 거라면 지금이 적기라는 판단이었다. 상황은 역전되고 말았다!

이수가 주먹을 불끈 쥐었다. 자신이 모든 면에서 불리하다는 것을 인정하면서도 배수의 진을 쳤다. 이상한 오기가 발동하는 것이었다. 그처럼 당돌하고도 돌발적이고도 무모한 결심은 선거 스트레스로

질투

예민해진 감수성 탓이기도 했다. 어쩌면 한계에 다다른 폭염과 잠을 이룰 수 없는 열대야가 지속되면서부터 시작된 불쾌지수 때문일지도 몰랐다. 이수는 이 도전이 무모한 것인 줄도 모른 채, 무술로 단련된 경찰서장 정만영에게 맞짱을 뜨자며 도전장을 내밀고 말았다.

"요즘 경찰서장 배짱이 이만저만이 아니로군. 세상 참 많이 변했지요?"

이수는 실성한 사람처럼 실실 눈웃음을 지으며 쏘아붙였다.

"배짱이랄 것까지 있나요. 본연의 임무에 충실한 것뿐인데……."

정 서장이 파리를 낚아채던 손놀림을 멈추더니 콧방귀를 뀌듯 대꾸했다. 그리고는 손을 내밀어 악수를 청했다. 이수는 그의 손바닥에 잔뜩 묻어 있는 검붉은 피똥을 보았다. 역겨워 속이 울렁거렸다. 이수는 악수를 뿌리쳤다. 이 새끼가 나를 놀려! 부아가 치밀어 관자놀이가 콕콕 쑤셨다.

"지금, 날 놀리는 거요! 간이 배 밖으로 나왔구만. 좋소! 쩨쩨하게 굴지 말고, 직위니 계급이니 다 치워버리고 우리 맞짱 뜹시다. 까짓거, 시장이니 서장이니 하는 감투는 다 내려놓고, 자연인 이수와 정만영! 두 사내끼리 한번 붙어봅시다. 씨발!"

이수가 붉으락푸르락한 얼굴로 도전장을 내밀었다. 그는 기왕에 붙어야 할 일이라면 목숨을 걸어야 한다는 일념으로 양복 윗도리를 벗었다. 넥타이를 풀고 손목에 차고 있던 시계를 풀 때는 표정이 결연했다.

농담의 세계

"욕만 잘하는 줄 알았더니 농담도 잘하시네요. 시장님! 지금 농담 하는 거 아뇨?"

정만영이 의외라는 듯 이수의 흥분한 얼굴을 쏘아보았다. 시장의 예기치 않은 행동이 너무 우습고 놀라워 느닷없이 낄낄낄 웃음이 나왔다.

"지랄 떨고 자빠졌네! 지금 웃음이 나와! 계급장 떼고 맞짱 뜨자는데 웃음이 나와? 자, 한판 붙자고! 둘 중에 하나는 오늘 죽는다!"

이수가 정만영의 능글능글한 웃음에 더욱 오기가 발동해 이를 꽉 물었다. 목을 좌우로 꺾자 우두둑 소리가 났다. 이수는 막나가는 경찰서장의 버르장머리를 고쳐놓겠다는 일념에 사로잡혀 자신의 쪼그라든 육체에 대한 냉정한 판단, 아니 객관적인 진단을 하지 못했다. 그 순간만큼은 이성적인 자각이 끼어들 여지가 없었다. 오로지 활활 타오르는 불같던 젊은 시절의 열정만 믿고 숙연하고도 결연한 자세로 결투에 나선 것이었다.

"새꺄! 덤벼, 덤비라고!"

이수가 주먹을 불끈 쥐고, 복싱을 할 때처럼 상체를 약간 굽힌 채 머리를 좌우로 흔들었다. 정만영이 못이기는 척 정장 윗도리를 벗고는 어깨를 으쓱으쓱, 올렸다 내렸다. 흰 러닝셔츠 사이로 단련된 가슴 근육이 도드라져 보였고 알통이 볼록 올라와 뚜렷했다. 손가락 마디를 흔들자 우두두둑 하는 소리가 차례로 울렸다.

"정 원하신다면…… 상대를 해드리죠. 이렇게 맞짱 뜰 일이 내 생

질투

애 두 번 다시는 찾아오지 않을 줄 알았는데, 헤헤! 시장님이 이런 기회를 주시다니…… 헤헤! 서로 원망하지도 후회하지도 않깁니다!"

"발가락 쑤셔서 만든 놈아! 그만 나불대고 덤비라니까! 쌍!"

"니기미, 성질도 좆같이 급하시네. 뜨물로 된 놈!"

"둘 중에 하나는 죽는다! 개똥만도 못한 변태 새끼!"

이수가 오른쪽 주먹을 날렸다. 정만영은 느리고 파워도 떨어진 시장의 주먹을 가볍게 피했다. 오히려 맞받아치는 정만영의 주먹에 무게가 실렸고 속도감이 있었다. 두 사내의 결투는 진지하고 격렬했다. 모든 정신과 육체의 집중력을 다한 싸움은 열풍만큼이나 뜨거웠다. 이수는 명분보다 실질적인 우위를 당장 거머쥐려고 했고 정만영은 이수의 그런 의도를 역으로 이용해 합법적인 폭력을 가했다.

이수는 비좁은 컨테이너 초소 안에서 벌어진 결투에서 비참하게 얻어터졌다. 계급장을 떼고 맞짱을 떠서라도 기세를 꺾어놓고야 말겠다고 했던 각오는 그의 정신 속에 추억으로만 남아 있는 20대의 실루엣 같은 감성에 지나지 않았다. 이수는 정만영에게 역부족이었다. 정만영의 무술은 유단자급이었고, 평소 체력관리를 해온 경찰답게 파워가 살아 있었다. 시간이 흐를수록 이수는 무참히 두들겨 맞았다. 이수의 주먹은 뜨거운 허공을 맥없이 가를 뿐이었다. 그러나 정만영의 주먹은 이수의 신체 곳곳을 마음먹은 대로 때렸다. 계급장을 떼고 붙은 맞짱에서 이수는 비참하게 무릎을 꿇고 말았다.

"졌다. 내가 졌어, 새꺄! 그만 때려라."

이수는 정 서장의 얼굴을 한동안 쏘아보다가는 독기 어린 목소리로 단호하게 선언했다.

"육체의 한계는 인정하겠다! 그러나 나의 불멸의 정신력! 식지 않는 열정! 뜨거운 투지에는 아직 상대가 못 돼. 두고 보자고!"

이수는 컨테이너박스 초소를 빠져나와 관용차에 오르기 전, 달구어진 방천길 위에 침을 뱉었다. 입에 고인 핏물이 흙먼지 속으로 빨려 들어갔다. 눈두덩이 부어올라 시퍼렇게 멍이 들었다. 수행비서와 운전기사는 조금 전 컨테이너 초소 안에서 벌어진 결투에 대해 눈치를 채고는 있었지만 모르는 척 입을 다물었다. 이수는 돌아오는 차 안에서 참민통과 중앙 경찰청은 물론 청와대에 손을 써서 정만영을 동주경찰서에서 방출시켜 버리겠다고 벼렸다. 이빨이 욱신거리고 흔들렸다. 콧구멍에서 검은 핏물이 뚝 떨어져 바지를 적셨다.

경찰서장 정만영은 뿌연 흙먼지를 뭉게뭉게 일으키며 달려가는 시장의 관용차를 바라보며 실실 웃었다. 두고 보자는 사람치고 무서운 사람은 없었다. 제복 윗도리를 걸치며 기분 좋게 어깨를 들썩였다. 이태리 영화배우 안소니 퀸을 닮은 정만영은 먼지를 매단 채 멀어져 가는 이수의 검은 관용차 뒤꽁무니를 시선으로 좇으며 선풍기 앞에 서서 땀을 말렸다.

질투

4

저녁 무렵, 구십천의 이무기가 썩고 있다는 보고를 받고 보좌관 윤도영이 현장에 도착했다. 오후부터 시작된 악취가 점점 심해졌다. 구십천 주변은 악취가 진동했다. 그는 박수종 의원의 장례도 문제지만 당장 악취를 없애는 일이 급하다고 생각했다. 시민들은 악취 때문에 활동할 수가 없다며 아우성이었다. 비위가 약한 처녀들은 화장실로 들어가 좌변기를 붙들고 앉아 연신 토악질을 해댔다.

윤도영은 컨테이너 초소에서 정 서장과 이 사태의 해결방안을 논의했다. 이무기가 썩으면서 전염병이 유행할 위험이 높은 데다 당장 숨쉬기조차 힘든 악취를 없애기 위해서는 이무기를 신속하게 처리해야 한다는 데 의견이 일치했다. 윤도영은 박수종 의원의 보좌관이지만 박 의원의 의중을 전달하는 역할을 해왔기 때문에 기관장들은 그를 박 의원의 대리인으로 인정했다. 윤도영은 문제를 풀기 위해 이수 시장과 통화를 했다.

거대한 이무기를 어떻게 처리하느냐가 문제였다. 토막을 내서 소각시키느냐, 강바닥을 파고 매립하느냐를 놓고 한차례 논란이 벌어졌지만, 결국 땅에 묻기로 결정했다. 소각을 주장하는 쪽은 매립했을 경우 구십천의 지하수 오염을 우려했고, 매립을 주장하는 쪽은 소각할 경우 뜨거운 열기로 도심 온도가 최소한 섭씨 1.5도가 상승할 것이라는 점과 이산화탄소의 배출로 대기가 치명적으로 오염될 것을 걱정했다. 결국 22미터의 이무기를 불태운다는 것은 도저히 불가능한 일일 뿐더러 소각을 하기 위해 썩기 시작한 이무기의 몸체를 1미터씩 22개로 자를 수도 없다는 결론에 도달했다.

일은 의외로 쉽게 풀렸다. 기온이 섭씨 40도를 넘는 폭염 속에 길이가 22미터, 지름이 1.9미터나 되는 이무기에 기름을 부어 불태우는 데만 꼬박 일주일은 걸릴 것이라는 소방서장의 분석이 결정적이었다. 문제의 심각성과 시급함을 깨달은 동주시 기관장들은 포클레인을 동원해 강바닥을 5미터 깊이로 파낸 뒤 썩어 들어가기 시작한 이무기를 묻어버리기로 결론지었다.

이튿날 아침 이무기를 매립하기 위해 동주시내 중장비업체의 포클레인 10대가 동원됐다. 방독면을 쓴 포클레인 기사 10명은 죽은 이무기 옆에 5미터 깊이로 강바닥을 파내려간 뒤 그 속에 송유관을 묻듯이 죽은 이무기를 집어넣을 작정이었다.

이번에는 파리 떼가 작업을 방해했다. 이무기에 달라붙은 파리 떼는 강변의 하늘을 까맣게 뒤덮어 해를 가릴 만큼 어마어마했다. 포클레인 작업이 시작되면서 파리 떼가 날아오르기 시작했다. 그 때문에 강바닥에 길게 드러누운 이무기의 형체가 잘 보이지 않았다. 현장에 나와 있던 보건소장 손춘호가 혹시나 모를 전염병을 예방해야 한다는 생각에 초강력 연막소독약을 강 주변에 뿜어대도록 지시했다. 연막소독이 시작됐다. 구십천은 짙은 안개가 밀려온 것처럼 뿌옇게 흐려졌다.

이무기의 마지막 매립 장면을 전국에 생중계하던 방송사 중계팀으로부터 항의가 쇄도했다. 방송사에서는 연막소독 때문에 정작 제일 중요한 장면인 이무기의 매립 순간을 포착하지 못해 비상이 걸렸다. 현장에 있던 보건소장 손춘호가 방송사 피디에게 멱살을 잡힌 채 질질 끌려 다녔다. 부랴부랴 연막소독이 중단되기는 했지만 이무기는 땅속에 묻힌 뒤였다.

구십천에 나타났던 이무기는 발견 당시 못지않은 이목을 집중시키며 소란 속에 자취를 감추었다. 길이가 22미터, 굵기가 1.9미터, 뿔의 높이가 49.2센티미터나 되는 이무기는 비록 죽은 채 발견되기는 했지만 범접 못할 위용을 한껏 자랑했다. 폭염과 가뭄으로 강바닥이 말라붙으면서 비참한 최후를 맞이했지만, 이무기는 땅에 묻히는 순간까지 세간의 이목을 집중시켰다. 그런가 하면 시민들 모두에게 풀리지 않는 궁금증과 더불어 불길함과 신비감을 동시에 안겨주었다. 마른 강바닥에는 이무기가 묻힌 자리를 따라 자갈과 모래더미가 구불구불 22미터의 기다란 흔적을 남겼다.

윤도영은 겨우 숨을 돌렸다. 이무기의 등장으로 들끓었던 동주시의 소란도 이제 잠잠해질 것이었다. 그렇지만 그의 마음은 거미줄처럼 복잡했다. 기상이변은 불안을 넘어 두려움으로 치달았고, 주군인 박수종 의원의 돌연사는 그의 신념에 금이 가는 계기를 만들었다. 동주시장을 뽑는 주민투표가 가까워지면서 극도의 갈등을 일으키고 있는 보수와 진보 양 진영의 가치관 대립도 골칫거리였다. 공정하고 규칙을 존중하고 양식을 지닌, 균형 잡힌 시민정신도 사라진 지 오래였다. 동주시가 악다구니들의 세상, 졸부들의 세상, 깡패들의 세상으로 변하면서 이 도시에서 양심과 자유의 지성은 자취를 감추고 말았다.

이무기가 사라진 삭막한 구십천 바닥을 훑어보던 윤도영은 낯이 익은 소년을 알아보았다. 그날 이무기를 처음 발견한 뒤 도심 구석구석을 달리며 이무기의 출현을 알리고 난 뒤 졸도했던 시장 이수의 외아들 명구였다. 명구는 구십천 강둑길 위에 서서, 이무기가 강바닥 모래 속에 파묻히는 과정을 모두 지켜보고 있었다.

"이름이 명구지?"

소년 명구가 윤도영을 향해 머리를 꾸벅 숙여 인사를 하고는 다시 고개를 돌렸다. 명구의 눈길은 강바닥 모래 속에 묻힌 이무기의 구불구불한 무덤에 가 있었다. 그의 눈에는 땅속에 묻힌 이무기가 꿈틀꿈틀 움직이는 것만 같아 보였다. 이무기의 죽음을 믿고 싶지 않았기 때문이기도 했지만, 지금 일어나고 있는 일들이 모두 거짓처럼 여겨졌다. 명구는 강바닥에서 처음 이무기를 발견했던 그때부터 가슴속에서 자라나기 시작한 몽상을 지울 수가 없었다.

"뭘 그렇게 생각하는 거니?"

"이무기요."

"모래 속에 묻힌 이무기?"

"예."

질투

명구는 눈앞에서 펼쳐진 이무기의 매장이 자신의 꿈을 허망하게 깨뜨리고 만 것을 알았다. 그래서 슬펐다.

"이무기는 다시 살아날 거예요."

명구는 자신의 꿈을 말했다.

"썩은 이무기가 다시 살아난다고?"

"강물이 불어나면 모래 속에서, 꿈틀꿈틀 기어 나올 거예요."

  명구는 울퉁불퉁 이어진 이무기의 모래무덤을 바라보면서, 한 폭의 그림과도 같은 상상을 펼쳤다. 폭우가 쏟아져 강물이 다시 넘쳐흐르는 날, 이무기가 되살아날 것이라고 믿었다. 꿈틀하고 몸을 뒤틀며 모래 속에서 튀어나와 거센 강물을 헤쳐 올라가는 모습이 눈앞에 그려졌다.

"나도 네 생각처럼 죽은 이무기가 살아났으면 좋겠다."

"정말요?"

"그럼, 정말이지. 이무기가 살아나려면 비가 억수로 내려야 하니까……. 비가 억수로 내려야 강물이 불어날 테니까……."

  윤도영은 명구의 어깨를 다독거렸다. 뜨거운 열풍이 얼굴을 할퀴고 지나갔다. 명구가 얼굴을 찡그리며 배시시 웃었다.

7월 8일 • 맑음 • 오존중대경보 • 최고기온 44.5℃

야망과 욕심의 이중주

1

조팔개는 자가용에 오르기 전 버릇처럼 하늘을 올려다보았다. 엷은 구름이 꼈지만 습도가 높아 몹시 후텁지근했다. 가만있어도 땀이 배어나와 속옷이 눅눅하게 젖었다. 매미소리에 귀가 먹먹했다. 출근길은 십 수 년째 똑같았다.

그는 눈으로는 조간신문을 훑어보면서도 머리는 온통 선거 생각뿐이었다. 며칠 앞으로 다가온 투표에서 확실하게 승리할 수 있는 묘안을 떠올리고 있는데, 주머니 속에서 휴대폰이 울렸다. 동주경찰서 정보과 강 형사였다. 조팔개의 장학생이자 끄나풀이었다.

"박수종 의원이 어젯밤 돌연사했습니다. 저, 시립병원 영안실……"

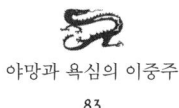

야망과 욕심의 이중주

강 형사가 나지막이 말하다 말고 전화를 끊었다. 주위에 누군가와 함께 있는 것 같았다.

"이봐! 이봐, 강 형사!"

휴대폰 수신음은 이미 먹통이었다.

"웬 뚱딴지같은 소리여? 차를 돌리게! 거, 거기, 뭐냐, 시립병원으로 가세."

조팔개가 충격을 받은 듯 말을 더듬었다.

"박 의원이 죽어? 어제까지도 팔팔하던 양반이 죽긴 왜 죽어! 이것 참."

그가 무릎을 쳤다. 시립병원을 향해 달리는 승용차 안에서 조팔개는 불길한 운명의 냄새를 맡은 것인지, 그의 낯이 납처럼 희멀개졌다가 구리처럼 노랗게 변했다. 박수종 의원의 갑작스런 사망 소식은 충격이었다. 일주일 앞으로 다가온 시장 선거에 치명적인 악재가 될 것이 뻔했다. 의석수가 훨씬 많은 보수우파 야당이라지만 좌파 집권당인 참민통 소속의 이수 시장에게 패할 수 있다는 불안이 스멀스멀 다가왔다.

조팔개는 자신이 제1야당인 보통시민자유민주공화당 동주시지구당 부위원장이자 동주시 시의회 의장, 동주상호신용금고 이사장, 천리마교통 회장, 동주도시가스 사장이라지만, 거기에 만족할 수 없었다. 막강한 재력을 밑천으로 정계와 재계를 넘나들면서 동주시의 영향력 있는 인물로 자리 잡았지만, 그의 꿈은 시장이었다. 동주시장이 되는 것으로 자신의 파란 많았던 인생역정에 마침표를 찍겠다는 것이 그의 목표였다.

조팔개는 국회 권력의 핵심에 포진해 있던 보수우파의 대부인 박수종 의원의 후광을 업고 시장 선거에서 선전하고 있는 중이었다. 자체 여론조사에서도 특별한 악재가 터지지 않는다면 당선 가능성이 높은 것으로 나왔다.

시민들은 뻔지르르하게 말만 앞서고 행동은 엇박자인, 할 말 못할 말 구분도 못하고, 독특하고 해괴한 논리로 원칙을 깨트리는 욕쟁이 좌파인 이수 시장에게 실망하고 있었다. 반면 조팔개는 꼴통 보수지만 다혈질이고 호불호가 확실한 데다 좀 우둔한 듯해도 경제성장 논리로 초지일관해 온 이미지로 각인돼 있었다. 그 때문에 조팔개는 이번 선거에서 큰 표 차이로 현직 시장인 이수를 따돌리고 승리할 것이라는 자기최면에 빠져 있었다.

"다 된 밥에 코 빠트린다더니, 웬 날벼락이여!"

그는 어쩔어쩔한 두통에 시달리면서도 이 난국을 어떻게 헤쳐나갈 것인지 궁리하느라 이리저리 눈알을 굴렸다. 불안했다. 그 때문에 손가락으로 콧등을 주무르는 버릇이 도졌다. 눈알을 굴리며 콧등을 주무르면서 안절부절못하는 그에게 엉뚱하게도, 심각한 현실과는 동떨어진 과거의 쓰라린 추억이 민들레 씨앗이 터질 때처럼 포로롱 포로롱 피어올랐다.

그는 이 위기의 순간 자신의 파란만장했던 생애가 오버랩 되는 것을 어떻게 받아들여야 할지 난감했다. 왜 하필 지금, 고난으로 점철된 성장사인가? 온고지신의 생리학적 발현 때문인가? 돌이켜 보면 조팔개는 지난했던 유년과 청년시절의 부푼 야망과 한순간의 과감한 선택과 순간순간 험준했던 고비를 헤쳐 나온 용기를 기억해 냄으로써, 위기에 흔들리지 않고 정면 돌파할 수 있는 방어망을 구축해 왔었다. 그렇군! 그는 오랜 경험을 통해 체득한 정신력의 방어체계가 저절로 작동하기 시작한 것임을 알아챘다. 위기에 직면할수록 고난으로 가득 찼던 과거를 되돌려, 쓸개를 핥는 기분으로 전환시킴으로써 나약해진 정신을 단련시키는 무의식적인 습관이 발현된 것이다. 오! 나의 아름다운 추억! 조팔개는 눈을 감았다. 심각한 위기를 감지한 뇌가 회귀본능 장치를 작동하기 시작했다.

2

조팔개는 키가 190센티미터에 발바닥 길이가 50센티미터나 되는 거인이었다. 소문에는 그의 남근 길이가 발바닥 길이와 같은 50센티미터나 돼 남근을 한쪽 허벅지에 묶어 다닌다고 했다. 그가 세상에 태어나 저울에 올려졌을 때, 바늘이 8.2킬로그램을 가리켰다. 거인의 탄생을 확인시켜 준 중량이었다.

조팔개가 태어날 당시를 잠깐 소개할 것 같으면, 놀라지 말길! 산

부인과에 실려 간 산모는 거의 혼절한 상태였고, 태아는 덩치가 너무 커 엄마의 질 밖으로 빠져나오지 못하고 둘 다 기진맥진했다는 것이었다. 의사가 제왕절개 수술을 권했지만 산모는 죽어도 그냥 낳겠다고 우기다 기절하고 말았다. 의사가 이러다가 산모가 죽기라도 하면 어쩔 것이냐며, 의료사고의 책임이 자신에게 고스란히 돌아올까 봐 겁에 질려, 강제로라도 제왕절개 수술을 해야겠다며 팔을 걷어붙였다. 그러자 기절했던 산모가 눈을 번쩍 뜨고는, 죽는 한이 있어도 자연분만을 하겠다고 고집을 부리며 콩죽 같은 땀을 쏟아내다 또 기절했는데, 금방 깨어나서는 죽을 것 같다고, 진짜 죽을 것 같다며 겁에 질려 악을 쓰면서도, 한사코 자연분만을 하겠노라고 옹고집을 부렸다는 것이다. 의사는 난감했다. 산모의 질이 보통 여자의 것보다 큰 것이 분명했지만 뱃속에 들어있는 녀석은 산모의 질을 통과하기 힘들 만큼 무지하게 컸기 때문이었다. 의사는 이 상황에서 달리 선택의 여지가 없음을 알았다. 이성을 잃지 않으려는 노력에도 불구하고 약간 흥분한 의사는 눈을 질끈 감았다. 용기를 내 산모의 질 속으로 자신의 오른손을 집어넣어 잠시 주물럭주물럭, 동물적인 감각에 의지해 태아를 찾았다. 드디어 뱃속 아기의 팔을 붙드는 데 성공했다! 의사에 말에 따르면 뱃속의 녀석은 기다리고 있었다는 듯 손을 꼭 붙들고는, 제발 이곳에서 나를 빼내어 달라는 듯 힘을 주더라고 했다. 의사는 팔을 잡아당겼고, 고막을 찢을 듯한 산모의 비명과 동시에 기적적으로 아기가 질 밖으로 빠져나왔다.

야망과 욕심의 이중주

아기는 힘차게 울면서, 찌부러진 눈을 가늘게 뜨고는, 이마와 머리카락이 땀으로 축축이 젖어 있는 의사와 두 다리를 벌린 채 검붉은 핏물로 범벅이 된 질을 드러낸 채 처참한 모습으로 기절해 있는 엄마를 바라보더라는 것이었다. 간호사가 아기를 저울에 올리자 바늘이 8.2킬로그램을 가리켰다. 아기의 몸무게가 8.2킬로그램이라는 소리를 들은 산모가 어이없게도 또 기절을 했다. 자기 뱃속에 그런 괴물이—출산 직후라 많이 흥분해 있어서 그런 표현을 썼을 테지만— 들어 있었다는 것을, 자존심이 상해 도저히 믿을 수 없다는 것이었다.

문제는 용감무쌍한 의사가 자신의 손을 집어넣어 구사일생으로 질을 빠져나오도록 한 아기의 팔에 이상이 생긴 것. 의사가 너무 세게 잡아당기는 바람에 팔이 빠져버리고 말았다. 8.2킬로그램의 아기는 세상에 태어나자마자 잠시 저울에 올라가 몸무게를 재고 나서는 엄마의 젖을 물지도 못하고 빠져버린 팔을 도로 집어넣기 위해 곧장 정형외과로 실려가야 했다. 어디 그뿐인가! 녀석은 태어날 때부터 하얀 앞니가 돋아나 있어서 모두를 놀라게 만들었다. 아기는 정형외과에서 빠진 팔을 맞춘 뒤 이번에는 치과로 실려가 앞니를 빼야 했다. 그런 뒤에야 엄마의 품에 안겨 젖꼭지를 물 수 있었는데…….세상에! 산모는 머리털이 까맣고, 뽑아낸 이빨자국이 선명한 아기가 젖꼭지를 어찌나 힘차게 물고 빨아대는 것인지 아픔을 참다못해 또다시 기절하고 말았다. 산모를 네 번씩이나 기절시킨 그 괴물 같은 아기가 바로 조팔개였다.

허풍이 조금 심한 듯한 출생 이야기였지만, 조팔개의 인물 됨됨이가 평범한 필부들과는 워낙 다르다 보니 그런 사연이 과장된 것이 아닐 수도 있다며, 출생에 얽힌 소문이 진짜일 거라고 믿는 사람들이 더 많았다.

조팔개라는 이름 뒤에 붙어 다니는 또 다른 이미지는 가방끈도 짧은 데다 무식하다는 것이었다. 발바닥 길이가 50센티미터나 되고 남근 또한 발바닥 길이만큼이나 크니 무식할 밖에 더하겠냐는 것이 중론이었다. 그러나 조팔개는 외모만 보아서는 무식꾼이 분명했지만 한편으로는 교활한 지혜가 뱀처럼 번뜩이는 특출한 인물이었다. 처세하는 것이 교양하고는 담을 쌓은 듯 무식하기는 하지만 머리만큼은 비상하다는 여러 가지 사례가 꼬리를 물고 다니는 특이한 존재였다. 그러니까 일상적으로 무식하다고 말하는 것은 거인 같은 그의 외모와 교양 없는 매너를 의미하는 것이었고, 머리가 비상하다는 것은 탁월한 사업수완을 이르는 것이었다. 무식한 감성과 예리한 이성의 극단적인 두 성질이 하나의 육체에 공생하는 셈이었다.

그 때문에 그는 늘 찬사와 지탄의 대상이었다. 돈을 벌기 위해서는 수단방법을 가리지 않고 덤벼드는 냉혈한이라는 비난이 있는가 하면, 탁월한 사업수완으로 동주시 제일의 재벌로 탈바꿈한 입지전적 인생역정에 대한 동경과 부러움이 동시에 자리하고 있었다.

조팔개의 성공은 동주시에서는 하나의 신화였다. 그의 사업수완은 보통 사람이 상상할 수 없을 만큼 빼어났다. 성공의 핵심은 철저

한 독점주의와 과감한 투자로 요약됐다. 특히 경쟁자라면 인정사정 볼 것 없이 싸워 이기거나, 무릎을 꿇리거나, 아니면 아예 매장시켜 버리는 독종이기도 했다.

그러나 누구 하나 눈길을 주지 않았고 거들떠보지도 않았던 하잘 것없는 촌뜨기 조팔개가 동주시 제일의 갑부로 출세할 수 있었던 것은, 어느 날 문득 예기치 않게 다가온 운명적인 사건 때문이었다. 그 사건은 예고는커녕 낌새도 없이 조팔개 앞으로 다가왔고, 그는 단 한 번의 찬스를 결코 놓치지 않았다.

아! 운명적인 사건이라니! 듣기만 하여도 가슴이 설레는, 감히 운명적이라 불러도 될 만큼 놀랍고도 기이한, 조팔개 스스로도 거역할 수 없었던 사건이 일어난 것은 그의 나이 24살 때였다.

파릇파릇한 청춘이었을 때 그의 직업은 사진사였다. 그는 그날 오후 벌어진 운명적인 사건이 아니었더라면 평생을 콧물이나 닦아가며 사진 찍는 일을 천직으로 알고 살았을 것이었다. 조금 더 발전했다 쳐도 동주시내에 사진관을 개업한 뒤 사진을 찍고 깜깜한 암실에서 필름을 현상하면서 일생을 그럭저럭, 누구나처럼, 희망 없이, 세끼 잘 먹고, 자식들 잘 키우고, 마누라 건강한 것에 만족하며 보냈을 것이었다. 그러나 그의 사주는 사진사 팔자가 아니었다. 24살의 어느 여름날 늦은 저녁 무렵, 얼굴에 땟국이 줄줄 흐르고 머리털에서 허연 비듬이 떨어지는 하잘것없는 조무래기 사진사 조팔개는 그의 인생을 송두리째 뒤바꾸게 될 사건에 휘말려들었다.

불토사 주차장에서 도량 일주문 앞의 매표소에 이르는 약 500미터 거리의 긴 오솔길을 근거지로 관광객에게 사진을 찍어주던 그의 꿈은, 불토사 경내에 들어가 사진을 찍는 것이었다. 불토사 경내에서의 사진 촬영 독점권만 거머쥘 수만 있다면 어마어마한 돈을 벌어들일 수 있다는 현실 때문이었다.

불토사 경내의 사진 촬영권을 갖고 싶다는 그의 소박한 꿈은 어느 날 저녁 해 질 무렵 뜻하지 않게 찾아왔다. 그는 훗날 그 사건을 두고, 엄청난 행운이 몇 번의 전생을 거쳐 이생에 있는 자신에게로 굴러 떨어진 것이었노라고 정리했지만, 그 당시 청년 사진사 조팔개는 생애 최악의 불행이자 자신의 청춘은 말할 것도 없고 일생을 망쳐놓을 문제의 현장에 재수 없게 걸려든 것이라고 쌍욕을 내뱉었을 뿐이었다.

검은 땅거미가 밀려오자 관광객들은 삽시간에 자취를 감추었다. 이슬이 맺히기 시작하는 풀잎 사이로 벌레 소리가 점점 커져갔다. 대중교통 수단이 흔치 않던 시절인지라 마지막 버스가 떠나고 나면 산속의 절간은 조용하다 못해 을씨년스럽기까지 했다. 그는 막차가 떠나가자 낡은 가방에 사진 장비를 챙겨 넣은 뒤 자전거 짐받이에 단단히 묶고는 집을 향해 출발했다. 비릿비릿한 풀냄새가 땅바닥에서 피어올라 오는 초여름 저녁이었다. 불토사 돌담길을 따라 내려오면서 휘파람을 불던 그가 갑자기 자전거를 멈춘 것은 담 너머 절 마당에서 들려온 톤이 높고 결이 고운 여자 목소리 때문이었다. 절간에서 여자의 음성을 듣는다는 것이 이상했다. 더욱이 지금은 저녁놀마저 사라지고 검은 포돗빛으로 대기가 어두워지는 시간이 아닌가!

"오라잇! 오라잇!"

여자의 목소리는 가늘었지만 음색은 풍부했다. 성적인 감흥을 불러일으키는 묘한 미성이었다. 청년 조팔개의 두 귀가 쫑긋 섰다. 그는 호기심을 참을 수 없었다. 그가 호기심을 훌훌 떨치고 자전거의 페달을 계속 밟았더라면 그의 인생은 평범하게 굴러갔을 것이었다. 그러나 조팔개는 멈추었다. 돌담 곁에 자전거를 기대놓은 채 담을 기어 올라갔다. 묘령의 젊은 여인이 후진하는 승용차 뒤에 서서 손바닥을 까닥이며, "오라잇! 오라잇!" 하고 신호를 보내고 있었다. 운전대를 잡은 주지는 비좁은 마당에서 승용차를 돌리느라 땀을 뻘뻘 흘리고 있었다. 파르라니 깎은 머리에 땀이 맺혀 반들거렸다. 불토사 주지가 운전면허를 따기로 마음먹은 것은 봄눈처럼 차갑지만 속은 촉촉한, 눈부시게 아름다운 30대의 여교수 때문이었다. 불토사 주지는 동주대학의 무용과 여교수를 연모해 그녀를 도량으로 불러들이기도 하고 호텔에서 맛있는 요리를 사주기도 하면서 정분이 나서 애가 달아 있었다.

조팔개는 돌담에 걸터앉아 무용과 여교수의 눈부시도록 흰 살결과 인형 같은 눈을 몰래 훔쳐보며 두근거리는 가슴을 눌렀다. 넉넉하지 않은 마당에서 차를 돌리려는 주지의 운전 솜씨도 볼 겸, 가슴이 봉긋하고 잘록한 허리와 볼륨이 풍성한 힙을 지닌, 무용으로 단련된 건강미 넘치는 여교수를 몰래 훔쳐보았다. 승용차는 겨우 후진을 했다가 다시 앞으로 나가면서 바퀴를 꺾었지만 쉽게 빠져나가지 못했다. 여교수는 승용차 뒤에 서서 답답하다는 듯 손을 흔들며 주지의 서툴기 짝이 없는 운전 솜씨를 비아냥댔다.

"굼벵이! 둔치! 아휴 답답해!"

핀잔이 이어질수록 늙은 주지는 액셀러레이터를 성미 급하게 밟아대서 차가 앞뒤로 덜컹덜컹 불안스럽게 움직였다. 그럴수록 승용차는 마당 귀퉁이로 몰렸고 회전할 수 있는 폭도 점점 좁아졌다. 여교수는 승용차의 꽁지에 붙어 서서 참새처럼 쫑알대며 고개를 절레절레 흔들다가 팔짱을 꼈다. 보조개가 유난히 더 깊어졌다. 여교수는 놀리는 것 같기도 하고, 농담 같기도 하고 진담 같기도 한, 묘한 목소리로 톤을 높이더니…… 운전석 차창 밖으로 고개를 내민 채 난감한 상황을 호소하는 주지를 향해 외쳤다.

"바보! 둔탱이! 차라리 포기해요!"

여교수의 힐난이 멎자마자 주지의 승용차가 부웅, 하는 굉음을 내며 조팔개가 걸터앉아 있던 담벼락을 향해 돌진했다. 예기치 못한 그 충돌로 돌담이 무너졌다. 담 위에 걸터앉아 있던 그는 승용차 지붕 위로 떨어지고 말았다. 잠시 어리둥절했던 그는 정신을 차리자마자 큰 사고가 터진 것을 알았다. 주지가 브레이크를 밟는다는 것이 그만 액셀러레이터를 힘껏 밟은 것이었다. 문제는 주지의 연인인 동주대학 무용학과 교수였다. 승용차 꽁무니에 붙어 있던, 봄눈처럼 촉촉하고 봉숭아 살처럼 눈부시도록 아름답던 여교수가 보이지 않았다.

그가 부랴부랴 승용차 지붕에서 내려와 뒤쪽으로 달려갔지만 그녀는 보이지 않았다. 뿌연 흙먼지가 사라지고 무너진 담이 드러나자 돌무더기와 일그러진 트렁크 사이로 여교수의 헝클어진 머리카락이 보였다. 그가 돌무더기에 깔린 그녀의 상체를 들어 올렸지만 흐물흐물 늘어지고 말았다. 깨진 머리에서 흘러나온 핏물이 얼굴을 적셨다. 조팔개는 눈처럼 흰 얼굴과 가녀린 목을 가까이 들여다보았다. 그녀는 의식을 잃은 듯 아무런 반응도 없었다. 돌무더기와 자가용 트렁크 사이에서 빼내기 위해 그녀를 안았을 때 36.5도의 체온이 감전되듯 느껴졌다. 향긋한 분내가 훅 올라왔다. 그런 황홀함은 한순간뿐이었다. 그녀의 맥박은 뛰지 않았고, 몸은 식어가는 중이었다.

조팔개는 불행한 사고 현장에 재수 없게 굴러 떨어진 것이 꿈이기를 빌었다. 그는 운전석에 앉아 있는 주지가 밖으로 나오기 전에 재빨리 무너진 돌담을 뛰어 넘어가 자전거를 타고 집로 도망쳐야겠다고 마음먹었다. 자신은 아무것도 보지 못했으며 동주대학 무용과 여교수의 비명횡사도 모르는 일이라고 결론지었다.

돌담을 뛰어넘어 자전거를 일으켜 세우고, 안장에 올라타 페달을 막 밟으려는데 불토사 주지의 굵은 음성이 그의 두 발을 꼼짝 못하게 했다.

"이보게, 젊은이!"

조팔개는 너무 경황이 없어 눈만 동그랗게 뜬 채 뒤돌아보았다.

농담의 세계

불토사 주지의 머리가 땀방울에 젖어 유난히 반짝였다. 그가 조팔개에게 다가와 팔을 덥석 잡았다. 두 사람은 마당 건너 흰 꽃이 눈처럼 덮인 150년 수령의 이팝나무 아래로 들어갔다. 흥정은 그렇게 시작됐다.

"자네가 운전을 하다가 실수로 저 여자를 쳤다고 진술하게. 자네 사진쟁이 맞지? 이곳 불토사 경내에서 사진을 찍을 수 있는 권리를 모두 자네에게 독점으로 줌세."

"전, 운전면허도 없는데요?"

"상관없네. 그냥 호기심에 차를 운전하다가 사고를 냈다고 하면 간단해. 자네의 장래를 책임지겠네."

조팔개는 그때처럼 전 생애를 통틀어 앞뒤 안 가리고 과감하게 결단을 내린 기억이 단 한 번도 없었다. 그는 사건의 전말이랄지, 향후 자기에게 닥칠 불이익이나 시련과 고통과 불행이 꼬리를 물고 따라다닐지도 모른다는 예상 따위는 관심 밖이었다. 오로지 돈을 벌어 부자가 될 수 있는 길, 불토사 경내의 사진 촬영 독점권만이 그의 복잡한 뇌를 꽉 차지하고 있었다. 그 밖의 모든 것들은 차후 문제였다. 그는 반짝반짝 빛나기 시작한 밤하늘의 별을 바라보며 두근거리는 가슴을 달래다가, 바짝 마른 입술을 깨물다, 주먹을 불끈 쥐었다 폈다 하다가…… 결심을 굳혔다. 불과 18초밖에 걸리지 않았다.

조팔개는 신고를 받고 달려온 경찰에 의해 연행됐다. 경찰은 과실치사 혐의로 그를 구속 수감했다. 그는 경찰서에서 조사를 받을 때는 물론, 거의 실성한 듯한 아내가 면회를 왔을 때에도 결코 진실을 입 밖에 꺼내지 않았다. 법원은 1년의 징역형을 선고했다. 그는 흔쾌히 받아들였다. 교도소에서 징역을 사는 동안, 출감 후 갖게 될 불토사 경내의 사진 촬영 독점권을 떠올리면 입가에 절로 웃음이 만들어졌다. 돈을 벌기 위해서라면 이 정도의 고생쯤은 대수롭지 않을 뿐더러 당연한 것 아닌가? 그의 낙천적인 생각이랄까, 독특한 집념이랄까, 고집스런 인내랄까…… 어쨌든 조팔개의 직감과 결단은 적중했다.

징역 6개월째를 살고 있던 그해 겨울 크리스마스 아침, 청년 조팔개는 불토사 주지의 막강한 로비 덕택에 형 집행정지를 받아 크리스마스 특사로 가석방됐다. 출감 후 며칠 뒤, 싸락눈이 내리던 늦은 오후 불토사 주지로부터 기별이 왔다. 그는 털모자를 눌러쓰고, 목도리를 둘둘 감은 뒤, 털장갑을 꼈다. 6개월 동안 창고에 처박혀 있던 자전거를 꺼내와 얼어붙은 신작로를 따라 달렸다.

"자네와의 약속을 지키려 하네. 오늘부터 경내 사진 촬영은 자네가 맡아서 하게. 그리고 사찰 관람료를 징수하는 권리까지도 맡게나."

주지는 약속을 지켰다.

조팔개는 자기에게 찾아온 단 한 번의 기회를 그냥 놓치지 않았다. 전국에서 수학여행을 온 중, 고등학생은 물론 신혼부부들도 국보급 문화재와 보물이 즐비한 불토사 경내에서 사진을 찍으려고 줄을 서서 차례를 기다렸다. 사진 촬영은 대성황을 이루었으며 사찰 관람료 징수 수익도 어마어마했다. 그는 불토사 경내에서의 사진 촬영권을 독점한 지 1년 만에 100만 원을 모았으며 2년째 되던 해 300만 원을 모았다. 그는 3년째 되던 해 저축으로 모은 돈으로 중고 버스를 한 대 구입한 뒤 동주시에서 최초로 시내버스 영업을 시작했다. 회사 이름은 천 리를 쉬지 않고 달린다는 말처럼, 부지런히 달리고 달려 돈을 마구 벌어주는, 그의 야망과 꿈을 직설적으로 표현한 '천리마교통'이었다.

조팔개는 버스사업으로 벌어들이는 수익이 예상했던 것보다 훨씬 많아지자 버스를 추가로 2대 더 늘렸다. 그렇게 늘어나기 시작한 시내버스가 10대가 됐고 나중에는 시외버스에 관광버스 사업까지 손을 대면서 운수업에 본격적으로 뛰어들었다.

청년 조팔개는 일개 사진사 조무래기에서 동주시 대중교통 운수업계를 장악하고 그 기세를 몰아 관광버스 사업에까지 진출하는, 당시 그 누구도 생각하지 못한 사업수완을 발휘했다. 기업인 조팔개의 성공 신화는 그렇게 만들어졌다.

24살의 새파란 철부지 젊은이가 꼭 10년 만에 동주시의 손꼽히는 재력가로 탈바꿈한 비결은 너무나 간단하고 쉬운 것 같아 보였지만, 숨겨진 그의 고통은 이루 다 말할 수 없을 만큼 혹독했다. 그 때문에 조팔개의 가슴 깊은 곳에는 돈 버는 일이 인생의 전부가 아니라는 확고한 신념이 박혀 있었다. 10년 만에 동주시 최고의 재력가로 자리 잡았지만 권력과 명예에 대한 허전함 때문에 그의 한쪽 가슴은 늘 텅 빈 느낌이었다. 돈 버는 일이 인생의 전부가 아니라는 신념이 조팔개를 마침내 정치라는 신기루 속으로 끌어간 것이었다. 알고 보면 속물이고 허풍쟁이에 불과한 잡동사니들이 진흙탕 속에서 나뒹굴며 쇼를 벌이는 것이었지만, 그는 정치라는 신기루에 빠져 헤어나지 못했다.

조팔개는 마음먹은 대로 맨 처음 시의원에 출마해 당선되더니 곧바로 시의회 의장에 선출됐다. 어디 그뿐인가? 보통시민자유민주공화당 동주시지구당 부위원장에 낙점됐고, 평화통일연맹 동주시협의회 회장에 동주시 테니스협회 회장, 바르게 살기 동주시 지부장, 동주시 시립무용단 고문, 동주시 도시계획위원회 위원장 등 갖가지 직함이 붙었다. 그러나 가슴 한구석은 여전히 비어 있었다. 만족할 수가 없었다.

"나의 꿈은 무엇인가! 나의 종착지는 어디인가?"

"시장!"

조팔개는 자문자답을 했다. 그의 마지막 꿈이 며칠 뒤 투표에서 결정되는 셈이었다.

3

조팔개는 시립병원 영안실에 도착하자마자 박수종의 부인 이강란을 찾았다. 두리번두리번 허둥대는 모습이 평소의 그답지 않게, 좀 뚱딴지같아 보였다. 그는 박 의원의 돌연사도 중요했지만 미망인이 된 이강란의 사생활도 그 못지않은 관심사였다. 그에게 이강란은 노랗게 익기 전의 풋살구 같은 정숙한 여자였다. 30대 중반의 이강란은 박수종 의원의 재취였지만 미모와 명석한 두뇌와 단아한 몸가짐으로 동주시내 기관장들과 기업인들 사이에 선망의 대상이었다. 앵두처럼 빨간 볼과 참숯처럼 짙은 눈썹, 개불처럼 도톰한 입술이 관능적이어서 사내들의 마음을 흔들어 놓았다.

그렇지만 반짝이는 총명한 눈빛이 그녀를 섣불리 넘볼 수 없게 했다. 동주시의 숱한 남자들은 그녀를 볼 때마다 검은 속내를 발동시키면서 꿀꺽, 하고 침만 삼킬 뿐, 감히 말을 걸거나 가까이 다가갈 엄두를 내지 못했다.

조팔개는 가끔 부부동반 모임 등에서 이강란과 눈이 마주치기라도 하면 가슴이 찌르르 떨리며 두근거렸다. 저돌적이고 단순한 성격에 매사에 무식할 만큼 직선적인 그였지만 그녀 앞에만 서면 다소곳했다. 그녀를 향한 짝사랑 혹은 흑심으로 혼자 애가 달아 있는 것이었다. 멧돼지 같은 조팔개의 마음 한구석에 연분이 자라고 있다는 것이 믿겨지지 않았지만, 이강란을 향한 그의 집착은 시간이 지나도 변하지 않았다. 박수종의 사망소식을 들었을 때, 줄지에 저승사자가 된 박수종은 뒷전인 채 미망인 신세가 될 이강란을 먼저 떠올린 것도 그의 숨길 수 없는 흑심 때문이었다. 이강란을 향한 숨은 욕망이 그를 사춘기 소년처럼 들뜨게 만들었다.

반면 조팔개에게 그녀의 남편 박수종은 정치적인 종속 관계여서 오히려 불편했다. 그 때문에 사망 소식을 듣고부터 불안의 강도가 더 커지는 건지도 몰랐다. 그는 그 원인이 무엇 때문인지 곰곰이 생각해 보았다. 공천을 받기 위해 박수종 의원에게 건넨 100억 원의 정치후원금이 문제의 핵심이었다. 100억 원의 검은 그림자가 장막처럼 그의 눈앞을 가렸다. 가슴이 막혀 답답했다. 100억 원의 정치후원금을 바람 부는 허공에 날려버린 것이라는 후회가 물밀듯 다가왔다. 억울했다. 누구에게 하소연할 것인가! 한숨이 절로 나왔다.

조팔개가 그나마 위안을 삼을 수 있었던 것은, 비록 돈은 날렸지만 이강란의 마음을 얻게 될 찬스가 온 것일 수도 있다는 가능성, 혹은 기대감이었다. 하지만 정작 병원엔 그녀가 보이지 않았다. 유족들과 보민당 당원들과 안전기획부 요원들이 어수선하게 뒤섞여 장례 절차를 논의하고 있었다.

"이 여사는 어디 있소?"

조팔개는 영안실 복도를 걸어 나오는 박수종의 충복인 젊은 보좌관 윤도영에게 물었다.

"병원장실에 계실 겁니다. 쇼크 때문인지, 아무하고도 만나려 하지 않습니다."

"황당하겠지. 졸지에 그렇게 가실 줄 누가 알았겠나."

조팔개는 서둘렀다. 시립병원 8층의 병원장실로 올라가기 위해 엘리베이터를 탔다. 다시 가슴이 콩닥거리기 시작하더니 입이 바짝 말랐다. 병원장실은 조용했다. 이른 아침인데도 에어컨 돌아가는 소리가 창문 너머 현관 쪽에서 우웅우웅, 하고 들렸다. 동쪽 창문은 블라인드가 내려져 햇빛이 차단돼 있었다. 그곳에 등받이가 높은 회전의자가 놓여 있었다. 이강란은 그 의자에 앉아 눈을 감은 채 꼼짝달싹하지 않고 있었다.

"접니다. 조, 팔, 개……. 충격이 크시겠습니다."

조팔개가 그녀의 심기를 건드리지 않으려는 듯, 약간 잠긴 듯한 목소리로 살금살금 말했다. 고양이가 주변을 둘러보며 야옹, 하고 자기의 존재를 알릴 때처럼.

이강란은 깜짝 놀라 눈을 떴다. 흘러내린 눈물 자국을 보이지 않으려고 손수건을 꺼내 눈가를 훔쳤다. 충혈된 눈이 붉은 보석처럼 빛났다. 조팔개는 가슴이 설렜다. 단둘이 마주볼 날이 찾아오리라고는 감히 꿈도 꾸지 못한 일이었다. 그런데 박 의원이 죽자마자 그녀와 단둘이 자리를 갖게 되었으니! 믿겨지지 않았다. 그의 머릿속에는 어떻게든 그녀의 관심을, 아니 환심을 사야 한다는 생각으로 가득 차올라 오히려 허둥댔다.

"이게 웬 날벼락입니까! 선거가 내일 모레, 코앞으로 다가왔는데……. 에고, 그게 그렇게 중요한 건 아니지요. 그건 그렇고, 이걸 어쩌나. 인생살이가 이렇게 허망할 수가 있습니까! 아이고, 나 원 참……. 힘내세요."

조팔개는 위로의 말치고는 앞뒤가 맞지 않아 횡설수설했다. 그러면서도 최선을 다해 조문의 예의를 갖춰야 한다는 압박감에 손바닥에 땀이 흥건했다.

이강란은 조팔개의 위로에 고개를 숙여 답례했다. 그러나 그가 진정으로 슬퍼하는 것인지, 마음 깊은 곳으로부터 돌연사한 남편을 애도하는 것인지 믿을 수가 없었다. 보수우파의 정치적 후원자였던 박수종 의원이 진짜 죽은 것인지를 직접 확인하러 온 것일 테지! 이강란은 그를 불신했다. 조팔개라면 죽은 남편에 대한 추모보다도 며칠 후 치러질 시장 선거에서의 득실을 따지고도 남을 인물이었다. 100억 원을 날려버렸다는 허탈감. 권력의 실세이자 막강한 후원자 박수종이 저승사자가 됨으로써 자신의 정치생명도 막을 내리게 될지 모른다는 낭패감. 그런 것들로 가슴이 부글부글 끓고도 남을 사람이었다.

이강란의 염려가 마음 한쪽 벽에 쓰라린 자국을 남기고 지나가기도 전에, 조팔개의 두툼한 입술이 더욱 불거지기 시작했다. 그는 박 의원의 예기치 못한 돌연사가 임박한 시장 선거에 미칠 파장에 대해 떠벌리기 시작했다.

"의원님께서 이렇게 어이없이, 졸지에 작고하는 바람에, 나나 보민당 당원 모두 큰 충격에 빠졌습니다. 무엇보다 지휘관이 죽었으니 우리 같은 졸개들이야 갈팡질팡하다가 깡그리 전멸 당할지도 모를 위기에 처했습니다. 100억 원의 정치후원금도 허공에 날린 기분이고……. 하긴, 정치후원금은 당의 발전을 위한 것이니까 별거 아닙니다만, 보민당의 조직력도 그렇고……. 한마디로 뿌리가 싹둑 잘려나간 것과 다를 바가 없게 됐습니다. 그나저나 우라질! 이런 변고가 생길 줄 누가 알았겠습니까? 어쨌든 저로서는 이것 이상의 불행이 없습니다. 내 인생의 마지막 꿈이, 고지가, 종착지가 바로 저긴데……. 흑흑! 박 의원님의 사망소식과 더불어 나의 꿈도 막을 내리게 됐습니다. 이 여사는 나의 참담한 심정을 알겠지요?"

조팔개는 마치 눈앞에 고지가 보이는 듯 멍청하게 눈을 뜬 채 풀이 죽은 모습이었다. 이강란은 듣고 보니 좀 안됐다는 생각이 들어 미안했다. 남편의 돌연사로 생애 마지막 꿈이 깨질지도 모른다는 그의 낙심에 괜히 마음이 아팠다.

"남편은 죽었지만 의장님의 꿈은 꼭 이뤄질 겁니다. 너무 낙심 마세요."

이강란은 최소한 그 정도의 위로는 해야 한다고 여겼다. 평소 그의 추파를 느끼지 못할 만큼 무딘 여자가 아니었다. 이강란은 그의 음흉하고 능글능글한 눈빛에 감추어진 흑심을 애써 무관심하게 대응해 왔다. 그러나 남편이 돌연사하자 조팔개가 무서워졌다. 죽은 남편 때문에 절망하고 있는 그에게는 미안했지만 그가 품고 있는 흑심에 말려들지 않아야 한다는 생각에 긴장됐다. 손수건으로 눈물을 닦으면서도 두려움으로 파르르 떨었다. 실내가 답답했다. 병원장은 어디로 간 걸까? 보좌관 윤도영도 나타나지 않았다. 조팔개가 어서 나가 주었으면…….

그는 돌아가기는커녕 이강란이 앉아 있는 의자 쪽으로 슬그머니다가와 마주 서서 이런저런 이야기를 꺼냈다. 했던 이야기를 또 하고, 앞뒤가 맞지 않는 말을 횡설수설 늘어놓았다.

"사는 게 다 그렇습디다. 때가 되면 누구나 죽기 마련이잖아요? 나이 들어 명줄이 다해 죽든, 젊어서 돌연사를 하든 간에 죽음 앞에는 장사가 없어요. 안 그래요? 그렇게 생각하면 못 살 것도 없지요. 내일은 내 차례일지도 모르잖습니까? 하여간 박 의원님과 이 사람 조팔개와의 끈끈했던 동지적 관계를 봐서도 그렇고…… 나를 믿어주세요. 내가 누굽니까? 보통시민자유민주공화당 동주시지구당 부위원장 아닙니까? 부위원장이 위원장의 부인을 보살피는 것은 당연한 것 아닙니까! 제가 이 여사를 성심성의껏 보살펴 드리겠습니다."

조팔개가 솥뚜껑 같은 커다란 손을 불쑥 내밀어 이강란의 가늘고 여린 손을 덥석 잡았다.

"날 믿어주세요! 이 조팔개가 이 여사 곁에 떠억, 지키고 서 있다고 생각하고 힘내세요!"

조팔개는 가슴이 쿵쿵 뛰는 소리를 들었다. 가슴속으로 기차가 달려가는 기분이었다. 그녀의 손을 힘주어 꽉 잡았다. 그녀는 하얗게 질려 부들부들 떨었다. 조팔개의 손을 뿌리쳐 빼내려 했지만, 어찌나 세게 붙들고 있는지 꼼짝할 수가 없었다. 가냘픈 손이 으스러질 것만 같았다. 이강란은 아프고, 두렵고, 무섭고, 질리고, 놀란 나머지 자신이 할 수 있는 유일한 반항으로 창문이 깨져라 하고 비명을 질렀다.

"아악!"

농담의 세계

실내가 한차례 진동했다. 그녀의 비명에 놀란 조팔개가 손을 놓고는 한발 물러났다. 이강란은 쉬지 않고 소리 질렀다. 머리가 깨질 듯 아팠다.

"아! 미, 미안해요. 몹시 피곤해 보이는군요. 히스테리가 일어날 만도 하지요. 장례 절차는 내가 알아서 다 처리하겠소. 이 조팔개가 다 알아서……."

조팔개는 이강란의 비명을 듣는 순간 놀라기도 했지만 이상하게도 성적 충동이 솟구쳐 변태로 돌변했다. 이글거리며 타오르는 흑심을 더는 감출 수가 없었다. 돌연 늑대가 되고 말았다. 가녀리게 울부짖는 이강란에게로 달려가 와락 끌어안으려는데, 문이 열렸다. 밖에서 병원장이 막 들어온 것이었다. 이강란은 탈진한 상태로 의자에서 일어나 창 쪽으로 도망쳤다. 조팔개는 엉거주춤 뒷걸음치며 헛기침을 뱉었다.

"이게 무슨 짓거립니까! 병원장 허락도 없이 누가 들어오랍디까!"

병원장이 안경 너머로 조팔개를 쏘아보며 흥분해서 말했다. 병원장은 창가에 달라붙어 떨고 있는 이강란의 백지장처럼 하얀 낯빛을 보았다. 걱정이 됐는지 가까이 다가가 살폈다.

"나는 다르잖소? 박 의원과의 관계를 봐서라도 내가 이 여사를 찾아온 것은 너무나 당연한 것 아니오? 동주시의회 의장 자격이기도 하고, 보민당 동주시지구당 부위원장이기도 하고……."

야망과 욕심의 이중주

조팔개는 자신의 행동이 들통 난 것에 위축이 돼 당황스러워하면서도 권위 의식에 가득 찬 표정을 지었다. 오히려 눈초리를 잔뜩 추켜올리고는 병원장을 위아래로 훑어보았다.

"제아무리 의회 의장이고 보민당 부위원장이 아니라 대통령 할배라고 해도 담당의사가 안 된다면 안 되는 겁니다! 여기가 의횐줄 압니까! 사람 목숨이 왔다 갔다 하는 병원이란 말입니다. 환자가 절대 안정을 취해야 하니 외부인이 방문할 수 없다, 이렇게 진단을 내리면, 거기에 따라야지요!"

병원장도 물러서지 않았다.

"원칙? 그럼 당신은 시립병원 원장으로서 단 한 번도 원칙을 어겨본 적이 없단 말이오? 당신 그렇게 잘났소? 내가 의원님 사망 소식을 듣고 모든 일을 팽개치고 달려왔으면 잠시 부인을 만나는 것쯤은 이해해야지! 안 그래요? 내가 제대로 알아야 의회나 지구당 차원에서 대책을 세울 것 아니오?"

"대책은 무슨 대책……. 나는 말이죠, 지금 죽은 사람 갖고 얘기하는 게 아니라 산 사람을 놓고 얘기하는 겁니다! 의장이란 양반이 말귀를 못 알아듣네. 무식하기는……."

병원장은 진료카드와 결재서류가 수북이 쌓인 책상으로 다가가 신경질적으로 입 바람을 후후 불어 쌓여 있는 먼지를 날려 보내며 투덜댔다. 조팔개는 이강란을 의식해 더 이상 병원장과 티격태격하는 일을 삼갔다. 병원장실을 나오면서 끙, 하고 침을 삼켰다.

농담의 세계

조팔개는 엘리베이터에 올라 간밤에 돌연사한 박수종 의원을 생각했다. 최대 후원자이자 막강한 실력자였던 박수종은 이제 아무짝에도 쓸모없는 비곗덩어리일 뿐이었다. 이제부터는 오로지 홀로, 외롭게, 자신이 겪어온 인생역정을 거울 삼아 직감으로 싸워나가야 한다는 결연한 의지를 다졌다. 그렇게 전의를 불태우다가도 이강란에 대한 흑심이 불꽃처럼 일렁이며 심장을 두드리고 지나가는 것을 느꼈다. 그러면 입술을 벌려 소리 없이 웃었다. 며칠 뒤 선거에서 시장에 당선되는 상상 너머로 이강란을 떠올렸다. 그는 선거에서의 승리와 더불어 뜻하지 않은 전리품으로 박수종의 젊은 미망인 이강란까지도 차지할 수 있게 됐다는 흑심에 들떠 자꾸만 입이 벌어졌다.

조팔개는 고난과 영욕으로 점철됐던 자신의 인생에 마지막 획을 긋는 승리의 순간을 그려보며, 헤헤헤 웃었다. 역경을 헤쳐 온 불굴의 날들처럼 이번 선거에서도 행운이 함께할 것이라고 확신했다. 동물적인 직감과 저돌적인 결단력을 실천할 때마다 찾아온 성공신화가 용기를 솟구치게 했다. 시립병원을 돌아 나오면서도 계속 헤헤헤 웃었다. 박 의원의 부고를 듣고 놀란 표정으로, 상심한 눈빛으로, 슬픔에 잠긴 낯빛으로 달려오고 있는 사람들이 눈치 채지 못하게 헤헤헤 웃었다. 승용차에 올라타고서도 실실 배어나오는 웃음을 참지 못해, 헤헤헤, 하고 실성한 사람 마냥 입을 벌렸다.

조팔개는 시의회로 돌아가는 길에 시청에서 516미터 떨어진 교차로 광장에 차를 세웠다. 광장 복판에 서 있는 523년 된 느티나무는

야망과 욕심의 이중주

동주시의 보호수였다. 고목은 40도를 웃도는 폭염과 구십천의 바닥을 드러낸 가뭄에도 끄떡없었다. 고목의 그늘은 유난히 검었고 기분 나쁠 만큼 으스스했다.

그는 이 도시에서 가장 오래된 고목 아래 서서 울퉁불퉁한 표피를 올려다보았다. 세월의 살결이 옹골지게 들러붙어 있는 고목을 향해 승리를 자신했다. 고목이 사람의 말귀를 알아듣기라도 하는 것처럼, 시장 선거에서 반드시 승리할 것이니 지켜보시라, 그렇게 장담하는 것이었다. 동주시의 역사를 묵묵히 지켜봐 온 산증인, 침묵으로 울울창창한 세월의 숨결을 담아온 노거수를 향해, 아니 나무의 혼령에게 역사의 증인이 되어 달라는 듯 야망을 전했다.

"나에게 불가능이란 없다네!"

523년을 살아온 느티나무 고목 당신이, 실패를 모르는 나 조팔개의 성공신화를 후세에 길이길이 알려 달라는 자만의 극치였다. 느티나무의 검은 나뭇잎이 한차례 흔들렸다. 조팔개는 바람 한 점 불지 않는 무더운 오전에 느닷없이 나부끼는 이파리에 깜짝 놀라 두리번거리며, 서둘러 느티나무 그늘을 떠났다. 고목의 이파리와 가지가 갑자기 흔들리기 시작했다. 울창한 노거수가 조팔개의 등 뒤로 냉기를 휙 뿜었다.

7월 11일 • 흐림 • 최고기온 42.1℃

주먹과 돈

1

시내파 보스 용가리는 찌는 더위에도 아랑곳하지 않고 장장 4시간째 참모들과 열띤 논쟁을 벌이고 있었다. 논쟁이라기보다는 보스인 용가리의 일방적인 훈계를 그의 졸개들이 하품을 해가며 듣고 있었다는 것이 정확했다.

용가리는 동주시의 밤무대를 장악하고 있는 조직폭력배 시내파의 보스답게 불세출의 주먹을 자랑하는 살아 있는 신화였다. 한때 변두리파와 시내파 간에 주도권을 노린 검은 암투와 핏물 튀기는 폭력이 횡행했었지만 용가리라는 독종 시내파 두목이 변두리파 두목인 쌍칼을 찾아가 1박 2일 동안의 피나는 결투를 벌인 끝에 동주시의 무림 세계를 일거에 평정해 버렸다.

용가리와 쌍칼의 피 튀기는 결투는 무림세계에서 전설처럼 전해져 오고 있었다. 1박 2일 동안의 경이롭고 눈부신 결투에서 쌍칼과 용가리는 자신들이 닦은 비장의 내공, 최고의 권법을 선보인 것이었는데, 하수들과는 달리 고수의 숨겨진 권법은 최후의 순간 빛을 발했고, 구경꾼들은 그것을 직접 목격하는 행운을 차지했었다.

대결이 시작되자마자 주먹과 발차기로 팽팽한 공격과 방어를 주고받던 쌍칼과 용가리 가운데 먼저 비장의 무기를 꺼내든 것은 쌍칼이었다. 이틀째 정오가 지날 무렵 공격과 방어의 균형이 깨졌는데, 그것은 쌍칼이 용담꽃처럼 시퍼런 단검을 빼들었기 때문이었다. 그 순간 모두들 쌍칼의 승리로 막을 내리게 됐다고 확신했다. 아니, 쌍칼의 손에 들린 단검이 용가리의 몸뚱어리를 도마 위에 올려놓은 광어를 썰듯 난도질할 것이므로 1박 2일의 대결이 곧 끝날 것이라고 단정했다. 쌍칼의 검술은 그 누구도 당할 수 없는 무림세계 최고의 경지에 올라 있다는 것을 모르는 이가 없었기 때문이었다.

그러나 결론부터 말하자면, 예상과는 정반대의 결과가 나타났다. 용가리는 쌍칼의 예리한 단검이 번개처럼 내리치는 것을 아슬아슬하게 피했다. 한 치의 실수만 해도 곧장 살점과 핏줄이 떨어져나갈 판이었다. 그때 용가리가 허리띠에서 동전보다 약간 큰, 날이 시퍼런 철편을 꺼내들었다. 얍, 하는 기합과 함께 철편을 쥔 손을 뻗쳤고, 철편은 쌍칼의 얼굴 정중앙을 향해 유성처럼 날아가 꽂혔다. 콧바람을 쉭쉭 내뿜으며, 단검을 X형과 S형으로 자유자재로 휘두르며, 무아의 경지에 들어선 듯 쉴 새 없이 공격해 오던 쌍칼이 욱, 하는 비명을 질렀다. 날아온 철편을 미처 피하지 못한 것이었다. 철편은 정확하게 쌍칼의 이마 한복판에 박혔다. 쌍칼이 이마에 박힌 철편을 빼내려고 주춤거리는 사이 용가리의 무시무시한, 간담이 써늘한 후속 공격이 무자비하게 가해졌다. 용가리는, 이마에 박힌 철편 때문에 내공이 빠져나가면서 당황해 있는 쌍칼에게 다가갔다. 멈칫거리지 않고, 눈 하나 깜짝하지 않고, 오른쪽 검지를 빳빳하게 세워, 캬, 하는 기합소리와 함께, 쌍칼의 왼쪽 눈알을 깊숙이 찔렀다. 왕사탕 같은 눈알이 빠져나와 흙구덩이 속으로 데굴데굴 굴러갔다. 쌍칼은 제자리에 풀썩 주저앉고 말았다.

변두리파 졸개들이 흙먼지 속에서 쌍칼의 눈알을 찾아 부리나케 병원으로 달려갔지만, 소용없었다. 눈알은 너무 상해 있었다. 용가리의 손톱에 찢어져 회복이 불가능했다. 쌍칼은 흙먼지 속에 뒹굴었던 눈알을 포기하고 대신 진돗개 눈알을 박아야 했다. 시내파의 보스 용가리는 그렇게 해서 동주시의 밤 세계, 동주무림천하를 통일했다.

동주무림의 지존 용가리가 장장 4시간에 걸쳐 참모들과 벌이고 있는 논쟁의 요지 역시 자존심이었다. 한마디로 요약하자면 무림지존의 자존심을 건드린 모종의 사건에 대한 사후 처리 문제였다.

보스의 자존심을 건드린 사건은 일주일 전 용가리의 회갑연이 열린 자리에서 일어났다. 이날 회갑연에 참석한 시의회 의장이자 보민당 동주시지구당 부위원장이자 시장 후보인 조팔개가 떠벌린 돌출

주먹과 돈

발언이 문제였다. 조팔개의 발언에 대한 분석, 그러니까 그런 발언을 한 저의가 무엇인지에 대한 분석과 향후 대응책을 놓고 무려 4시간째 옥신각신하는 중이었다.

조팔개의 '발언'은 시내파 보스 용가리는 물론 조폭 내부에 엄청난 충격을 불러왔다. 문제는 조팔개의 발언이 용가리를 직접 겨냥한 것이 아니라 연회장에서 마주친 좌파 시장인 이수를 향해 던진 것이라는 점이었다. 곧 치러질 시장 선거의 경쟁 후보인 이수의 처신에 대해 주위 사람들을 의식하지도 않고 노골적으로 비아냥댄 것이었다.

―시장이 깡패 두목 회갑연에도 참석합니까?

조팔개는 손에 들린 와인 잔을 치켜들며 시장을 향해 능글능글 힐난하듯 내뱉었다. 그 바람에 포도주가 잔 밖으로 넘쳐흘러 조팔개의 바지를 적셨다. 조팔개는 개의치 않았다. 오히려 시장 선거의 팽팽한 맞수인 현직 시장 이수가 깡패 표를 의식해 시내파 보스인 용가리의 회갑연 장소까지 몸소 찾아온 것을 비꼬며 쓴웃음을 지었다.

조팔개가 조금만 생각이 깊었던들, 깡패들이 득실거리는 용가리의 회갑연 자리에서 그렇게 막말을 하지는 않았을 것이었다. 원래 앞뒤를 가리지 않고 생각나는 대로 마구 지껄이는 조팔개라는 인물의 성질이 화근이었다. 설사 그렇게 떠벌린 것은 어쩔 수 없는 실수였다 치자. 문제는 회갑연의 주인공인 용가리가 때마침 도착한 시장을 마중 나오다가 수퇘지가 꿀꿀거리듯, 거침없이 비아냥거리는 조팔개의 목소리를 고스란히 듣고 만 것이었다. 그때 용가리가 조팔개

농담의 세계

의 등 뒤로, 약속이라도 한 듯 뚜벅뚜벅 걸어오고 있을 줄 누가 알았겠는가!

　용가리는 조팔개의 그 같은 발언이 의도적인 것이었든, 실수였든 개의치 않기로 했다. 다만 조팔개의 발언이 가져온 시내파 조직 내부의 손상된 자존심과 그로 인한 파장을 되돌려 놓는 일에 대해 심사숙고했다. 용가리는 조팔개의 발언이 뜻하지 않은, 의도적이지도 않은, 그저 경쟁 상대인 이수 시장을 향한 조크였을 뿐이었다고 애써 이해하려 했다. 그러나 평소 거들먹거리는 조팔개의 처신에 대해 지니고 있던 불신과 의심, 혹은 그의 내면에 감추어져 있는 도전 의지가 저도 모르게 표출된 것일지도 모른다는 연상 작용이 작동되기 시작하면 얼굴이 달아오르면서 판단력이 흔들렸다.

　용가리는 조팔개가 시의회 의장이 되고 나서부터 건방지고 우쭐댄다고 여겨오던 차였다. 때문에 더욱 불쾌했지만 그 자리에서 내색하지는 않았다. 손가락 열 마디가 우둑우둑 꺾이는 소리가 새어나왔을 뿐이었다.

　"간땡이가 붓지 않고는 그런 막말을 내뱉을 수 없습니다. 그 우라질 놈의 씹새끼가 간이 부었구만요! 돈 좀 벌었다고 까불대질 않나, 시의회 의장이라고 거드름을 피우지 않나, 보민당 시장 후보로 공천되더니 아예 눈깔이 뒤집혀 눈에 보이는 것이 없나 봅니다, 형님!"

　시내파 중간보스인 망치가 눈을 부라리며 쉰 목소리로 흥분해서 말했다.

주먹과 돈

"제깟 놈이 우리 앞에서 고개나 제대로 들었습니까? 시의회 의장이 되고 나더니 모가지에 콘크리트를 처발랐는지 뻣뻣해 가지고는……. 이참에 싸가지 없는 그놈의 모가지를 빼다가 똥장군 마개로 써야 됩니다!"

행동대원 장술이 주먹을 불끈 쥐었다. 용가리는 허허, 하고 헛웃음 소리를 냈다. 깡패라고? 날 보고 깡패라고? 그런 생각이 들면 핏대가 올라갔다. 그러면 이를 갈면서 겨우 분을 삭였다. 용가리는 섣불리 조팔개를 손볼 생각을 하지는 않았다. 동주무림의 지존답게 신중했다. 좀 더 기다려야 한다고 판단했다. 기회를 보다가 결정적일 때 명분을 갖고 일격을 가해, 아예 매장시켜 버리거나 팔이나 다리를 분질러서 병신을 만들어 놓아야 한다는 것이 그의 논리였다.

"아직은 아니다! 때를 기다려라. 옛날처럼 우리 조직이 시내를 좌지우지하던 시대가 아니잖은가?"

용가리의 냉철한 판단과 결정에 반대할 부하들은 없었다. 무려 4시간에 걸친 논의는 조팔개에 대한 손보기를 유보하는 쪽으로 결론이 내려지는 듯했다. 시내파 조직원들은 모두가 보스인 용가리의 뜻을 따랐다.

문제는 용가리의 두 아들, 용장과 용호의 생각이 다르다는 것이었다. 두 아들이 자리를 박차고 일어났다. 보스이자 아버지인 용가리의 진중한 결정에 대해 정면으로 반박했다. 조팔개를 당장 손봐야 한다는 것이 용감무쌍한 두 아들의 주장이었다.

농담의 세계

"그런 쥐새끼, 아니 족제비 같은 놈은 당장 족쳐야 합니다. 그냥 두면, 우리 시내파를 우습게 본단 말입니다!"

큰아들 용장과 둘째아들 용호는 아버지가 다른 곳도 아닌, 경사스러운 회갑연 자리에서 당한 수모를 그냥 덮어둘 수 없다며 눈을 이글거렸다. 두 아들은 매사에 단순했고 무모했다. 그러나 그 주장이 틀린 것도 아니었다. 인간의 심리는 너무나 얄팍해서 자기가 저지른 실수에 대해 예상했던 벌이 가해지지 않을 경우, 오히려 정당화하고 재발할 수 있는 빌미를 주게 되고 심지어는 교묘하게 역이용하려 드는 것이었다.

천하의 시내파 보스이자 독종이자 불세출의 주먹인 용가리도 두 아들에게는 어쩔 수 없었다. 조팔개를 단죄하겠다며 결의를 다지는 두 아들의 효심 가득한 충정과 용맹스러움을 어찌 나무랄 수 있겠는가!

용장의 눈빛이 어둠 속의 사냥개처럼 파란 빛을 발하며 이글거렸다. 그의 허리띠에는 짧은 단도가 매달려 있었다. 용호는 야구방망이를 손에 쥐고 이리저리 만지작거렸다.

"조팔개의 대갈통을 까놓고 오겠습니다!"

용장과 용호의 보복선언으로 4시간의 길고 긴 토론 끝에 내려진 결정은 와그르르 무너지고 말았다. 용가리는 물론 조직의 간부들조차 두 아들의 혈기 넘치는 용맹과 효심으로 가득한 보복심과 정확한 상황 판단에 시비를 걸지 못했다.

주먹과 돈

용장과 용호가 승용차를 몰고 조팔개를 찾아 떠났을 때…… 시내파 보스 용가리는 지그시 눈을 감고 침묵했으며, 졸개들은 장차 어떤 결과가 벌어질지에 대해 저마다 상상을 하며 고개를 갸웃거리다가, 비로소 두 아들의 신변을 보호해야 한다는 데 생각이 미쳐 행동대원들이 우르르 뒤따라 나섰다.

두 아들이 조팔개가 대표이사로 있는 동주상호신용금고에 도착한 것은 붉은 태양이 이글거리던, 섭씨 42도의 정오 무렵이었다. 차에서 내려 한차례 어깨를 들썩이며 몸을 풀고 나서 달아오른 아스팔트 위에 찍, 하고 침을 뱉었다. 그늘진 벽 쪽 의자에 앉아 졸고 있던 늙은 경비원이 건들건들 다가오는 건장한 두 명의 청년을 발견하고는 눈을 번쩍 떴다.

"누구요? 정지! 정지!"

60대로 보이는 비쩍 야윈 경비원이 손바닥을 편 채 외쳤다. 두 청년이 거침없이 다가오자 경비원은 아에 두 팔을 활짝 벌려 앞을 가로막아 섰다. 용장이 두 팔을 올려 허수아비처럼 서 있는 경비원의 가슴을 오른발로 밀어붙였다. 경비원이 유리문까지 밀려가 쿵, 하고 넘어졌다.

신용금고 안으로 들어온 두 형제에게 감히 맞설 사람은 없었다. 강도인 줄 착각한 경비용역회사 청원경찰이 허리춤에서 가스총을 빼들려다가 용호의 야구방망이에 종아리를 맞고는 앞으로 고꾸라졌다. 금고 직원들은 갑자기 들이닥친 정체불명의 쌍둥이 같은 두 사내, 허리에 칼을 차고 야구방망이를 휘두르는 영화 속의 불한당 같은 청년들을 쳐다만 볼 뿐 속수무책이었다. 자판기 앞에서 커피를 빼먹던 젊은 사원은 용호에게 멱살을 잡혀 질질 끌려 다녔고, 현금자동입출금기는 방망이로 난타를 당했고, 브이아이피실의 칸막이 유리는 한 방에 소금처럼 폭삭 주저앉았다.

　용장과 용호는 조팔개를 찾았다. 위압적이면서 신경질적이고 비아냥대는 싸이코 같은 목소리가 사무실을 둥둥 떠다녔다. 아무런 반응이 없자 맛이 간 정신병자처럼 흰자위만 보이는 눈으로 괴상한 웃음을 지으며, 조팔개가 나오지 않으면 금고를 불 지르겠다고 협박했다.
　"모두 끄슬려 죽고 싶냐! 쌍!"
　금고 직원들이 벌벌 떨었다. 자판기 앞에서부터 멱살을 잡힌 채 이리저리 끌려 다니던 사원의 얼굴이 하얗게 변했다. 곧 질식해 숨이 넘어갈 듯했다. 그가 손을 뻗어 이 층을 가리켰다.
　용장과 용호 형제가 이 층 사장실로 올라갔지만 집무실은 비어 있었다. 조팔개는 이미 줄행랑을 놓은 뒤였다. 두 형제는 시간을 끌 수가 없었다. 더 지체하다가는 신고를 받은 경찰이 들이닥칠 것이었다. 그렇다고 이대로 물러설 수도 없었다. 그들은 약이 올라 발광했다. 광란이 시작됐다. 사장실을 벌집 쑤셔놓듯, 닥치는 대로 부수기 시작했다. 조팔개의 책상을 뒤집고 테이블과 소파와 책장과 표구액자와 병풍과 지구의와 티브이와 컴퓨터와 전화기와 금붕어가 헤엄치는 어항과 벽시계까지 깡그리 박살냈다. 깨지고 뒹구는 물건 소리와 성난 멧돼지 마냥 씩씩대는 숨소리가 공포의 강도를 더했다. 숨어서 그 광경을 지켜보던 동주상호신용금고 직원들은 넋을 잃고 말았다.

　5분쯤 지났을까? 조팔개의 사무실은 박격포가 떨어지기라도 한 듯 아수라장이 됐다. 두 형제는 비로소 후련했다.

　"깡패 아들이 다녀갔다고 전해! 깡패들은 아주 화끈하거든!"

　용장이 카랑카랑한 목소리로 외쳤다. 용가리의 용감무쌍한 두 아들 용장과 용호는 동주상호신용금고 대표이자 동주시의회 의장이자 보민당 동주시장 후보인 기호 1번 조팔개의 사무실을 초토화시키고 나서야 기분이 조금 풀렸다.

2

　조팔개는 신용금고 상무로부터 전화를 받고 나서부터 안절부절못하기 시작했다. 헌법에 보장된 자유민주주의 법치국가라지만 주먹 앞에서는 아무 소용이 없었다. 조폭들에게 법은 있으나 마나였다.

　죽으나 사나 자존심과 의리! 아이고 지겨운 놈들! 그는 깡패들에게는 아첨도 통하지 않는다고 생각하니 열이 솟구쳤다. 오로지 자존심과 의리뿐이었다. 요즘 세상에 의리에 살고 의리에 죽다니? 우습고 한심했지만 그것이 조폭세계의 엄연한 현실인 것을 어쩌랴! 그는 한숨을 내쉬며, 주먹들이 법을 무서워하지 않는 것이 용맹스럽기 때문인지 아니면 무식하기 때문인지…… 생각하다가 정신을 차렸다.
 조팔개는 의장실에 틀어박혀 고민에 빠졌다. 용가리의 무식한 아들 형제가 금고에서 돌아 나와 이곳 시의회까지 쳐들어온다면? 성난 멧돼지마냥 인정사정 보지 않고 돌격해 온다면? 시퍼런 칼과 야구방망이를 휘두른다면? 병신이 되거나 죽거나 둘 중 하나가 아닌가? 조팔개는 여비서를 불렀다.
 "날 찾는 사람이 있거든 외출 중이라고 해! 아직 안 들어왔다고 하라고!"
 여비서가 밖으로 나간 뒤 조팔개는 안쪽에서 문을 걸어 잠갔다. 의자에 몸을 파묻자, 용가리에 대한 지긋지긋한 악연들이 굴뚝의 연기처럼 모락모락 피어올랐다. 이가 갈렸다. 재수 옴 붙을 놈이었다. 똥을 묻혀서 오줌에 튀겨도 시원찮을 놈이었다. 그런데 현실은 용가리의 주먹으로부터 그 누구도 자유롭지 못하다는 것이었다. 자유와 민주가 소 말뚝처럼 든든한 자본주의 법치국가였지만 뒷골목은 여전히 무림의 법칙이 시퍼렇게 살아서 지배했다.
 재수 없게도, 시장과 맞닥뜨린 그때, 개망나니 깡패 새끼들의 오야붕인 용가리가 내 뒤에 다가와 있는 줄 누가 알았겠어? 누가 알았겠냐고? 조팔개는 후회스러웠다. 이미 돌이킬 수 없는 치명적인 실수를 어떻게 만회할지가 고민이었다. 어떻게 풀어야 할까? 자존심과 의리밖에 모르는 용가리의 마음을 어떻게 돌린단 말인가? 조팔개는 고민스러웠다. 이 일로 며칠 앞으로 다가온 시장 선거에 치명적인 타

주먹과 돈

격을 입을 수도 있었다. 머리카락이 고슴도치처럼 빳빳이 서 버리고 말았다.

그와 용가리와의 악연은 이번만은 아니었다. 사업을 벌이거나 확장하는 과정에 몇 번의 마찰이 있었다. 조팔개는 그때마다 번번이 완패를 당했다. 그에게는 기억하기 싫은 씁쓸한 과거였다.

그가 가장 혹독한 모멸감을 맛본 사건은 시의원에 당선되기 4년 전, 레미콘 사업과 관련된 일이었다. 그때 조팔개는 용가리가 보낸 졸개에게 칼을 맞아 쥐도 새도 모르게 살해된 뒤 생매장될 뻔했었다. 실종됐더라면 가족들이 시체도 찾지 못했을 것이었다.

동주무림천하를 막 평정했던 시내파 대부 용가리에게 겁도 없이 도전한 것이 실수였다. 당시 조팔개의 생각은 구구단을 암기하는 것만큼이나 단순했다. 사업적인 수완 그 이상도 이하도 아니었다. 조팔개는 건설 경기가 되살아나면서 공급이 모자라는 레미콘 시장을 분석할 줄 알았다. 레미콘 공장을 세우면 어마어마한 돈을 벌어들일 수 있다고 확신했다. 선천적으로 타고난 그의 동물적인 사업 감각을 따라올 자는 없었다. 그는 동주시에 레미콘 공장을 건설한다는 사업계획을 발표하고 본격적인 절차에 들어갔다. 그는 레미콘으로 떼돈을 벌 수 있다는 것만 생각했지, 뒷골목의 감추어진 검은 질서와 불문율에 대해서는 문외한이었다.

동주시에서는 조폭 보스인 용가리가 이미 합법적으로 레미콘 사업을 독점하고 있었다. 용가리는 조팔개가 레미콘 사업에 뛰어든다는 보고를 받고는 기가 막혀 헛웃음을 터뜨렸다. 감히 시내파 보스에게 도전장을 내밀다니! 조팔개의 간이 크다는 소리는 들었지만, 이 정도로 클 줄은 몰랐기 때문에 한편 놀라기도 했다.

그때까지만 해도 용가리와 조팔개는 서로를 잘 몰랐다. 물과 기름만큼이나 멀었다. 조팔개는 사업가로서의 수완과 건전한 경쟁을 통해 신규 사업에 뛰어든 것이었지만 용가리는 자신이 세운 질서에 정면으로 도전을 해온 것으로 받아들였다. 이처럼 두 사람의 판단은 정반대였다.

용가리는 둘 중에 하나가 항복을 하거나 죽을 수밖에 없다고 결론지었다. 선택의 여지가 없었다. 이것이 조폭 두목 용가리의 논리였다. 조팔개는 달랐다. 뒤늦게 용가리와의 관계가 단순한 불편함을 넘어 피 튀기는 전쟁으로 확산될지도 모른다는, 위험천만한 일이라는 사실을 깨달았다. 그렇다고 이미 벌여놓은 사업을 포기하기에는 너무 늦었다는 것도 알았다. 나갈 수도, 물러설 수도 없는 어정쩡한 입장이 돼버린 것을 알고는 가슴을 쳤다.

"조 사장이 독점하고 있는 시내버스 사업에 남이 뛰어들어 갈라먹자고 하면 가만있겠소? 가만있을 리 있겠나! 수단과 방법을 안 가리고 박살을 내겠지. 안 그래요? 나 역시 똑같소. 내가 독점해 온 레미콘 사업에 누군가가 끼어들어 숟가락을 하나 올려놓겠다면, 씨발…… 죽어도 용납할 수 없지. 안 그래요? 둘 중에 누가 죽든 하나는 죽어야지!"

주먹과 돈

호텔 커피숍에서 그 소리를 듣는 순간, 조팔개는 목젖이 말라붙어 침이 넘어가지 않았다. 무릎이 후들거려 걸음을 제대로 옮길 수가 없었다. 생매장시켜 버리겠다는 강력한 경고였다. 조직폭력배 세계에서 생매장이라면 도살장의 돼지나 소처럼 단숨에 멱을 따겠다는 소리였다.

조팔개는 그 자리에서 레미콘 사업에서 당장 손을 떼겠다는 의미로 하얀 손수건을 슬그머니 탁자 위로 올려놓아야 했다. 항복 선언을 했어야 했다. 그러나 그때까지 투자한 수십억 원의 자금 때문에 레미콘 사업을 순순히 포기하겠다는 말은 할 수 없었다. 그 역시 둘째가라면 서운할 만큼 독종 사업가였다.

조팔개는 그날 밤 집으로 가지 않았다. 도심 한복판, 경찰서가 200여 미터 가까이에 있어 창밖으로도 빤히 보이는 사보이 호텔에 투숙했다. 안전을 위해서였다. 그러나 용가리의 졸개들은 개의치 않았다. 복면을 한 자객이 야심한 새벽 조팔개가 투숙한 객실을 덮쳤다. 그가 잠이 오지 않아 엎치락뒤치락하고 있는데 출입문에 열쇠를 꽂는 소리가 찰깍, 하고 들렸다. 식은땀이 등골을 따라 주르르 흘렀다. 호텔 측에서 용가리의 시내파 부하들에게 키를 내준 것이 분명했다. 그는 이곳 사보이 호텔의 어두컴컴한 객실에서 칼에 찔려 살해된 뒤 교통사고로 위장 처리돼 시 외곽의 낭떠러지에 승용차와 함께 굴러 떨어져 불타버리거나, 구룡산 계곡에 암매장될지도 모른다는 공포감으로 부르르 떨었다.

도망쳐야 해! 조팔개는 속옷 차림으로 창 쪽으로 다가가 덜덜 떨리는 손으로 창문을 열었다. 5층 객실이었다. 뛰어내릴 엄두가 나지 않았다. 아래쪽은 호텔 로비와 연결된 정원이었다. 망설이는 사이 문이 열리고 두 명의 건장한 사내가 들이닥쳤다. 그는 더 이상 망설일 여유가 없었다. 어차피 죽을 거라면 이름은커녕 얼굴도 모르는 무식한 깡패 자식의 칼에 찔려 비명횡사하는 것보다 창밖의 푸른 잔디가 깔린 정원이 나을 것이라는 판단이었다. 창문을 비집고 빠져나가는데 예리한 칼날이 옆구리를 스쳤다. 뜨끔했다. 그는 두 번째 사내가 칼을 내지르는 순간 간발의 차이로 창문을 막 빠져나와 눈을 꾹 감고 호흡을 멈춘 채, 5층 아래 호텔 입구의 푸른 정원을 향해 뛰어내렸다.

조팔개는 운 좋게도 정원의 30년 된 단풍나무 가지에 떨어져 잠시 걸려 있다가 이내 몸무게를 이기지 못한 나뭇가지가 부러지면서 잔디밭으로 곤두박질했다. 이번에는 잔디밭에 자라고 있는 방석처럼 동그란 회양목 위로 떨어졌다. 30년생 단풍나무와 둥근 회양목이 아니었더라면 조팔개는 목뼈가 부러져 죽었을지도 몰랐다. 왼쪽 발목이 부러졌을 뿐 다른 곳은 멀쩡했다. 다만 자객의 칼에 스친 옆구리가 아렸다. 피가 배어 나오고 있었다.

현관 로비를 얼쩡거리던 호텔 벨 보이가 하늘에서 떨어진 속옷 차림의 뚱뚱한 중년 사내를 발견하고는 놀라 달려왔다.

"경찰! 경찰을 불러다오!"

주먹과 돈

조팔개는 경찰을 불러달라고 소리쳤다. 잠깐 사이 호텔 경비원과 주차 관리원이 달려왔고, 졸면서 손님을 기다리던 택시기사까지 나와 주위가 시끌벅적해졌다. 이윽고 요란한 경보음이 심야의 검은 하늘로 울려 퍼지며 119구급대와 경찰의 패트롤카가 거의 동시에 도착했다. 조팔개는 비로소 막혔던 숨을 내쉬었다.

동주시의 현실은 그때나 지금이나 여전히 시내파 보스 용가리의 영향력 아래 놓여 있었고, 누구도 도전할 수 없을 만큼 위세를 떨쳤다. 조팔개는 더 늦기 전에 용가리를 찾아가 잘못을 빌고 항복을 선언하는 것이 유리하다는 판단을 했다. 차라리 용가리에게 백기를 들고 찾아가 화해를 청한 뒤 그의 환심을 사는 쪽으로 가닥을 잡았다. 용가리를 잘만 이용하면 며칠 뒤 치러질 시장 선거에서 집권여당 후보인 이수를 견제할 수 있는 이점도 생겨날 것이었다. 막강한 지원세력이었던 국회의원 박수종이 급사하면서 선거 분위기가 급변하고 있다는 정보가 계속 올라오고 있었다. 선거가 코앞에 다가온 이상 어차피 승부수를 던져야 했다. 시장에 당선만 될 수 있다면 용가리의 고린내 나는 발등에 입인들 못 맞추랴!

만약, 만약에…… 깡패 두목 용가리가 보수우파 조팔개를 지지한다면? 조폭세계를 움직여 선거 판도를 바꾸는 일이 현실적으로도 가능할 것 아닌가! 시내파 조직이 가동되는 순간 동주시의 밤무대, 그러니까 유흥가와 식음료업소 계통에 종사하는 무수히 많은 젊은 남자와 여자들이 일사분란하게 보스의 명령에 따라 행동을 개시할 것

농담의 세계

이었다. 만약, 만약에…… 용가리가 마음만 먹는다면, 당명이 지랄같이 긴, 참정치민주개혁미래창조평화대통합신당 시장 후보 기호 2번 이수에게 감쪽같이 테러를 가할 수도 있는 것 아니겠는가!

시장은 조팔개, 라는 단순명료한 지침이 무림세계를 시발로 해서 동주시 뒷골목에서 대로변으로, 주택가로, 아파트 단지로까지 메아리치는 일은? 상상만이 아니라 실제로도 가능한 일이었다.

하지만 기분 좋은 그런 상상은 조팔개가 잠시 꾼 몽환일 뿐이었다. 그런 기적이 일어나길 기대하는 것조차도 황당한 것이었다. 지금 이 시점에서는 적어도 용가리가 조팔개의 발목을 잡지만 않는다 해도 큰 수확이라 할 수 있었다.

의장실을 나온 그는 동주상호신용금고로 향했다. 관용차에 오르자마자 수행비서에게 용가리에게 전화를 연결하도록 지시했다. 그의 머릿속에는 벌써 그럴듯한 모사가 꾸며지고 있었다.

"전화 연결됐습니다."

비서가 핸드폰을 건넸다.

"아이고, 용 회장님! 여러모로 죽을죄를 졌습니다. 지금, 곧바로 찾아뵙고 싶은데…… 괜찮으시겠지요?"

조팔개는 속내와 달리 비위를 맞추느라 가슴이 후들거리고 입이 말랐지만 전화에 대고는 쩔쩔매는 시늉을 했다. 낭창낭창 늘어지는 자신의 목소리가 역겨울 지경이었다.

"본인을 보러 오신다고? 본인은 당신 같은 사람 보고 싶지 않소.

주먹과 돈

깡패 두목이 의장님 같은 높은 분을 만난다는 것도 그렇고."

"회장님! 그게 다 오햅니다. 오해라니까요! 제가 자초지종, 당시 정황을 설명 드리면 오해가 풀릴 겁니다."

"오해! 오해라고 했소? 본인이 오해했단 말이요? 당신이 오해라면 오해겠지만 본인은 오해가 아니니까 그리 알아요."

"회장님! 진짜 오해라니깐요! 제 맘을 그리도 몰라주십니까? 그 새끼, 그러니까 우라질 놈의 시장 이수가 원흉입니다. 그놈 때문에 이런 사달이 벌어진 겁니다. 회장님!"

"이 양반이 진짜 찰거머리처럼 달라붙네. 당신 주둥이로 깡패 두목이라고 씨부려 놓고, 지금 오리발 내미는 거요? 그러니까 뚫린 입이라고 함부로 지껄이면 안 되는 거요."

용가리는 단호했다. 전화를 끊은 조팔개는 화가 부글부글 끓어올랐지만 참아야 한다고 스스로를 달랬다. 용가리에게 무조건 찾아가는 것 말고는 다른 돌파구가 없었다. 드디어 조팔개다운 직감과 저돌적인 근성이 나타났다.

"젠장, 더러워서!"

조팔개는 차창을 열고는 바깥 도로 위로 퉤퉤 침을 뱉었다. 침과 더불어 입 안에 가득 들어 있던 온갖 욕이 와그르르 쏟아져 나왔다. 그는 금고에 도착하자마자 경리이사를 불러 현금으로 일억 원을 준비하도록 했다.

"현금을요?"

"빨리빨리! 서두르라고!"

조팔개는 현금 일억 원이 담긴 가방을 받아들면서 저도 몰래 쏟아져 나오는 욕지거리를 껌을 씹듯 씹었다. 돈 가방을 들고 승용차에 오르면서도 욕을 했고, 용가리의 집으로 가는 차 안에서도 쉬지 않고 욕을 해댔다. 운전기사가 뒷자리에 앉아 씨부렁대는, 정신 나간 사람처럼 중얼중얼 욕설을 내뱉는 조팔개를 걱정스럽게 흘끔 바라보았다.

용가리는 집으로 찾아온 보민당 동주시장 후보 기호 1번 조팔개를 문전박대하지는 못했다. 아무리 조폭 두목이라지만 제 집에 찾아온 손님을 대문 밖에서 각박하게 내쫓았다는 소리를 듣기 싫어서였다.

"회장님, 모두 제 불찰입니다. 용서하십시오."

조팔개가 넙죽 큰절을 했다. 큰절을 신호로 간지러운 엄살과 장구한 아부와 뻔뻔스러운 충성심이 조팔개 특유의 입담에 섞여, 터진 쌀부대에서 나락이 쏟아지듯 줄줄 새어나왔다.

"죽을죄를 졌습니다. 그날 회갑연 때도 실은 회장님을 욕 뵈려 그런 게 아니라, 진짜 믿어주십시오, 나의 천적이자, 우리 위대한 보통시민자유민주공화당의 공공의 적이자, 진짭니다, 이번 선거에서 기필코 꺾어야 할 철천지원수 좌파진보 세력의 괴수인 이수를 물 먹이려고 한 말이었습니다. 진짜 믿어주셔야 합니다! 그런 저의 진심을 오해하시면 제가 어찌 동주시에서 발 디디고 맘 편히 살겠습니까? 저의 애통한 심정을 부디 헤아려 주시어, 진짜이옵니다, 두 번 다시

주먹과 돈

는 이런 실수를 하지 않을 것임을 천지신명께 맹세하오니…… 진짜로, 회장님이시여, 저의 충심을 굽어보시어 너그러이, 진짭니다, 하해와 같이 넓은 마음으로 용서하여 주시옵소서!"

조팔개는 거의 기도를 하다시피, 머리를 조아린 채 비통한 심정을 감추지 못해 훌쩍이기까지 하는 것이었다.

"이 모든 것을 회개하고 반성하는 마음으로 준비한, 아니 맹세의 표시이자 충성을 약속하는 저의 작은 정성입니다."

조팔개가 여전히 훌쩍이면서 일억 원의 돈이 든 가방을 용가리 앞에 내밀었다. 가방 손잡이를 잡은 그의 거무스름한 손등이 약간 떨리는 바람에 가방이 흔들렸다.

"가관이구만, 가관이야! 과연 조팔개답소! 그런다고 본인이 감동이라도 받을 줄 알았소? 본인은 돈 따위는 필요 없소. 그리고 본인은 가시나처럼 질질 짜는 것은 더욱 못 참아! 본인은! 본인은! 돈이면 다 된다는 졸부들의 사고방식을 증오해!"

용가리가 돈 가방을 내민 조팔개를 아래위로 훑어보며 따발총처럼 내질렀다. 몹시 흥분해 얼굴색이 붉었다. 비록 주먹 하나만으로 동주시의 무림천하를 호령하는 조직폭력배의 보스가 됐지만 의리와 자존심이 그의 버팀목이었다. 조팔개의 돈 가방이 오히려 둘째가라면 서러운 용가리의 자존심을 상하게 만든 것이었다.

"돈이면 다 되는 줄 알아? 이 양반아, 돈으로도 못 사는 것이 있어. 그게 뭔 줄 알아? 의리야 의리! 돈 갖고 의리 사는 것 봤어? 조 의장,

농담의 세계

당신 참 불쌍하오."

용가리가 혀를 찼다.

조팔개는 예상했던 것과는 전혀 다른, 상상했던 것과는 정반대인 용가리의 반응에 당황한 나머지 안절부절못했다. 용가리의 면전에 내밀었던 돈 가방을 챙겨 허겁지겁 돌아 나오면서 식은땀을 훔쳤다. 법보다는 돈이고 돈보다는 주먹이 통하는 세상이 엄연히 존재하고 있다는 사실을 새삼 뼈저리게 깨달았다. 깨달음보다 더한 아픔은, 조팔개 스스로가 용가리의 주먹에 감히 대항할 엄두조차 내지 못하는 현실이었다. 통탄스러운 일이었다. 주먹에 대해서만은 뼈가 사무칠 만큼 한이 맺혀 있고, 미련을 지니고 있었으면서도 평생 그 일에는 도전할 수가 없었다. 생애 전부를 돈과 명예에 걸었건만 주먹 앞에서는 한낱 바람 앞의 등불 같은 것이었으니, 어찌 보면 세상은 돌고 돌고 공평했다. 조팔개는 주먹에 맺힌 평생의 한을 반드시 풀고야 말겠다는 새로운 목표를 세워야 할지 말아야 할지 스스로 고민스러웠다. 용가리로부터 도망치듯 돌아오면서 손수건을 꺼내 이마의 땀을 훔쳤다. 그의 무기였던 동물 같은 감각과 저돌성도 이제 소용이 없었다. 이마를 가린 손수건으로 굴욕의 눈물이 함께 묻어났다.

7월 12일 • 맑음 • 폭염경보 • 최고기온 45.2℃

유령

1

"풍수의 요체가 뭔지 아는가?"

지관 수천(水泉)이 승용차 뒷자리에 앉아 부채질을 하며 윤도영에게 물었다. 에어컨을 틀었지만 실내 온도는 후텁지근했다. 차창 너머로 메마른 회색 콘크리트 아파트가 느릿느릿 스쳐갔다.

"풍수의 풍 자도 모릅니다."

윤도영은 무뚝뚝했다. 송장을 묻을 자리를 보러 가는 길이 유쾌할 리가 없었다.

"풍수의 으뜸은 효라고 했네. 조상을 물구덩이에 묻어놓고 자기는 편하게 살겠다고 하면 그게 바로 후레자식 쌍놈 아닌가? 송장이 편히 쉴 수 있도록 양지바르고 물이 안 나는 땅에 모시는 것이 자식 된

도리라네."

 수천은 망자의 혼이 영락하고 후손들의 발복이 보장되는 최고의 명당이라며 자랑을 늘어놓았다. 묏자리는 구룡산 중턱의 6부 능선을 따라 이어지는 양지바른 소나무 숲속이었다. 수천은 그 자리야말로 천기를 품은 천하제일의 명당이라며 거드름을 피웠다. 명당을 찾아냈다는 자만심 때문인 듯했다. 윤도영은 그가 명성만큼이나 실력 있는 지관인 줄을 알고는 있었지만, 성품이 가볍다는 생각을 했다.

 구룡산은 밖에서 보기에는 산세가 뚜렷하고 뾰족해 험악해 보였지만 산길을 따라 안으로 들어오고부터는 여인의 부드러운 허리처럼 녹녹했다. 승용차는 험한 비탈길을 세 번 돌아 멈춰 섰다. 뒤따라온 은빛 먼지가 앞을 가렸다.

 "이곳이 바로 팔풍받이를 온전히 피하고 있는 구룡산 명당일세."

 수천은 묏자리 위에 서서 남쪽의 훤히 트인 시가지를 내려다보았다. 도심의 회색 아파트와 상가건물이 열선에 가려 흐늘흐늘 움직이듯 보였다.

 윤도영은 박수종의 시신이 묻힐 장소를 바라보다 눈시울을 붉혔다. 구룡산 6부 능선 기슭의 낯선 산등성이가 박수종 의원의 마지막 안식처라니⋯⋯. 지난 10여 년간 박수종 의원의 수족처럼 움직였던 윤도영은 그의 죽음이 여전히 실감 나지 않았다. 지관 수천이 묏자리에 들어갈 송장의 방위를 설명할 때에야 슬픈 감정이 통풍처럼 뼈마디 사이로 으스스 번져왔다.

유령

"묏자리 뒤쪽 주산에서 산줄기가 이리로 뻗어 내려오다가 기가 멈춰 맺힌 자리가 바로 이곳이라네. 용혈이란 말이지. 그리고 좌청룡 우백호, 주작, 현무, 안산, 조산…… 캬! 주변 지세가 완벽하지 않은가? 응?"

수천이 주변 지형과 산세를 손으로 가리키며 스스로 감탄했다.

"저 아래 강을 보시게. 지금은 바짝 말라 버렸지만 구십천을 따라 흐르는 물줄기 자리가 바로 사수(砂水)의 결정판일세."

수천은 24방위와 살(殺) 등의 풍수법수가 빽빽이 기록된 패철을 손바닥 위에 올려놓고는, 음택의 요체가 바로 이것이라는 듯 자기 과시에 도취돼 고개를 끄덕였다.

수천은 박수종의 충복인 윤도영 앞에서 풍수와 명당론을 장황하게 늘어놓으면서도 마음 한구석에 감추어 놓은 비밀을 들키기라도 할까 봐 입조심을 했다. 그의 내면에는 진리 혹은 정의라고 확신하고 있는 신념이 자리 잡고 있었다. 그의 신념은 건조한 늦가을 햇볕을 쬐며 똬리를 틀고 앉아 있는 검은 독사만큼이나 무서웠다. 그는 그런 사실을 철저하게 감추었다. 남들이 보기에는 묏자리나 봐주는 용한 지관에 불과했지만, 그의 내면은 사회정의라는 이념으로 무장된, 개혁가의 논리로 가득 차 있었다. 세상에는 이처럼 공의를 위해 맹목적으로 헌신하는 괴짜들도 있는 법이었다.

천하제일의 지관 수천은 급사한 박수종 의원의 측근으로부터 묏자리를 봐달라는 의뢰가 들어왔을 때 대뜸 사회적 공의를 떠올렸었다. 복수의 기회가 찾아온 것이라고 확신했었다. 뚱딴지같은 발상이 아니라, 그의 내면을 무장하고 있는 신념의 결과였다. 그것이 우연한 기회에 수천의 손아귀에 들어온 것이고, 그는 양심에 따라 실천하려든 것이었다.

수천이 옳다고 판단하고 믿고 있는 사회적 공의 내지는 진리는 정치에 대한 강한 불신에서 시작됐다. 정치인에 대한 혐오감이 퍼낼 수 없는 우물처럼 깊었다. 그에게 있어 정치인은 양의 탈을 쓴 사기꾼과 다를 바가 없었다. 정치를 명분 삼아 늑대보다도 더한 포악스러움을 드러내는 것에 역겨움을 갖고 있었다. 박수종이 국가안전기획부장으로 재임 중일 때 비양심적인 공권력을 집행함으로써 선량한 시민들에게 고통을 안겨준 것도 정죄의 이유였다. 수천이 더욱 못마땅하게 여기고 있는 것은 박수종이 국가안전기획부장직을 물러나 국회의원에 당선돼 정치인으로 변신했을 때였다. 박수종은 권력을 등에 업고, 자신이 지닌 고급 정보를 이용해 온갖 이권에 개입하면서 어마어마한 부를 축적하는 고도의 사기 행각을 벌였다. 수천은 그 때문에 남들이 뭐라든, 그 스스로는 박수종을 대도(大盜)라고 불렀다.

수천은 외형상 명당자리가 분명한 땅 속으로 세 개의 큰 수맥이 모여 하나가 되는 자리를 택했다. 겉은 명당인데 속은 흉당인 자리를 박수종의 송장이 묻힐 음택으로 정했다. 수천은 명당에서 흉당으로 직결되는 음택에 박수종의 송장을 묻어버림으로써 이생에서 누린 복만큼의 고통을 짊어지도록 해야겠다는 결단을 내렸고 그것을 실천에 옮겼다. 명당과 흉당은 종잇장과 같은 차이였다. 그 사실을 알고 있는 사람은 묏자리를 골라준 천하제일의 지관, 수천 한 사람뿐이었다. 천하의 모사꾼이자 사기꾼이자 도둑놈을 명당에 누일 수는 없는 법! 살아서 누린 영화와 죽어서 당하는 고통은 공평한 법!

수천은 염불이라도 하듯 중얼댔지만 윤도영은 알아들을 수 없었다. 윤도영은 수천이 정해준 음택이 구룡산 최고의 명당이라는 것을 철석같이 믿고 있었다.

"발인하기 전날 포클레인을 불러 땅을 파야겠지요?"

"상여가 도착하면 곧장 하관식을 하고 난 뒤 관을 묻을 테니까 사전에 준비들 하게."

수천은 손바닥을 들어 이글이글 타오르고 있는 태양을 가린 채 산 아래 시가지를 내려다보았다. 폭염경보 속에 치를 장례가 걱정스럽다는 것인지, 흉당에 묻힐 박수종의 송장이 불쌍하다는 것인지, 몇 차례 혀를 차고 나서 얼굴을 잔뜩 찡그렸다.

2

그날 오후 보민당 동주시지구당 소속의 운전기사 황 씨가 시립병원 장례식장을 향해 급히 달려왔다. 돼지털만큼이나 뻣뻣한 머리카락 때문에 늘 짧은 스포츠형 머리를 하고 있는 그의 머리에서 굵은 땀방울이 번들거리며 흘러내리고 있었다. 그가 몹시 상기된 얼굴로 조문객들 사이를 기웃거리며 윤도영을 찾았다. 유족실에서 윤도영이 나오는 것을 발견하고는 잰걸음으로 다가갔다.

"보좌관님! 보좌관님!"

황 씨가 목소리를 낮추었다. 그렇지만 몹시 초조하고도 다급한 음성이어서 윤도영의 귀에 금방 들어왔다. 땀으로 뒤덮인 얼굴에 개기름이 번들번들 흘러내리고 있었다.

"구룡산에 있어야 할 사람이 여긴 왜 왔소?"

윤도영은 구룡산에서 묏자리 흙을 파내고 있을 포클레인 기사와 일꾼들을 떠올렸다. 내일 아침이면 출상이었다. 그런데 현장을 감독해야 할 보민당 동주시지구당 1급 운전기사 황 씨가 난데없이 장례식장으로 달려온 것이 수상쩍었다.

"에이그……."

황 씨가 울상을 지으며 한숨을 내쉬었다.

"사고라도 났소?"

"큰일 났습니다. 이거 원……."

황 씨가 선뜻 말을 꺼내지 못하고 떠듬댔다. 윤도영이 그를 데리고 유족실로 들어갔다. 유족실에서 쉬고 있던 이강란이 지구당사에서 종종 봐온 짧은 머리카락의 낯익은 운전기사 황 씨가 땀에 절어 새파랗게 질린 얼굴로 들어오는 것을 보았다. 이강란이 영문을 몰라 놀란 표정으로 눈을 동그랗게 떴다.

유령

"도대체 무슨 일이요?"

윤도영이 안절부절못하는 황 씨에게 물었다.

"묏자리에서 물이 나옵니다! 수맥이 지나는 것 같습니다."

"물이라니? 거긴 명당자리란 말이오. 혹시 엉뚱한 곳을 판 것 아니오?"

"아이고 그럴 리가 있습니까? 어제 수천인가 소천인가 하는 지관이 찍어준 바로 그 자리가 분명하다니까요!"

황 씨는 굴삭기가 묏자리 표층의 덤불과 나무뿌리를 걷어낸 뒤 관을 묻을 묘혈을 파들어가기 시작하는데 갑자기 물줄기가 솟구쳤다며 당시 상황을 설명했다.

"우물을 파다가 수맥이 터졌을 때처럼 펑펑 솟구친다니까요!"

"물이 솟구친다? 명당에서 물이 나와?"

윤도영이 자리에서 일어났다. 그는 인부들이 묏자리를 잘못 알고 엉뚱한 곳을 팠을 것이라고 믿었다. 유례없는 가뭄으로 강과 하천은 말할 것도 없고 우물까지도 말라버린 지 오래였다. 그런데 운전기사 황 씨는 구룡산 중턱에서 묏자리를 파다가 물길이 솟구쳤다며 헐레벌떡 달려온 것이었으니, 윤도영으로서는 황당할 뿐이었다.

윤도영이 구룡산 중턱의 묏자리에 도착한 것은 붉은 저녁놀이 시가지를 물들이기 시작할 무렵이었다. 도시의 하늘과 땅을 온통 붉게 물들인 석양이 구룡산까지 뒤덮고 있었다. 소나무와 바위가 불그죽죽한 석양에 물들어 꿈틀대는 듯 보였다. 윤도영은 아, 하고 탄식했다. 묏자리에서 흘러나오는 물줄기가 석양에 반사돼 핏물처럼 보였다. 굴삭기가 파헤쳐 놓은 묘혈로부터 꾸역꾸역 솟아 올라오고 있는 붉은 물줄기를 보자 소름이 돋았다. 끔찍한 광경이었다.

"수맥이 지나가는 것이 분명하다니까요! 저것 봐요. 물길이 퐁퐁 솟아나잖습니까!"

운전기사 황 씨가 물줄기가 둥글게 솟아 올라오고 있는 묏자리 광혈 앞으로 다가가 손으로 물을 휘저었다.

"터는 명당이지만 수맥이 흐른다?"

수천이 장난을 치다니! 윤도영은 그제야 속았다는 것을 알았다. 수천이 박수종 의원을 골탕 먹이려고 작정을 하지 않고서야……, 감히 이런 짓을 할 수가 없었다. 윤도영은 침착했다.

"모두들 잘 들어요!"

윤도영이 현장에 있는 인부들을 불러 모았다. 감독격인 운전기사 황 씨와 포클레인 기사, 그리고 세 명의 잡부가 윤도영 앞으로 다가왔다.

"내일 날이 밝으면 장례식이 열립니다. 그러니까 지금 묏자리를 옮길 처지가 못 됩니다. 무슨 말인지 알겠지요? 우선 내일 장례가 끝날 때까지 유족들은 물론 문상객들에게도 이 사실을 비밀로 해야 합니다. 일단 매장을 하고 나서, 모든 장례절차를 끝낸 뒤, 유족에게 이 사실을 알릴 겁니다. 다른 묏자리를 찾아 이장하는 방법뿐입니다."

모두들 고개를 끄덕였다.

유령

"물줄기가 점점 불어나고 있어요!"

포클레인 기사가 골치가 아프다는 듯 이맛살을 찌푸렸다. 묘혈 자리에서 흘러나온 물이 작은 개울처럼 산 아래쪽으로 흘러 내려갔다.

"피브이시 파이프를 땅속으로 묻어 물줄기를 감춰버려요!"

"오십 밀리면 될까?"

"무슨 소리야, 최소한 오백 밀리는 돼야겠구만."

일꾼들끼리 피브이시의 크기를 놓고 의견이 엇갈렸다. 결국 삼백 밀리미터 크기의 피브이시 파이프를 묘혈로 연결해 능선 옆의 계곡 사이로 물이 빠져나가도록 하자는 데 의견을 모았다. 인부들이 시내에서 피브이시 파이프를 실어와 땅에 묻었다. 덕분에 물길이 감춰졌다. 묘혈에서 솟아나오는 물은 파이프를 타고 계곡 아래로 흘러내렸다. 파이프가 묻힌 땅 위에 마른 흙을 깔고 덤불을 덮자 멀쩡했다. 윤도영은 내일 아침 하관식을 마칠 때까지 조문객들을 감쪽같이 속일 수 있을지 걱정이었다. 내일 오전 장례식을 치를 때까지만이라도! 무덤 속 광혈에 박수종의 송장이 눕혀질 때까지만이라도!

윤도영이 기도를 하듯 읊조렸다. 물줄기가 솟아나는 흉당이라는 사실을 숨겨야 했다. 수천에게 속았다는 사실도, 무덤 속이 물구덩이라는 사실도 완벽하게, 빈틈없이 감춰야 했다. 장례식이 끝나고 난 뒤 수천을 붙잡아 요절을 내고, 새로운 묏자리를 구해서 이장을 하기 전까지는 이 모든 것을 비밀로 해야 했다.

3

날이 밝자 장례식이 시작됐다.

냉동관 속에서 꽁꽁 얼어붙어 버린 박수종의 시신이 들려나왔다. 유족과 조문객들이 흰 천으로 덮인 관 앞에 모였다. 장례식은 형식적이고도 진부했다. 추모와 슬픔의 감정으로 엄숙하기는 고사하고 몹시 산만한 가운데 일사천리로 진행됐다. 발인의식을 끝내자마자 관이 영구차로 옮겨졌다. 유족들의 흐느끼는 소리도 폭염에 지쳐 감정까지 메말라 버린 탓에 시들해 보였다. 장례를 집전하는 목사도 애도의 분위기를 만들려고 하기는커녕 폭염경보에다가 오존중대경보까지 발령된 최악의 기상상태를 의식한 듯 서두르는 기색이 완연했다.

이른 오전인데도 날씨는 푹푹 쪘다. 박수종 의원이 이생을 떠나가는 모습을 지켜보기 위해 찾아온 조문객들은 부채를 부치거나 나무 그늘 아래 삼삼오오 모여 더위를 식히느라 벌써 맥이 빠진 듯 보였다. 폭염경보 속에도 시립병원은 근래 보기 드물게 몰려온 조문객들로 몹시 북적였다. 급사하기는 했어도 생전에 박수종 의원의 영향력이 워낙 막강했던 만큼 동주지역은 말할 것도 없고 서울에서도 거물급 정치인들과 재계 주요인사들이 찾아왔다. 동주시 기관단체장들과 정치인, 기업인, 유지들까지 조문 행렬에 끼어 있었다.

"이상한 소문이 돌던데, 혹시 들어봤어요?"

동주시청 자치행정국장이 보민당 동주시지구당 조직국장에게 물

유령

었다.

"돌연사가 아니란 얘기 말이죠?"

"자살했다는 소문이 파다해요. 병원장과 이 여사가 박 의원이 돌연사한 것으로 입을 맞췄다는 소문이 나돌고 있어요."

"그거야 내 눈으로 직접 확인해보지 못했으니까 알 수 없는 일이지요. 우리 지구당 쪽에서는 그런 얘기가 없는데……. 뭔가 석연치 않기는 해요. 그렇게 건강하던 양반이 갑자기 죽는다는 것부터가 그렇잖아요? 그런데, 죽음이란 것이 뭐 사전에, 며칠 몇 시에 죽는다, 하고 예고라도 하고 찾아오나요? 그냥 예고도 없이 어느 날 불쑥 찾아오는 거잖아요. 쓸데없는 소문에 신경 쓰지 마세요. 요즘 세상이 워낙 어수선하다 보니 별의별 소문이 다 있다니까요."

검은 영구차가 서서히 움직이기 시작했다. 구룡산 장지까지 따라가지 못하고 병원에서 이별을 해야 하는 미망인 이강란이 하얀 손수건으로 입을 막고 흐느끼기 시작했다. 오존중대경보로 축 늘어져 있던 조문객들이 이강란의 울음소리에 느슨해진 정신을 가다듬고 눈빛을 발했다. 그녀의 눈물과 흐느낌 소리가 발인식에 모여든 조문객 모두의 가슴을 흔들어 놓았다. 조금 전까지만 해도 무덤덤하고 지극히 형식적이고 지루해 하기까지 했던 조문객들도 여인의 눈물과 흐느낌에는 반응을 나타냈다. 괜히 콧등이 발갛게 변하는 사람과 콧물을 훌쩍이는 조문객들이 여기저기에서 나왔다.

"모든 게 일장춘몽이지요. 잠시 꿈을 꾸다 가는 것이 인생 아닙니

농담의 세계

까! 참 서글픕니다."

조팔개가 영구차에 탑승한 조문객들이 들으란 듯 목청을 높였다. 박수종 의원의 전폭적인 지원을 받아온 그가 목청을 높였지만 어딘지 산만해 보였다. 내심 불안하기도 하고 혼란했지만 짐짓 안 그런 척, 표정 관리를 했다. 그런데도 그의 들뜬 듯한 과장된 말투는 속일 수가 없었다. 그는 영구차에 합승한 조문객들을 향해 쉬지 않고 떠벌렸다.

"선거가 코앞인데 이게 웬 날벼락입니까, 글쎄! 세상이 이런 법이 어디 있습니까! 그러나 나는 이번 시장 선거에서 반드시 승리할 겁니다. 그것이 내가 고인이 된 의원님께 보답할 수 있는 유일한 길이 아니겠습니까? 의원님의 유지를 받들어 우리 동주시를 살기 좋은 도시, 부자 도시로 만들 겁니다!"

조팔개가 줄곧 떠벌였지만 영구차 안은 너무나 조용했다. 모두가 조팔개의 말을 듣기는 하는 것인지, 아니면 아예 귀를 막고 외면하는 것인지 알 수가 없었다. 영구차의 엔진 소음만 높아졌다 낮아졌다 하며 실내를 떠돌았다. 이미 목을 꺾은 채 졸고 있는 사람이 있는가 하면 에어컨 바람이 약하다고 투덜대면서 부채를 거칠게 부치는 이도 있었다. 그런 풍경도 잠시 뿐, 영구차가 시내를 빠져나와 한적한 외곽도로를 따라 달려갈 즈음에는 푸념까지도 잠잠해졌다. 더위에 지친 조문객들이 에어컨 바람이 점점 시원해지자 하나 둘 전염이라도 된 듯 서로의 어깨에 기대 잠들고 말았다. 여기저기서 코 고는 소리

유령

가 나왔고 개중에는 이를 가는 조문객도 있었다.

영구차가 구룡산에 도착한 시간은 오전 10시였다. 벌써 대기가 달아올라 후끈거렸다. 바깥기온은 섭씨 40도였다. 매미 소리가 요란했다. 사방에서 울어대는 매미 소리에 귀가 먹먹했다. 소나무 그늘에 모여 기다리고 있던 상두꾼들이 영구차에서 관을 내려 꽃상여로 옮겼다. 그들이 상여 끈을 어깨에 메고 산비탈을 올라가기 시작했다. 구룡산 중턱의 장지는 미리 도착해 있는 사람들로 붐볐다. 영구차를 따라온 조문객과 산 아랫마을 주민들과 비렁뱅이와 할 일 없는 노인들까지 더해 구룡산 중턱이 시끌벅적했다.

장지에 미리 와 있던 조문객 중에는 이수 시장도 있었다. 이수는 보수우파의 원조이자 대부이기도 했던 박수종 의원이 정적이기는 했지만 저승으로 가는 마지막 길에 조의를 표하기 위해 장지까지 찾아왔다. 이수는 박 의원이 갑작스레 죽은 것이 불과 사흘 앞으로 다가온 시장 선거에서 득이 될지 실이 될지 판단이 잘 서지 않았다. 그러나 손해 볼 것은 없다는 결론을 내렸다. 보수우파인 박수종을 지지하는 사람들이 이제는 굳이 조팔개에게 표를 던져야 할 확실한 명분이 사라진 것이었다. 오히려 박수종이 급사함으로써 부담을 덜게 될 확률이 높았다.

하관이 시작됐다. 조문객들이 약속이라도 한 듯 입을 다물었다. 모두가 침묵으로 마지막 순간을 추모하는 시간이었다. 침묵으로 잠잠해진 그때, 발광이라도 하듯 울어대는 매미 소리가 모두의 신경을 날

카롭게 했다. 불쾌지수 때문에 몹시 짜증스러워하고 있던 조문객 가운데 몇몇이 매미 소리를 참다못해 돌을 주워 던지기도 했다. 어떤 조문객은 나무를 향해 욕지거리를 내질렀다. 그래도 매미는 꿈쩍하지 않았다. 묏자리 주위가 온통 매미 천국이었다. 오리나무와 소나무 가지에 매미들이 새까맣게 달라붙어 맴맴맴 소리 지르고 있었다.

박수종의 시신이 들어 있는 검은 관이 묏자리 앞에 놓였다. 관을 묘혈 안으로 내리기 위해 관의 사각 테두리를 따라 광목을 꼬아 묶은 줄이 둘러졌다. 이제 관이 붉은 황토 묘혈, 땅속으로 내려질 차례였다. 윤도영의 가슴이 콩닥거렸다. 파이프를 따라 능선 옆쪽 계곡으로 물을 빼돌리고 있는 사실을 아는 사람은 윤도영과 운전기사 황 씨, 그리고 잡부들뿐이었다. 하관을 하고 흙을 덮으면 끝이었다. 수천을 붙잡아 코피가 터질 만큼 패주고 나서, 새로운 묏자리를 찾은 뒤, 며칠 뒤 조용히 이장을 하면 만사가 끝이었다. 윤도영의 등으로 식은땀이 주르르 흘러내렸다.

매미가 까맣게 달라붙은 오리나무 가지가 휘청거렸다. 무게 때문인 듯했다. 구룡산의 매미들이 모두 이곳 장지를 향해 날아온 것인지, 매미 소리가 조문객들의 귀를 들쑤시고 있었다. 휴지 조각을 뜯어 아예 귓구멍을 틀어막고 있는 사람도 있었다.

그때 장지 아래쪽에 모여 있던 영구차 운전기사와 허드렛일을 돕기 위해 올라온 동네 객꾼들 사이에 웅성거리는 소리가 들렸다. 나무 위에 까맣게 달라붙은 매미 소리 때문에 잘 들리지는 않았지만 뭔가 일이 벌어진 듯 시끄러웠다. 운전기사들이거나 동네 노인들 사이에 싸움이 시작된 듯했다.

　장지 아래쪽 나무 그늘에 들어가 담배를 피우며 하관이 끝나기를 기다리고 있던 국가안전기획부 동주지부 소속의 젊은 요원이 헐레벌떡 올라왔다. 그 요원이 묏자리 주변의 조문객들 사이를 비집고 윤도영을 찾아왔다.

　"물이 나와요!"

　그가 능선 옆 계곡을 가리켰다.

　"이 가뭄에 물은 무슨 놈의 물?"

　옆에 있던 조팔개가 한심하다는 투로 쏘아붙였다. 이수 시장과 정만영 경찰서장은 물론 조문객들 모두가 젊은 총각이 농담을 하는 줄 알고 냉소적인 표정을 지으며 흘려 넘겼다.

　젊은 안전기획부 요원이 진지한 표정으로 거듭 물이 나온다고 주장하자 모두들 웅성거리기 시작했다. 그 소리가 매미 소리와 뒤섞여 마치 초등학교 운동회라도 온 듯 시끄러웠다. 보민당 소속 청년당원들이 물이 흘러내리고 있는 묏자리 아래 계곡에서 올라왔다. 그들이 마른 흙과 덤불로 덮어놓았던 피브이시 파이프를 차례차례 파헤쳐 들어올렸다. 청년당원들은 그 파이프를 뽑아내며 발원지를 찾아 신속하고도 진지하게 올라왔다.

　묏자리 주변에 모여 있던 조문객들이 갑자기 입을 다물었다. 흙속에 묻혀 있던 삼백 밀리미터 피브이시 파이프가 파헤쳐지며 점점 묏자리 쪽으로 다가오고 있었기 때문이었다.

"묏자리가 확실해요! 저곳에서 물줄기가 시작되고 있어요!"

물이 쏟아지는 피브이시 파이프를 뽑아내며 올라오던 청년당원 하나가 검지를 빳빳이 세워 묘혈을 가리키며 흥분해서 소리쳤다. 조문객들이 와, 하고 소리를 질렀다.

"수맥 자리에 묏자리를 쓰다니……. 윤 보좌관! 윤 보좌관!"

조팔개가 윤도영을 찾았다.

그사이 묏자리 가운데 묘혈에 연결된 피브이시 파이프가 뽑혔다. 묏자리 안에 물이 고이기 시작했다. 묘혈 주위에 둘러서서 하관 모습을 지켜보고 있던 조문객들이 튀어 오른 황톳물에 옷이 젖었다. 한꺼번에 묏자리 바깥으로 피하면서 아수라장이 됐다.

"어허, 이런, 이런 변고가 있나!"

이수가 흙탕물을 피해 뒷걸음쳤다. 유족들과 보민당 관계자는 물론 조팔개와 정만영 모두 안절부절못했다.

"묏자리에서 물이 솟구치다니!"

모두가 혼란에 빠져 있을 때, 어찌할 바를 몰라 허둥대고 있을 때, 장지로 모여든 수만 마리의 구룡산 매미 떼들이 한꺼번에 울어대는 바람에 손바닥으로 귀를 틀어막고 있을 때, 오리나무 위에 앉은 수만 마리의 매미 때문에 가지가 우지끈 부러지고 있을 때, 부러진 가지에서 일제히 날아오른 매미 떼가 먹구름처럼 하늘을 가렸을 때…… 해괴한 일이 벌어지고 말았다. 구십천의 말라붙은 강바닥에서 발견된

유령

이무기는 여기에 비하면 아무것도 아니었다. 조문객들의 넋을 잃게 한, 도무지 상상할 수도 없는, 과학으로도 설명되지 않을 일이 벌어졌다. 대못을 단단히 박아놓은 관 뚜껑이 저절로 열린 것이었다. 묏자리에서 솟구치는 물에 놀랐던 조문객들이 관 뚜껑이 열리자 새파랗게 질려 뒷걸음쳤다. 송장이 환히 드러나고 말았다. 이때까지만 해도 조문객들은 장의사가 관 뚜껑에 대못을 잘못 박았기 때문에 열린 것일 수도 있다고 생각했다.

"뚜껑을 덮어!"

경찰서장 정만영이 소리쳤다.

윤도영이 관 뚜껑을 도로 덮기 위해 팔에 힘을 줬지만 뚜껑은 꼼짝하지 않았다. 관 뚜껑과 씨름을 하고 있는 사이 관 속에 누워 있던 송장이 슬그머니 일어났다. 송장은, 아니 박수종은 국가안전기획부장 출신답게 모든 정황을 파악하고 있는 듯, 자신이 묻힐 땅속 묏자리에서 물줄기가 솟구친다는 것을 용납할 수 없다는 듯 밖으로 나왔다. 관에서 나온 박수종의 얼굴은 보름달처럼 하얬으며 주위에 냉기가 돌았다. 폭염으로 지쳐 있던 조문객들은 갑자기 닥친 냉기에 진저리를 쳤다. 박수종은 배신감에 사로잡혀, 하얀 낯빛으로 사방에 둘러서 있는 조문객들을 둘러보더니 보좌관 윤도영을 찾았다.

"귀, 귀신이다!"

정만영이 양팔을 벌려 조문객들을 뒤로 물리며 소리쳤다. 놀란 조문객들이 허둥지둥 산을 내려가기 시작했다. 때 아닌 귀신 소동으로 한꺼번에 우르르 도망치는 바람에 돌부리에 걸려 자빠지면서 코가 깨진 조문객도 있었고 나뭇가지에 얼굴이 긁힌 조문객, 소나무 밑동과 충돌해 머리가 깨진 조문객, 먼저 도망가려고 앞사람의 목덜미 셔츠 자락을 붙잡았다가 뺨을 맞은 조문객, 경사진 산비탈을 먼지와 뒤섞여 데굴데굴 굴러 내려가다가 팔이 부러진 조문객 등 가지각색이었다. 뿔뿔이 흩어지는 사람들을 무표정하고 창백한 얼굴로 바라보는 사내는, 사흘 전 숨을 거둔 박수종의 유령이 확실했다.

박수종의 유령은 자기의 충복이자 집사이자 연적이기도 했던 보좌관 윤도영을 불렀다. 유령은 으슬으슬 떨고 있었다.

"자네가 저 안에 들어가게!"

박수종은 자기의 충복 윤 보좌관에게 검은 관 속으로 들어갈 것을 명령했다.

"날 물구덩이에 묻으려고? 천만에, 그럴 수 없지. 묫자리가 새로 마련되면 그때 들어가겠네."

유령이 물이 솟아 올라오는 묫자리를 가리켰다.

"지관에게 속았습니다!"

윤도영은 변명 같았지만 오해를 풀어야 했다. 수천이란 놈이 골탕을 먹이려고 작정하고 흉당자리를 골라 준 것이라고 해명했다. 수천 그 망할 놈이 무슨 맘을 먹고, 왜 그랬는지는 잘 모르겠지만, 곧 그놈을 붙잡아 자초지종 자백을 받아내 의원님의 오해를 풀어 주겠노라고 다짐했다.

윤도영은 그렇게 억울해 하면서도, 박 의원의 명령을 거절할 수가 없었다. 주군으로 모셔온 그의 지시를 어긴 적이 단 한 번도 없었다. 한심하다고 손가락질한다 해도 그의 신념은 확고했다. 주군에 대한 충성은 목숨까지도 내놓을 수 있어야 한다는 생각에 변함이 없었다.

"의원님의 뜻이 그러하시다면 기꺼이 들어가겠습니다. 의원님의 뜻이 그러하시다는데 제가 어찌 감히 거역하겠습니까. 의원님의 뜻이 그렇다면……."

윤도영이 묘혈에 놓인 관 뚜껑을 밀치고 그 속에 누웠다. 관 속에 누워 지관 수천을 떠올렸다. 수맥이 흐르는 흉당을 명당이라고 속인 수천의 행위에 대해 여러 가지 추측을 해보았다. 생각할수록 괘씸했다. 왜? 왜? 왜? 윤도영은 수천의 배신에 대해 알 길이 없었다. 세상에는 도무지 알 수 없는 사회적 공의와 진리가 존재한다는 사실을 어찌 알 수가 있겠는가?

윤도영은 관에 드러누워 구룡산 장지까지 따라온 보통시민자유민주공화당 청년당원들을 불러 모았다. 그들 혈기왕성한 청년들을 향해 단호하게 명령했다.

"박수종 의원님은 물론 이 여사와 나와 우리 보민당을 농락한 사기꾼 수천을 붙잡아 보복해라!"

청년당원들은 엉터리 사기꾼 지관을 찾아내, 위대한 보수우파의 대변자인 보민당 국회의원이자 중앙당 정세분석위원장이자 동주시 지구당 위원장을 모욕한 오늘의 수모를 갚겠노라고 맹세했다. 박수종의 유령은 관 뚜껑이 덮이자 오리나무 숲속으로 유유히 사라졌다. 수만 마리의 구룡산 매미 떼가 갑자기 울음을 그쳤다. 매미 떼가 나뭇가지를 털고 날갯짓을 시작했다. 커다란 구름덩어리처럼 한데 뒤엉켰다. 한 무리의 어마어마한 매미 떼가 박수종의 유령이 사라진 골짜기를 따라 맹렬히 날아갔다.

윤도영은 관 속에 누워 조용히 눈을 감았다. 나이 든 인부가 삽을 잡고는 혀를 끌끌 찼다. 한 삽 가득 흙을 떠 관 뚜껑으로 던져 넣으며 "안됐구려, 젊은이……" 하고는 또다시 혀를 찼다.

윤도영은 관 뚜껑 위로 흙덩어리가 툭툭 떨어지는 소리를 들었다. 흙에 묻혀 생매장을 당한다는 두려움보다도 지나온 짧은 시절이 후회스러웠다. 후회한들 무슨 소용이 있으련만 그는 그래도 후회스러웠다. 뭐가 후회스러운지를 꼭 집어내려 하면 유독 이것이다, 하고 떠오르는 것도 아닌데, 그는 파도처럼 밀려오는 후회의 감정으로 코끝이 찡하고 눈시울이 축축해졌다. 모든 것을 달게 받아들이기로 했다. 이것이 자신의 운명이라면 굳이 거역할 이유가 없다고 생각했다. 그러면서도 한편으로는 지금 벌어지고 있는 이 해괴망측한 생매장 사건이 꿈일지도 모른다고, 냉정하게 판단해 보기도 했다. 21세기 첨단과학의 시대에 유령이라니? 하하하! 웃기는 일이 아닌가? 그러나 윤도영은 박수종의 송장이 누워 있어야 할 관 속에 대신 누워 있는 63킬로그램의 몸뚱어리를 어떻게 설명해야 할지 난감했다. 이것은 너무나 엄연한 현실이 아닌가! 박수종은 관을 빠져나갔고, 윤도영이

유령

라는 이름 대신 박수종의 수족으로 살아온 한 청년, 자신이 누워 있으니……. 누구 설명해 줄 사람 없나요?

　어둠이 몰려왔는지 바깥세상은 너무나 고요했다. 세상의 모든 소리도 아득히 멀어져 갔다.

7월 13일 • 맑음, 한때 강풍 • 최고기온 43℃

테러

1

이수는 두 알의 타이레놀을 입 안에 털어 넣고 잠시 휴식을 취했다. 머리가 지끈거리며 쑤셨고 관절이 뻐근해지며 으슬으슬 춥기까지 했다. 의자 등받이에 몸을 기대 비스듬히 누웠다. 벽시계가 오후 6시를 가리키고 있었다. 퇴근할 시간이었다. 어제 낮 박수종 의원의 장지를 다녀온 피로가 가시지 않고 있었다.

그는 쏟아지는 피로 때문에 퇴근을 늦춘 채 잠시 눈을 붙였다. 눈을 감자 바깥의 모든 소음들이 그의 귀를 향해 몰려왔다. 집진기처럼 빨려 들어오는 바깥 소리가 선명했다. 청사 밖의 달아오른 아스팔트 위를 달리는 자동차 소리와 벽 너머 복도를 오가는 직원들의 구둣발 소리, 대화를 나누는 희미한 목소리까지도 수신이 불량한 라디오를

들을 때처럼, 혹은 벌 떼가 모여들 때처럼, 윙윙거리며 다가왔다. 하품이 쏟아졌다. 진통제는 소용이 없었다. 머리가 말끔해지기는커녕 열이 올라 어질어질했다. 아무래도 몸살인 듯했다.

의자에 앉아 눈을 감은 이수의 머릿속에 기호 1번 보민당 시장 후보 조팔개의 얼굴이 자꾸만 떠올랐다. 조팔개의 생각을 떨치려 할수록 큰 머리통과 검은 깨를 흩어놓은 듯한 점박이 얼굴이 생생하게 다가왔다. 사사건건 시장의 발목을 잡는, 찰거머리 같은 꼴통보수 시의회 의장이었다. 조팔개가 동주시의 경제를 휘어잡고 나서 의회를 장악하더니 이제 시장 자리까지 넘보고 있다는 데 생각이 미치자 버럭 화가 치밀었다.

"무식한 잡놈! 도둑놈! 사기꾼! 머저리! 똥개!"

이수가 자리에서 벌떡 일어나 히스테리를 일으키듯 소리를 질렀다. 찌뿌드드하던 몸이 화들짝 깨어났다. 놀란 여비서가 문을 열고 달려 들어왔다.

"시장님! 괜찮으세요?"

여비서가 눈을 휘둥그레 뜨고 시장의 표정을 살폈다. 비서는 선거가 며칠 앞으로 다가오면서 부쩍 신경질적으로 변한 시장이 걱정스럽기도 하고 한편으로는 무섭기도 했다.

"별일 아냐, 아무 일도 아니라고……."

이수가 대수롭지 않다는 듯 손을 내저으며 중얼중얼했다. 열이 식으면서 이마에 땀이 맺혔다. 그만 퇴근해야겠다고 마음먹었다. 수행비서를 불렀다.

　해가 기울었는데도 여전히 찜통이었다. 숨이 막혔다. 이수는 넥타이를 느슨하게 풀고 양복 윗도리를 팔에 걸쳤다. 다리가 후들후들 떨렸다. 그가 순간적으로 휘청하고 몸의 균형을 잃자 수행비서가 달려와 부축하려 했다. 이수는 뿌리쳤다. 그는 승용차 안이 몹시 후텁지근하고 답답해 견딜 수가 없었다.

　"차창을 모두 내리게. 바깥바람이라도 실컷 쐬게 모두 내리라고!"

　이수가 차창을 내리도록 했다. 운전석과 조수석 그리고 뒷자리의 양쪽 차창이 모두 내려졌다. 이수는 차창 너머에서 휙휙 들어오는 뜨거운 바람을 맞았다. 달아오를 대로 달아오른 끈끈한 바람이 땀에 젖은 그의 목덜미를 핥듯이 느릿느릿 스쳐갔다. 땀이 마르기는커녕 계속 흘러내렸다.

　"에어컨을 켜는 게 낫겠습니다."

　조수석에 앉아 눈치를 살피던 비서가 백미러를 통해 시장을 흘끔 바라보며 말했다.

　"그냥 이대로가 좋아. 그냥 이대로 가세."

　이수는 우울해 보였다. 얼굴이 창백하고 평소보다 야위어 보였다. 기운도 빠진 듯했다. 운전기사는 땅거미가 막 깔리기 시작하는 초저녁의 눅눅한 도로를 따라 검정색 관용차를 몰았다. 시청에서 관사까지는 자동차로 불과 10분 거리였다. 도로 중간에 3개의 신호등이 있는데 운이 좋은 날에는 단 한 번도 빨간 등에 걸리지 않고 통과했지

테러

만 어떤 날에는 세 번 다 빨간 등에 걸려 대기해야 했다. 시장은 출근길 빨간 신호등에 걸리는 횟수로 그날의 일진을 점치는 버릇이 생겼다. 파란 신호등을 받아 곧장 청사로 출근하는 날은 확실히 일진이 좋았다. 반대로 빨간 신호등에 세 차례 모두 걸려 정차를 했다가 출근을 한 날에는 신경 써야 할 불미스런 일들이 뒤죽박죽 일어났다. 초저녁 하늘은 맑았다. 서쪽 하늘에 떠 있는 붉은 초승달이 보였다.

첫 번째 교차로에서 빨간 신호등에 걸린 데 이어 두 번째 교차로에 진입하면서 또다시 빨간 등이 들어오고 말았다. 두 번째 교차로 신호등 앞에서 차가 멈춘 사이 수행비서의 휴대전화 벨이 울렸다. 동주경찰서 정보과 우 반장이었다. 시장 인맥인 우 반장은 경찰 쪽의 중요한 정보를 제공해주는 측근이었다. 우 반장이 시장을 찾았다. 이수가 전화를 받자 성급한 목소리로 지금 있는 곳이 어디인지 물었다.

"퇴근길 차 안인데……. 무슨 일인가?"

"첩본데요, 오늘 밤 시장님을 테러하려는 음모가 있다는 정보가 잡혔습니다. 아직 어느 쪽에서 움직이는지는 잘 모르겠는데, 하여간 조심해야겠습니다. 선거가 코앞이니까, 무슨 일이 터질지 모르거든요! 살얼음판을 걷듯 각별히 조심하십쇼!"

"테러? 웃기고 자빠졌네. 우 반장! 씨발, 지금이 어느 때라고 테런가! 좌파 진보세력도 테러당할 일이 있는가? 꼴통보수라면 모를까……. 안 그래?"

"그런 말씀 하실 때가 아닙니다. 어쨌든 경찰 쪽 정보니까 신경 쓰십쇼!"

이수가 혀를 찼다. 그러다가 문득 조팔개 쪽의 움직임이 궁금했다.

"조팔개 쪽은 어떤가?"

휴대전화의 감이 멀고 잡음이 심했지만 알아들을 수는 있었다.

"용가리 아들에게 혼났습니다. 조팔개가 돈 가방을 들고 용가리 집까지 찾아가 싹싹 빌려고 했는데, 용가리가 문전박대했답니다. 조팔개가 펄펄 뛰고 난리라는데, 그렇다고 용가리를 당해낼 수 없잖습니까? 임자 만났지 뭡니까! 하하하."

"니기미, 꿈 잡고 시비할 놈들. 둘 다 똑같은 잡놈들 아닌가! 한 놈은 무식해서 돈밖에 모르는 장사꾼 졸부고, 다른 한 놈은 주먹에 조폭 오야붕이니까 도토리 키 재기지. 쳇! 그런 염병할 놈들이 동주시의 상권과 의회와 유흥가와 밤무대까지 좌지우지하다니, 웃기는 일이야! 코미디지 뭐, 코미디……."

"오랜만에 시장님 욕을 들으니까 신선합니다! 하여간 조심하십쇼. 우리 정보과 첩보라는 거 알죠? 이만 끊습니다."

우 반장이 전화를 끊었다. 수행비서가 휴대전화를 도로 받아들며 손등으로 이마에 고인 땀을 닦았다. 열린 차창으로 회오리치듯 밀려들어오는 눅눅하고 뜨거운 바람이 짜증스러웠다. 오늘따라 시장이 이상했다. 비서는 시장의 컨디션이 좋지 않기 때문이라 여기고 참았다. 활짝 열린 차창 때문에 승용차 실내는 벌집을 쑤셔놓은 듯 소란스러웠다. 끈적거리는 뜨거운 바람이 머리카락을 마구 짓이겨 놓았

테러

다. 어디 그뿐인가? 소용돌이치며 실내를 뒤집어 놓은 바람이 여기저기 처박혀 있던 껌 종이와 부러진 성냥개비와 이쑤시개와 휴지조각 따위를 뒤섞어 놓았다. 그들 잡동사니들이 파리처럼 이리저리 날아다녔다.

마지막 교차로가 다가왔다. 대로변을 따라 늘어선 느티나무 가로수가 하늘을 가리고 있었다. 동주시내에서 가장 넓은 교차로였다. 교차로 가운데 분수 광장이 보였다. 분수대에는 물이 없었다. 벌써 오래전에 바짝 말라 바닥이 드러나 보였다. 이수는 관용차가 교차로에 접어들 때 경찰서 정보과 우 반장에게 들은 첩보 내용을 수행비서에게 알려줬다.

"나를 테러한다는 첩보가 들어왔다는데, 어떻게 생각해? 누군가가 날 조지려고 한다는데, 이거 웃기는 소리 아냐? 지금이 어느 때라고 테러야! 유신시절인가?"

"우 반장이 그러던가요?"

수행비서가 시장이 앉은 뒷자리로 고개를 돌렸다.

"아까 전화가 그 전화야."

"그게 사실이라면, 조팔개 쪽 아니겠습니까? 그쪽이 아니고는 누가 그러겠습니까?"

"날 못 잡아먹어서 환장을 했구먼, 씹헐! 눈엣가시처럼 못마땅하면 선거에서 정정당당하게 이기면 될 거 아냐, 쌍!"

시장이 열을 내며 욕지거리를 내뱉었다.

농담의 세계

"아이쿠!"

운전기사가 갑자기 브레이크를 밟았다. 이수가 신경질을 냈다. 교차로 상공에 매달린 빨간 신호등이 강렬한 빛을 내뿜었다. 결국 세 곳 모두 빨간 신호등에 걸려들고 말았다. 교차로 중앙의 텅 빈 분수 광장에는 누구 하나 얼씬거리지 않았다. 물보라를 일으키며 솟구치던 분수는 사라진 지 오래였다. 어린이와 젊은 연인들과 노인 부부들이 뒤섞여 더위를 식히던 한여름 밤 낭만의 장소였다는 것이 믿겨지지 않을 만큼 조용했다. 웃음소리와 재잘대는 담소로 사랑과 추억을 만들던 명소였다. 분수는 언제 낭만이 있었기라도 했냐는 듯 썰렁했다. 낮 동안 달아오른 열기로 뜨거워질 대로 뜨거워진, 물 한 방울 없는 콘크리트 바닥에 검은 그림자만 일렁이고 있었다.

이수는 분수대에서 눈길을 돌렸다. 아스팔트와 타이어와 보닛 아래 엔진에서 피어오르는 단내가 오일 냄새와 뒤섞여 차창 안으로 밀려 들어왔다. 빨간 신호등이 파란빛으로 바뀌기를 기다렸다. 차 안은 고요했다. 열린 차창 너머로 이런저런 저녁의 소음들이 넘쳐들었지만 귀 기울일 것은 아니었다. 좀 지루했다. 신호 대기가 오늘따라 유난히 길게 느껴졌다. 이윽고 빨간 등이 꺼지고 파란 등으로 바뀌었다. 파란 신호등은 초저녁 하늘에 뜬 금성처럼 선명했다.

운전기사가 액셀러레이터를 밟으려는 순간 쾅, 하는 굉음이 들렸다. 순간 몸이 앞으로 튕겨 등받이와 앞 유리에 부딪쳤다. 무엇인가 강력한 물체가 뒤쪽 범퍼를 들이받았다. 강렬한 폭발음이 짧은 순간

테러

양쪽 귓구멍을 관통하고 지나간 것을 알았다. 귀가 먹먹해 소리가 들리지 않았다. 이수는 순간 정보과 우 반장의 첩보를 떠올렸다.

"테러다!"

수행비서가 외쳤다.

"달려! 출발! 출발!"

수행비서가 옆자리의 운전기사 팔을 잡아 흔들며 독촉했다. 기사가 액셀러레이터를 밟으려 했지만 말을 듣지 않았다. 그의 머리가 핸들에 퍽, 하고 처박혔다. 어둠 속에서 나타난 사내가 칼을 빼들어 활짝 열려 있는 차창 밖에서 기사의 왼쪽 팔을 찌른 것이었다.

"김 기사! 김 기사!"

비서가 운전기사를 불렀지만 대답하지 못했다. 고통스러운 신음이 새어나왔다. 손과 발이 말을 듣지 않는 듯 얼굴을 잔뜩 찌푸렸다.

"찔렸어!"

운전기사가 떨리는 목소리로 내뱉었다.

급발진하는 소리가 허공을 찌르고 난 뒤 이내 두 번째 충돌이 일어났다. 이번에는 시장이 앉아 있는 뒷자리 오른쪽 문이었다. 관용차를 들이받은 정체불명의 차량이 1차 충돌 직후 후진한 뒤 다시 전속력으로 돌진해온 것이었다. 관용차가 크게 요동치며 중앙선 너머로 밀려났다.

"시장님! 엎드려요!"

수행비서가 뒤돌아보았을 때 시장은 이미 쇼크를 받은 듯 비스듬히 넘어져 있었다. 비서가 휴대전화 키를 눌러 구조를 요청하는 사이 세 번째 충돌이 일어났다. 타이어가 터진 것인지, 한 발의 총성 같은 굉음이 밤하늘 속으로 울려 퍼졌다. 비서가 관용차를 빠져나가기 위해 문을 열자마자 서넛의 사내가 달려와 쇠몽둥이를 휘둘렀다. 비서는 머리를 숙여 휘두르는 몽둥이를 용케 피했다. 머리를 빗나간 쇠몽둥이가 조수석 백미러를 박살냈다. 열어놓은 차창이 실수였다. 차창이 닫혀만 있었더라도 운전기사의 왼쪽 팔이 그렇게 쉽게 찔리지 않았을 것이었다. 칼에 찔리지 않았더라면 첫 충돌 때 곧장 급발진을 해서 현장을 벗어날 수도 있었건만, 이미 늦은 뒤였다. 최악의 상황이었다.

사내들이 관용차 문을 열고는 쇠몽둥이를 휘두르기 시작했다. 시장은 뒷자리에 앉아 고스란히 몽둥이세례를 받았다. 앞자리의 운전기사와 비서도 만신창이가 되도록 맞았다. 이수는 쇠몽둥이에 두들겨 맞으면서 이를 갈았다. 동주 도심 한복판에서 시민들이 지켜보는 가운데, 졸지에 대항 한번 못해 보고 죽게 됐다는 것이 너무나 어이가 없었다. 이수는 한탄과 더불어 체념했다. 수행비서는 젊은 혈기로 맞섰지만 역부족이었다. 운전석 앞 유리와 뒤쪽 유리도 모두 산산조각이 났다. 시장과 비서와 운전기사는 지금 곧 목숨을 잃을 수도 있다는 두려움으로 떨었다.

이수의 머리에서 핏물이 솟구쳤다. 검붉은 핏물이 흰 와이셔츠의 컬러와 어깨와 앞가슴 쪽을 흥건히 물들였다. 그 피가 자동차 시트까

테러

지 젖어들었다. 너무나 순식간에 벌어진 일이었고, 주변의 그 누구도 예기치 못한 돌발 상황이어서 끼어들 경황이 없었다. 예고 없이 닥친 지진과 같았다.

테러를 자행한 사내들이 사라진 것은, 열린 차창 속으로 세차게 불어 닥쳤다가 휘익 빠져나간 열풍처럼 순식간이었다. 사내들은 용의주도하게 일격을 가한 뒤 자신들이 타고 온 승용차를 버려둔 채 어둠 속으로 유유히 사라졌다. 잠시 정적이 감돌았다. 폭격을 맞은 듯, 시장 관용차 주변은 깨진 유리 조각과 흘러내린 기름과 피어오르는 김이 맴돌았다. 테러 현장 주위에 멈춰 있던 택시와 화물차와 자가용과 시내버스 운전자들은 순식간에 벌어진 끔찍스러운 폭력을 멍청히 지켜만 봐야 했다. 폭풍이 지나간 뒤에야 비로소 위력을 실감하는 것처럼, 짧은 광란의 시간이 무시무시한 테러의 현장이었음을 깨달았다.

시장이 관용차 밖으로 나왔을 때 주위에 몰려든 시민들이 비명을 질렀다. 그가 피투성이 몸을 이끌고 비틀비틀 걸어 나와 분수를 향해 걸어갔다. 이수는 분수대로 들어가 핏물을 씻을 작정인 듯했다. 분수는 멎은 지 오래고 바닥 역시 지난해 여름 이후 물이 말라버렸건만, 그는 그런 사실조차 까맣게 잊은 듯, 분수 앞에 다다라 풀썩 주저앉고 말았다.

이수는 잠시 혼미했던 정신을 되찾기라도 한 듯 머리를 한차례 흔들더니, 분수대 아래로 엉금엉금 기어 들어가기 시작했다. 물 한 방울 없는 분수대라는 것을 알고도 그러는 것인지, 아니면 아직 정신이 오락가락하는 것인지……? 하여튼 이수는 열기가 후끈후끈한 콘크리트 바닥까지 기어 내려가서는 그만 풀썩 쓰러지고 말았다. 그의 깨진 머리에서 피가 쉬지 않고 흘러내렸다. 그는 분수대 아래 엎어져 흐느끼기 시작했다.

경찰이 현장에 도착하고 나서야 운전기사와 수행비서가 정신을 차리고 깨어났다. 기절했던 비서가 시장을 찾아 분수대 바닥으로 내려갔을 때 시장의 깨진 머리에서 흘러나온 피로 바닥이 흥건한 것을 보았다. 시장은 혼수 상태였다. 찢어진 머리에서 쉬지 않고 흘러내리는 피가 분수대 바닥을 붉게 적셨다. 바짝 말라붙은 물 대신 이수의 머리에서 흘러나온 핏물이 점점 분수대를 채워가고 있었다.

2

시장의 깨진 머리가 문제였다. 그는 시립병원 야간응급실로 실려와 긴급처치를 받았지만 머리에서 흘러내리는 피가 멈추지를 않아 의사들의 신경을 곤두서게 했다. 당직의사는 뇌 우측 상단부에 하얀 속살이 보일 정도로 길게 찢어진 두피를 꿰맸는데……, 무려 62번이나 바늘을 찔러 실을 꿰어야 했다. 그랬는데도 출혈이 멈추지 않자 트리암시놀론 아세토나이드를 처방한 뒤 붕대를 단단히 감았다. 그래도 피는 멈추지 않았다. 머리를 싸맨 흰 붕대가 금세 붉은 핏물에 젖었다. 젖은 붕대를 배어나온 핏물이 목덜미를 타고 흘러내렸다. 벌써 3시간째 쉬지 않고 피가 흘러내리자 시립병원에 비상이 걸렸다. 양쪽 팔에 혈관주사를 꽂아 혈액을 공급했지만 역부족이었다. 간호사들은 응급실에 누워 있는 환자의 머리에서 철철 흘러내리는 피를 바라보며 겁에 질려 고개를 돌렸다.

"저러다, 곧 가겠어!"

밤 11시쯤 비상연락을 받은 외과 전문의와 시립병원장이 달려왔지만 그들도 뾰족한 처방을 내놓지는 못했다. 병원장이라고 해서 시장의 깨진 머리통에서 새어나오는 핏물을 막아낼 특별한 재주는 없었다. 의사들과 간호사들은 찢어진 두피의 혈액이 응고되지도 않을 뿐더러 지압도 무용지물인 것을 알고는 당황했다.

"채취한 혈액을 정밀 검사해봐요. 저렇게 계속 흘러나왔다가는, 얼마 못 가요. 위험해요! 대책을 세워봐요, 대책!"

병원장이 신경질을 냈다. 시장 이수의 혈액이 매우 특별한 것이 분명했다. 그렇지 않고서야 긴급처방을 했는데도 피가 멎지 않을 리 없었다.

"지혈이 안 되는데 어쩝니까? 빵구 난 타이어를 때우듯이 때울 수도 없고……."

담당 의사가 얼굴을 찌푸렸다.

이수가 누워 있는 하얀 침대 시트까지도 붉게 물들인 광목처럼 변

농담의 세계

했다. 핏물은 침대 시트를 적신 뒤 병실 바닥으로 떨어졌다. 바닥의 홈을 따라 낮은 곳으로 흘러갔다. 병실 바닥에 꾸불꾸불 빨간 지도를 그리고 나서 수챗구멍으로 떨어졌다. 이수의 피는 허드렛물이 빠져나가는 수챗구멍을 통해 하수도를 따라 졸졸 흘러갔다. 피는 분수 광장의 말라붙은 콘크리트 바닥에 다다라서야 멈추었고, 점점 고이기 시작했다.

새벽 3시가 지날 즈음, 분수대 아래 고인 핏물이 예전의 맑은 물이 넘쳐날 때처럼 차올랐다. 캄캄한 어둠 속에서 가로등 빛을 받아 유난히 반짝이는 핏물은 검은 색깔을 띤 채 기괴하고 으스스한 분위기를 풍겼다. 시민들은 열대야 때문에 밤잠을 이루지 못해 집 밖으로 나왔다가 분수대에 고인 해괴망측한 핏물을 보고는 비명을 질렀다. 모두들 핏물이 출렁이는 것을 보고는 새파랗게 질렸다. 두려움과 불안에 떨며 분수대를 피해 달아났다.

날이 밝자 병원장이 긴급회의를 소집했다. 외과 의사들이 시장의 찢어진 머리통을 다시 헤치고 봉합한 뒤 지혈을 위한 갖가지 처치를 다 해보았지만 피는 멈추지 않았다. 다시 실을 뽑아내고 다시 꿰매고, 약을 처바르고, 붕대를 엑스형으로 감았다가 풀었다가, 압박붕대 위에 반창고를 붙였다가 떼기를 계속하다가…… 끝내 포기하고 말았다. 12시간째 쉬지 않고 피를 쏟아내고 있는 환자에게 현대의학이 무엇을 더 할 수 있겠는가? 시립병원 의사들은 원인 규명조차 불가능한, 치유방법도 나올 수 없는 불가사의한 특수 체질의 환자로 규정

테러

하고 이번 사고를 정리하는 수밖에 없었다.
　동주시에서 가장 공신력 있는 의료기관인 시립병원이 포기한, 외과 전문의의 자존심마저 망가뜨린, 시장 이수의 머리통에서 흐르는 멈추지 않는 핏물이 저절로 멎기 시작한 것은 오후가 지나 초저녁 무렵이 됐을 때였다. 분수 광장 교차로에서 테러를 당해 머리가 터진 지 꼭 24시간이 지나서였다. 62바늘을 꿰맨 뇌 우측 상단부의 상처에서 피가 저절로 멎었다.
　의사들은, 출혈은 멈췄지만 아직 의식이 깨어나지 않고 있는 이수의 침상 주위에 둘러서서 팔짱을 낀 채, 지혈의 원인이 어디에 있는 것인지를 놓고 의학적인 해석을 하느라 옥신각신했다. 의학적인 판단을 내릴 수 없는 특수한 현상이었기 때문에 의사들조차 이번 사고를 기록에 남겨 학계에 보고하느냐, 아니면 돌연변이쯤으로 넘기느냐를 놓고 설전을 벌였다.
　병원장은 시장의 깨진 머리통에 온갖 의학적인 처방과 조치를 시기적절하고도 기민하게 적용했음에도 지혈이 되지 않고 24시간 동안 피가 흘러나온 사실을 기록에 남겨 특이사례로 학계에 보고하는 쪽으로 결론을 내렸다. 보기 드문, 아주 희귀한 사례로 연구의 가치가 있다는 판단이었다. 그러나 일부 의사들은 이번 지혈처방 사고는 원인 불명일 뿐더러 우연일 뿐이었고, 환자의 돌연변이에 가까운 체질에서 기인한 특수한 상황이었을 뿐이라고 폄하했다.
　"깨진 대갈통! 아니, 머리통에서 24시간 동안 쉬지 않고 피를 쏟아내고도 죽지 않은 이수라는 환자의 신체가 연구대상입니다!"
 의사들은 입을 맞춘 듯 이수의 체질을 탓했다. 십 수 년간 환자의 살을 가르고 꿰매기를 밥 먹듯 했던 외과 전문의들이, 지혈을 하지 못한 데 따른 책임이랄지, 의사로서의 한계를 절감하는 자성의 기회로 삼기는커녕 이수의 별난 체질만 탓했다. 병원장은 혀를 찰 뿐 대꾸하지 않았다. 입을 맞춘 듯 재잘대는 잘난 의사들의 변명을 듣느니, 근질거리는 혀를 차는 것이 편했다.
 의식을 되찾은 시장은 비서실장으로부터 24시간 동안 혼수상태였다는 보고를 받고는 놀란 표정을 지었다. 더욱이 24시간 내내 쉬지 않고 피를 흘렸다는, 믿기 어려운 사실을 전해 듣고는 충격을 받아 어지럼증을 느꼈다. 시장은 다행히 머리 한쪽 귀퉁이가 깨진 것을 빼고 나면 어깨와 등의 타박상이 전부였다. 쇠몽둥이로 두들겨 맞아 욱신거렸지만 치명적인 상처는 없었다. 다만 너무 오랜 시간 피를 흘린 탓에 현기증이 심했다. 그러나 어질어질한 현기증과는 달리 몸은 너무나 가벼웠고 머리는 상쾌했다. 머릿속을 말끔히 청소라도 한 듯 시원했다.

테러

7월 12일 • 맑음 • 폭염경보 • 최고기온 45.2℃

2시간 24분 동안의 키스

1

윤도영은 깊은 우물에 빠진 기분이었다. 바닥에 깔린 미끌미끌한 앙금 위에 누워 있는 느낌이었다. 이렇게 인생을 마감한다는 사실이 믿겨지지 않았다. 자신의 죽음이 어처구니없는 반전이고 농담 같았지만 엄연한 현실이었고 너무나 명명백백했다.

박수종을 대신해 관 속에 누워 있는 그는 땅속에 묻힌 것이니 이미 죽은 것이나 다름없었다. 그런데 아직 숨을 쉬고 있었으니……. 윤도영은 운이 좋아서 아직 숨이 붙어 있는 것이라 여겼다. 무덤 속 석관은 지독히도 차가웠다. 눈을 떴는지 감았는지조차 모를 만큼 캄캄했다. 숨이 답답했다. 어쩌면 지상의 공기가 석관을 덮고 있는 두꺼운 흙의 미립자들 틈새로 실낱같은 미세한 공기를 전달하기 때문인지도 몰랐다. 윤도영은 벌써 한나절이 지났는데도 숨을 쉬고 있는 것이 여전히 신기했다. 그러나 미세하게 소통되고 있는 공기도 머지않아 흙의 입자가 굳어지면서 막혀버릴 것이었다.

남은 시간은 고작 몇 시간 정도일 것이라 여겨졌다. 두렵기보다는 슬펐다. 피할 수 없는 죽음이 자신을 향해 점점 다가오고 있음을 알았지만 두렵지는 않았다. 윤도영은 이 모든 실상들이 야망이라는 헛것 때문일지도 모른다고 생각했다. 그는 야망이라는 이름의 그림자가 자신의 썩어질 육체와 함께 땅에 묻혀버린 것도 알았다. 지나온 시절들이 모두 헛된 욕망과 집착에 감추어진 가식이었음을 비로소 깨달았다.

관 속에 드러누워 죽음을 기다리고 있는 그에게 지난 세월이 안개가 걷히듯 선명하게 되살아났다. 뇌의 어느 부근에 정류하고 있다가 갑자기 출발하려는 버스처럼, 지난 기억들이 새록새록 달려 나왔다. 정치라는 신기루가 그의 머리를 아둔하게 만든 것, 가식과 허영이 눈을 멀게 만든 것……. 그의 청춘은 안개에 덮인 길을 걸어가는 병사처럼 단순했고, 곁눈질하지 않고 고지만을 향해 달려가는 전선의 돌격대처럼 맹목적이었다.

윤도영의 나이 33살. 무지개를 쫓아 산을 넘고 내를 건넌 소년처럼 정치꾼의 허상을 쫓았던 날들이 저녁 들녘에 부는 바람처럼 쓸쓸히 지나갔다. 박수종이라는 권력의 실세를 위해 평생을 몸 바쳐 일하겠다고 맹세했던 그의 결연한 얼굴이 거울을 들여다볼 때처럼 다가왔다. 그늘에 가려진 무표정한 얼굴! 한때는 국가권력의 핵심인 국가안전기획부장을 지냈고, 며칠 전까지도 현직 국회의원이자 당내 정세분석위원장의 막강한 정보력을 거머쥐고 있던 박수종의 최측근 보좌관이라는 사실을 너무나 자랑스럽게 여겼던 그의 두 어깨가 빗물에 젖은 짚가리처럼 축 늘어져 있는 모습도 보였다.

그의 마음에는 낭만 혹은 사랑의 로맨틱한 감정이 움틀 여유가 없었다. 권력을 향한 추종과 주군에 대한 충성심과 그 속에서 맛보는 꿀맛 같은 달콤함 때문에 정작 낭만의 씨앗이 움틀 여유도, 사랑의 불길이 피어날 여유도 없었다.

윤도영은 땅속에 묻히고 나서야 모든 허상들이 도깨비불처럼 여기저기서 번쩍거리며 나타나는 것을 보았다. 주어진 목숨이 얼마 남지 않은 지금에서야 지나온 시절을 되돌아볼 수 있는 눈이 열리다니! 한심하고 우스웠다. 그러나 후회하지는 않았다. 박수종 의원이 물이 솟구치는 묏자리에서 뛰쳐나간 것도, 충복인 자신을 관 속에 들어가도록 명령한 것에 대해서도 불평하지 않았다. 주인을 위해서는 죽음까지도 기꺼이 감내할 수 있다는 신념은 변함이 없었다. 단지, 조금 일찍 과거를 돌아볼 줄 아는 마음의 창이 열렸더라면 좋았을 것이라는 아쉬움이 가슴을 메이게 했다.

그는 관을 빠져나간 유령의 행방도 궁금했지만, 가장 마음이 쓰이는 것은 이강란이었다. 혼자 남겨진 그녀가 걱정이었다. 흑심을 감춘 늑대 한 마리가 어슬렁거리는 모습이 보였다. 눈을 번뜩이며, 침을 삼키며, 시시탐탐 그녀의 몸을 노리고 있는 조팔개였다. 그가 마음에 걸렸다. 그런데도 정작 그녀를 보호하지 못하고, 무덤 속에 누워 있는 자신의 신세가 한심하고 처량했다. 절망과 두려움에 떨고 있을 이강란을 생각하면 가슴이 막혀 답답했다.

늑대로 변한 조팔개를 상상했을 때, 문득 살고 싶다는 욕구가 솟구쳤다. 봄날 새순이 돋듯 너무나 자연스럽게 생겨났다. 그러다가도 되돌릴 수 없는 죽음 앞에서 갖는 한 가닥 목숨에 대한 미련이고 집착일 뿐이라는 자괴감이 들었다. 그런데도 회생 혹은 기적이 찾아오리라는 기대가 꿈틀대며 떠나가지 않았다. 생과 사의 갈림길에 놓인 그가 희망, 혹은 대반전의 기적을 꿈꾸기 시작한 것은 이강란 때문이었다. 그녀의 눈동자가 두려움에 질려 흔들리는 모습이 그에게 용기를 주었다. 희고 가녀린 손으로 머리카락을 쓸어 넘기는 쓸쓸한 모습이 그에게 자신감을 주었다. 그녀의 얼굴이 윤도영의 감겨진 눈 속으로 휘익 지나갔다.

윤도영은 그녀를 보호해야 한다는 의무감과 책임감으로 돌연 삶에 대한 욕구가 솟구쳤다. 그럴수록 무덤 속에 갇혀 머잖아 숨이 막혀 죽게 될 운명에 처해 있는 자신의 몰골이 한심했다. 왜 그리 어리석었던가! 왜 그녀를 위해 조금 더 일찍 용기를 내지 못했던가!

그는 무덤 속에서 살아나갈 수만 있다면, 그녀에게 달려가 가슴 속에 출렁대고 있는 파도와 같은 연정을 고백하겠노라고 맹세했다. 실현 불가능한 현실이기에? 이 무덤 속에서 결코 살아나갈 수 없다는 것이 너무나 명확한 사실이기에? 그래서 그런 사랑의 고백을 하겠다는 용기가 서슴없이 생겨난 것이란 말인가? 무덤 안의 차가운 관에 누워, 시시각각 다가오는 죽음을 기다리며, 그런 맹세를 꿈꾼다는 것이 얼마나 웃기는 일인가! 그사이 절망의 그림자가 드리웠다.

윤도영은 죽음 앞에서나마 그런 감정을 느끼고 용기가 생긴 것만도 다행이라 여겼다. 실망스럽지도 않았다. 죽음의 시간이 연극이 끝난 무대를 가리는 검은 장막처럼 천천히 내려오고 있었다. 그때 흑심에 사로잡힌 늑대, 이빨을 드러낸 조팔개가 홀로 있는 이강란에게로 달려가는 것을 보았다. 희망과 좌절의 이중주가 윤도영의 심리를 혼돈으로 이끌었다. 윤도영은 놀란 나머지 알지도 못하는 하나님을 불렀다. 이곳 무덤 속에서 그가 할 수 있는 유일한 것이라고는 고작 기도뿐이었다. 하나님! 그녀를 보호해 주소서! 지켜 주소서! 입술을 열어 이강란을 지켜달라는 기도가 그가 마지막으로 할 수 있는 몸과 마음을 다한 의식이었고 행위였다.

무덤 속은 얼음처럼 차가워져 갔다. 체온이 떨어질수록 죽음의 그늘이 짙어가는 것이었다. 잠시 연정에 애달고, 살고 싶어 안달한 것이 부끄러웠다. 마음을 진정시켰다. 지독한 암묵이었다. 들리는 소리라고는 심장이 미약하게 박동하는 소리뿐이었다. 아직 생명이 붙어 있음을 알려주는 유일한 신호였다. 등짝이 얼어붙은 비곗살처럼 굳으면서 마비 증세가 왔다. 땅에서 솟아 올라오는 물줄기가 점점 차올라 관 속으로 새어들어 오기 시작했다. 얼음 같은 물이 그의 등을 적셨다. 지하수는 점점 불어났다. 윤도영의 등을 잠기게 하고 어깻죽지를 넘어 귀까지 차올랐다. 그는 귓구멍으로 물이 들어가지 않게 머리를 일으켜 세웠다. 이마가 관 뚜껑에 부딪혔다. 그는 떨면서 읊조렸다. 보살피소서! 불쌍히 여기소서!

시간이 흐를수록 물은 점점 차올랐다. 이제 그의 귓구멍으로 차가운 물이 흘러 들어왔다. 검은 물이 그의 고막을 채웠다. 세상의 시간이, 지구의 자전이 뚝 멈춘 듯 아득했다. 잠시 후면 코를 채우고…… 눈을 덮을 것이고…… 그리고…… 심장의 박동이 멈추고…… 33살의 청년 윤도영은 영원히 잠들 터였다.

윤도영은 의식을 잃었다. 검은 강물을 건너 저승으로의 긴 여행에 나서려는데, 기적과도 같이 이생에서 그를 향해 외치는 소리가 들려왔다. 정신을 차렸다. 강력한 굉음이 고막을 울렸다. 관을 내리치는 곡괭이 소리가 분명했다. 물속에서도 그는 알 수 있었다. 누군가가 무덤을 파내고 있는 것이었다. 곡괭이가 관을 내리치고 있었다. 윤도영은 두 손을 번쩍 들어 관 뚜껑을 힘껏 밀어붙였다. 뚜껑이 열리면서 가득 고였던 물이 밖으로 솟구쳐 나갔다.

관 밖으로 용수철처럼 튀어나온 윤도영은 자신을 지켜보고 있던 한 여인의 품에 안기듯 쓰러졌다. 그리고는 정신을 잃고 말았다. 그는 이강란의 무릎에 머리를 베고 누워 있었다. 윤도영을 따르던 두 명의 보민당 동주시지구당 청년당원이 곡괭이와 삽을 챙겼다. 윤도영이 깨어나지 않으면 등에 업고서라도 서둘러 산을 내려가야 했다.

2시간 24분 동안의 키스

윤도영이 의식을 되찾은 것은 잠시 후였다. 한밤중이었다. 눈을 떴을 때 반짝이는 파란별이 보였다. 밤하늘의 별무리 속에 이강란의 얼굴이 희미하게 보였다. 그녀가 손을 내밀면 만져질 만큼 아주 가까이에서 윤도영의 얼굴을 마주 보고 있었다. 윤도영은 한기가 들어 몹시 떨었다.

"저, 저 안에서 살아나오면 당신에게 꼭 말하겠다고 맹세했어요. 저, 그러니까……."

윤도영이 떠듬떠듬 입을 열었지만 이강란이 가느다란 검지를 내밀어 그의 입술을 가만히 눌렀다. 윤도영이 자신의 입술에 닿은 이강란의 손을 꼭 잡았다. 부들부들 떨렸다. 그녀가 무사하다는 것과 자신이 기적처럼 무덤 속에서 살아나온 것이 믿기지가 않았다. 윤도영은 눈을 껌뻑대며 그녀의 얼굴을 천천히 확인했다. 이강란의 봉숭아 같은 얼굴과 파란 별자리를 번갈아 바라보면서, 꿈을 꾸고 있는 것이 아니라는 사실을 확인할 수 있었다. 정녕 꿈이 아니었다. 심장이 뛰고 있고, 숨소리가 들리고 있었다.

구룡산을 내려온 그는 청년당원들과 헤어졌다. 자신의 충복인 두 명의 청년당원과 포옹을 했다. 가슴이 뜨거워졌다. 그는 손바닥으로 청년당원의 어깨를 두드리면서 가슴이 달아오르는 것을 느꼈다. 청년의 가슴속에 담겨 있는, 맹목적이지만 용기와 우정으로 뭉쳐진 깊은 신뢰를 확인할 수 있었다.

산 아래 지방도로는 한적했다. 밤이 깊어서인지 통행하는 차량도 없었다. 후텁지근한 여름밤, 두 사람은 칠흑처럼 캄캄한 산자락 아래 텅 빈 길가에 서서 이상한 감회에 젖었다. 이강란이 몰고 온 자가용이 도로변에 주차돼 있었다. 윤도영은 숨을 크게 들이켜고 나서 하늘을 올려다보았다. 별이 초롱초롱 빛났다. 별무리는 북에서 남으로 길게 뿌려놓은 금빛과 은빛으로 빛나는 보석이었다. 비 한 방울 내리지 않은 메마른 하늘에 박혀 있는 은하수가 맑게 빛났다.

"숙소를 잡아놨으니까 당분간 그곳에서 지내면 돼요."

이강란이 재촉했다. 어둠이 무섭기도 했지만 남편 박수종의 유령을 의식하고 있었다.

"선거는 어떻게 됐어요? 조팔개, 그 양반 괜찮아요? 괴롭히지 않아요?"

윤도영이 승용차 쪽으로 걸어가면서 물었다. 박수종 의원이 돌연사한 뒤 이강란에게 치근대는 조팔개를 여러 차례 목격한 터라 더욱 마음에 걸렸다. 그녀는 대답하지 않았다. 승용차 운전석에 올라서도 조팔개나 남편 박수종의 이야기를 입 밖에 내지 않았다. 떠올리고 싶지 않은 것이었다.

그녀가 시동을 걸었다. 가벼운 진동과 귀에 익은 엔진룸의 소음이 울렸다. 기어를 바꾸고 액셀러레이터를 밟아 숲속의 지방도로를 떠나야 했건만, 자동차는 출발하지 않았다. 그녀가 핸들 위로 얼굴을 파묻더니 갑자기 흐느끼기 시작했다. 출발하기만을 기다리던 윤도영이 깜짝 놀라 키를 돌려 시동을 꺼버렸다.

2시간 24분 동안의 키스

"무슨 일이에요? 안 좋은 일이라도 있었나 보군요?"

윤도영이 어깨를 들썩이며 울고 있는 이강란에게 물었다. 그녀는 대답 대신 작정한 듯 마음 놓고 흐느끼기 시작했다. 윤도영은 동정심에다 측은한 마음이 생겨나더니, 점점 그녀를 향한 연정의 불길까지 더해져 가슴이 두근거렸다. 윤도영이 용기를 냈다. 슬픔에 잠긴 그녀의 어깨를 감쌌다. 이강란이 바람에 쓰러지는 볏단처럼 그의 품으로 가볍게 기댔다.

"걱정 말아요. 내가 지켜줄 테니까요."

윤도영은 그녀의 머릿결에 배어 있는 라벤더 향을 맡으며 눈을 감았다. 자기의 써늘한 가슴에 얼굴을 파묻고 있는 그녀의 모습이 꿈만 같았다. 윤도영은 무덤 속에 누워 있던 몸에서 곰팡내가 나고 땀 냄새가 찌들었을 것이라고 생각하니 좀 부끄러웠다. 그런데도 이강란은 아랑곳하지 않고 그의 품속에서 떨어질 기미가 없었다.

그는 소년처럼 감격했다. 눈시울이 뜨거워졌다. 마음 깊이 품어왔지만 숨겨둔 오랜 연정이 이 같은 인연으로 맺어진 것이 혼란스럽기는 했지만 마음은 여전히 들떠 있었다. 윤도영은 부정보다는 긍정의 에너지를 끌어냈다. 어느새 수줍음과 벅찬 감격에서 벗어나 점점 솟구치는 자신감으로, 달아오른 열정으로 변해가고 있었다. 거친 파도에 쓸려가는 모래처럼 로맨틱한 감정에 휘말려가고 있었다. 작은 열대성 저기압이 폭풍으로 변했다가 거친 태풍으로 이동하면서 천지를 뒤집어 놓듯이, 윤도영과 이강란은 폭풍의 소용돌이를 일으키려고 꿈틀대고 있었다.

"떠나지 말아요!"

이강란이 윤도영의 가슴에 묻었던 얼굴을 들었다. 눈동자는 별보다 맑았고 우물보다 깊었다. 10센티미터의 아주 가까운 거리에서 마주 바라보던 그들의 얼굴은 강력한 자석처럼 서로를 끌어당겼다. 자기장의 뜨거운 열기가 폭발하고 있었다. 눈빛은 달아오른 풀무처럼 활활 타올랐고 서로의 목을 마주 감싼 두 팔은 칡넝쿨처럼 단단했다. 맞닿은 가슴은 쿵쾅거리며 달리는 기차의 바퀴처럼 고동쳤다.

윤도영은 생애 처음, 33년 만에 여인의 입술에 입 맞추었다. 달콤한 느낌에 온몸이 떨렸다. 후들후들 떠는 사이 그녀의 입술이 스르르 열렸다. 미지근하면서도 촉촉한 타액이 건너왔다. 꿀보다 달고 포도보다 신선했다. 윤도영도 닫혔던 입술을 열고 그 사이로 달구어진 혀를 아주 느리고 조심스럽게 내밀었다. 그녀의 혀가 그의 달아오른 혀를 맞아들였고 이내 설탕처럼 달착지근한 맛과 향이 두 사람을 마취시켰다.

두 사람은 2시간 24분 동안 긴긴 키스를 했다. 윤도영은 생애 최초의 키스를 황홀하게 했고 이강란은 처음 느껴보는 짜릿한 입맞춤에 빠져 온몸이 녹아내렸다. 2시간 24분의 오랜 키스를 끝내고 나서야 그들은 식지 않고 영원할 수 있는 사랑을 확인하기에 이르렀다. 자동차 밖은 여전히 칠흑 같은 밤이었고 반짝이는 별은 더욱 유난했다.

2시간 24분의 키스가 끝나고 나서야 그들은 입고 있는 옷이 거추

2시간 24분 동안의 키스

장스럽다는 것을 알았다. 둘 다 옷을 벗어던졌다. 이강란의 살은 자두처럼 발그스름했고 피부에서 풋풋한 살구 냄새가 났다. 윤도영은 땅속에 갇혀 있었기는 해도 근육이 빛났다. 발가벗은 두 사람은 누가 먼저랄 것도 없이 섹스의 자세를 취했다. 윤도영에게는 첫 섹스였고 이강란은 처음 느껴보는 흥분이었다. 그들의 섹스는 48분간 이어졌다. 48분 동안 모든 것은 정지해 있었다. 하나가 된 그들에게는 몰입과 황홀만이 넘실거릴 뿐이었다. 푸른 바다 위에 떠 있는 하얀 요트의 평온과, 잔잔한 미풍을 타는 갈매기의 평화로운 날갯짓처럼 행복했다.

그들이 호텔로 돌아왔을 때는 새벽 3시였다.

2

윤도영은 초인종 소리에 잠이 깼다. 침대 옆자리를 살폈다. 이강란은 이미 돌아가고 없었다. 자신이 잠든 사이 호텔을 나간 것이었다. 초인종이 계속 울렸다. 문을 열자 지난밤 구룡산 무덤에서 그를 구해준 두 명의 보민당 청년당원이 땀을 흘리며 서 있었다.

"묫자리마다 물이 나와요! 제아무리 용하다는 지관들도 쩔쩔매고 있어요. 파는 곳마다 물이 나온다니까요!"

믿기 어렵다는 듯 청년 하나가 어깨를 들썩 올렸다 내렸다.

국가안전기획부 동주지부 소속의 정보요원들과 보민당 청년당원들은 박수종 의원의 새 묏자리를 찾느라 혈안이었다. 문제는 지관이 명당자리라고 지목한 땅을 파들어가면 어김없이 물이 솟아오른다는 것이었다.

"어제 오후 다섯 군데의 묏자리를 팠는데, 그것 참! 약속이라도 한 듯 물이 나와요."

청년당원이 지관들 사이에서는 박수종의 유령이 술수를 부리기 때문이라는 말도 나돈다고 했다.

"의원님이 땅속에 묻히지 않으려고 묏자리를 찾아낼 때마다 술수를 부려 물이 나오도록 한다는 겁니다. 믿거나 말거나, 그런 말이 떠돌고 있어요."

유령이 동주시내 곳곳을 소리 없이 돌아다닌다는 소문에다가 이슥한 밤 캄캄한 시내를 배회하는 박수종의 유령을 보았다는 시민들도 나오고 있다고 했다.

"이제 묏자리를 구하는 것이 문제가 아니라 유령을 붙들 묘책이 더 급해졌어요. 이대로 뒀다가는 언제 이 여사에게 나타나 해코지할지 몰라요. 보좌관님도 방심할 수 없어요. 무덤 속에서 빠져나온 것을 알면 가만두지 않을 게 확실해요! 그러니까 유령을 붙들어 처치할 방법부터 서둘러 찾아야 합니다."

청년당원은 약간의 불안에 사로잡혀 안색이 어두웠다.

윤도영은 어래산 우보 선생을 떠올렸다. 이수 시장의 출생 비밀을 단번에 알아맞힌 역학의 대가이자 영가천도의 능력이 탁출한 역술인이었다. 그를 찾아가 저승으로 가지 못하고 이생을 배회하는 박수종의 유령을 물리칠 비방을 얻어야 했다. 유령을 붙잡기만 하면 저승으로 돌려보내는 것은 어렵지 않았다. 그는 청년당원과 함께 호텔을 빠져나와 곧장 어래산으로 향했다.

해가 뜨자마자 달아오른 뜨거운 대기가 시가지를 달궜다. 이른 오전이었지만 숨쉬기가 거북할 만큼 진득거리는 습한 열풍이 도심을 점령한 채 일렁이고 있었다. 그들은 금방 땀에 젖어 축 늘어졌다. 펄펄 끓는 폭염과 가뭄에다가 오존중대경보까지 발령되면서 시내는 텅 비어 있었다. 철시한 도시처럼 황량했다.

7월 15일 • 구름, 오후 한때 열풍 • 최고기온 44℃

매미 소리

1

매미가 극성스럽게 울었다. 매미는 시청 정원을 둘러싼 플라타너스 가지에 달라붙어 쉬지 않고 울었다. 시장 이수는 빽빽이 달라붙은 매미의 무게를 견디지 못해 창문 앞쪽으로 축 늘어진 플라타너스 가지를 바라보았다. 놈들이 줄곧 악을 써가며 소리를 질러대는 바람에 소독용 탈지면을 뽑아 귀를 막아야 했다. 하얀 솜으로 귀를 막고 있는 이수에게 환경과장이 목소리를 높여 보고하느라 열을 올렸다.

"올해 출현할 것으로 예상됐던 매미랍니다! 보통 매미와 다른 브러드(Brood) X종이라고, 일종의 변탭니다! 보통 매미가 13년 만에 애벌레에서 변종되는 데 반해 이놈은 좀 특이하게 17년 걸립니다. 그러니 변태죠. 17년 동안 땅속에서 지내다가 짝짓기를 위해 지상으로 나오는데 올해가 이놈들, 그러니까 브러드 X종들이 한꺼번에 교미를 하는 해인 셈입니다!"

"깨방정 떨고 있네. 소독을 하게! 살충제는 이럴 때 쓰라고 만들지 않았소? 이래 가지고서야 시민들이 스트레스를 받아서 살 수가 없잖아. 우라질!"

이수는 지긋지긋한 매미 소리에 질려 머리를 흔들었다.

"놈들이 얼마나 지독한지 살충제도 소용이 없습니다. 일단 땅으로 기어 나온 유충은 잽싸게 주변의 식물이나 나무, 울타리, 전봇대 등 수직으로 된 물체를 따라 기어 올라가서는 앞다리의 발톱을 단단히 고정한 채 허물을 벗고 매미가 됩니다. 통상 2주일에서 4주일을 사는데 이 기간 동안 수컷들이 맴맴맴 미친 듯이 지긋지긋하게 울어댑니다. 암컷을 유혹해 짝짓기를 하려는 생식의 한 방편인데요, 지금 바깥의 저 소리! 맴! 맴! 맴! 맴! 저 소리가 바로 수만 마리의 수컷들이 암컷을 향해, 교미를 하자며 한꺼번에 소리를 지르는 겁니다! 더럽게 재수 없는 변탭입니다!"

이수는 눈을 감았다. 암컷을 부르는 수컷들의 괴성은 광적이었다. 매미들은 집요했다. 밤낮을 가리지 않고 계속됐다. 요란하게 이어지는 맴맴맴 소리에 정신을 차릴 수 없을 지경이었다. 하루 앞으로 다가온 선거가 걱정이었다. 내일 치러질 투표가 매미들의 공습사태로 제대로 진행될지 걱정이었다. 이수는 매미의 괴성을 중단시킬 방법을 찾아보도록 지시했다.

농담의 세계

"이봐요, 환경과장! 살충제도 안 듣는단 말이오? 그렇다면, 도대체 무슨 수로 저놈들을 잡아 죽일 거요?"

"방법을 찾고 있는 중입니다!"

환경과장이 뿌루퉁해서 퉁명스레 대꾸했다.

"쌍! 내일이 투표일이잖아. 이래 갖고서야 시민들이 투표장에 나오기나 하겠소? 니기미, 나라도 귀를 틀어막고 집에 처박혀 있겠다!"

이수가 환경과장의 답답한 대꾸에 열이 받았는지 짜증을 냈다.

그때 전화벨이 울렸다. 대신 받은 비서실장이 시내파 보스인 용가리 회장으로부터 걸려온 전화라고 일러주었다. 이수는 받지 않으려다가 마음을 바꿨다. 조직폭력배의 보스라지만 동주시에서는 인정하지 않을 수 없는 영향력을 지니고 있는 실세였다. 새삼스럽게 그로부터 전화가 걸려온 것이 궁금하기도 하고 찝찝하기도 했다. 좀처럼 연락을 하지 않던 시내파 보스가 무슨 용건이란 말인가?

용가리는 전화가 연결되자마자 다짜고짜 조팔개가 시장 테러의 배후라며 떠벌렸다.

"내가 확실히 알고 있소. 조팔개의 사주를 받은 부산 자갈치파 개새끼들이 시장님을 테러한 거요. (맴! 맴! 맴!)"

어찌된 것인지 용가리의 목소리가 들려오는 수화기 저편에도 매미 울음이 생생히 들려왔다. 용가리의 목소리보다 더 크면 컸지 적지는 않았다.

매미 소리

"염병할, 거기도 매미가 지랄입니까?"

"뭐요? 매미? 지랄? (맴! 맴! 맴!)"

"난 미칠 것 같은데, 용 회장은 괜찮소?"

"나도 지긋지긋하다만서도, 지금 그까짓 게 대숩니까? (맴! 맴! 맴!) 당신에게 테러를 가하도록 사주한 놈이 바로 당신과 선거에서 맞붙는 보민당 후보 기호 1번 조팔개란 말이오! 그러니까 내일 투표가 시작되기 전에, 그러니까 오늘밤 기자회견을 열고 그 사실을 폭로해야 하오. 증거는 내가 다 내놓겠소. (맴! 맴! 맴!)"

"고마운 말씀입니다만, 경찰이나 검찰이 명확한 물증을 찾아냈어야 하지 않습니까? 무작정 소문만 믿고, 나를 테러한 사람이 보민당 시장 후보 조팔개라고 나발을 불었다간 거꾸로 말려듭니다! (맴! 맴! 맴!) 명예훼손이니 인권침해니 음해니 하고 거머리처럼 달라붙으면 아무도 못 당할 텐데. (맴! 맴! 맴!)"

"허허, 나 용가리를 못 믿겠단 말이오? 내일이 투표일이란 말입니다! 선거에 지고 나면 끝장 아니오? 낙선하고 나서 이러쿵저러쿵 떠들어봐야 주둥이만 아픈 겁니다. 더 이상 망설일 여유가 없어요. 내 정보력을 못 믿는 거요? 정 못 믿겠으면 내가 부산 자갈치파 행동대원을 불러다가 양심고백을 시킬 수도 있소. (맴! 맴! 맴!)"

이수는 혼란스러웠다. 수화기를 든 채 꼬인 발을 흔들다가, 숨을 헐떡이다가 더 이상 통화를 할 수 없다는 것을 알고는 수화기를 내려놓았다.

"몸이 너무 안 좋아서……. 그만 끊어야겠습니다. 죄송…… (맴! 맴! 맴!)……합니다. (맴! 맴! 맴!)"

그가 중얼대듯 얼버무리고 나서 맥없이 전화를 끊었다. 이내 전화벨이 다시 울렸다. 전화를 받기 전, 환경과장을 내보냈다. 무슨 수를 쓰더라도 오늘 밤 안으로 매미를 박멸할 수 있는 방법을 찾아낼 것을 지시했다. 환경과장은 머리통을 벅벅 긁어대며 오징어를 씹을 때처럼 이를 우물거렸다. 살충제를 뿌려대도 끄떡없는 매미를 무슨 수로 없애란 말이냐? 시장 니가 내 입장이 돼 봐라, 난들 교미에 환장해 발광한 매미를 그냥 놔두고 싶어서 놔두는 줄 아느냐……. 뭐, 그런 불만들이었다.

다시 걸려온 전화는 용가리가 아니라 동주경찰서 정보과 우 반장이었다. 우 반장은 퇴근길 테러가 일어나기 직전, 경찰서 정보과가 입수한 첩보내용을 알려준 시장 측근 형사였다.

"시장님을 테러한 사람이 조팔개 의장이 확실합니다. 우리 쪽에서 증거를 확보하고 구속영장을 청구했는데, 검찰에서 수사를 선거 이후로 미루라는 지시가 내려왔습니다. 정치적인 사건이라며 민감하다는 것인데, 아무래도 중앙에서 누른 것 같습니다. 보민당 중앙당에서 법무부장관이나 검찰총장을 눌렀나 봅니다. 시장님, 알고나 계십시오. 상처는 괜찮지요? 이만 끊습니다. 내일 터뜨릴 멋진 샴페인을 준비하겠습니다!"

우 반장은 테러 사건에 조팔개가 관련된 사실을 전하고 나서는 금세 전화를 끊었다. 야외에서 휴대전화를 이용한 듯했는데 그 속에서도 매미 소리가 들렸다. 이수는 퇴근길 차량에서 괴한들에게 테러를 당하는 순간, 조팔개의 짓일 수도 있다고 의심했었다. 문제는 투표를 앞두고 폭로전을 펼 경우 득보다는 실이 많다는 것이었다. 오히려 상대 후보에게 말려들 가능성이 높았다. 대다수 시민들이 짐작하는 대로 그냥 맡겨둔 채 선거를 치르는 쪽으로 방향을 잡은 것도 그런 이유에서였다.

시장은 창밖을 내다보다가 플라타너스 가지가 군데군데 말라비틀어진 것을 보고 깜짝 놀랐다. 비서실장이 나무마다 시커멓게 달라붙은 수만 마리의 매미들이 가지의 수액을 미친 듯 빨아먹는 바람에 말라 죽은 것이라고 설명했다. 시청 마당은 죽은 매미들로 즐비했다. 자동차 바퀴에 깔려 죽은 매미부터 보행자들의 구둣발에 밟혀 죽은 매미까지, 검은 주검들이 마치 바둑돌을 깔아놓은 듯 보였다.

이수는 하루 앞으로 다가온 선거에 개의치 않기로 했다. 그는 테러를 당해 의식을 잃은 일과 병원으로 실려가 24시간 동안 피를 흘린 일, 의사마저도 곧 죽을 것이라고 판정한 시한부 목숨이었다는 것까지도 잘 알고 있었다. 죽은 것이나 다를 바 없던 그가 멀쩡하게 살아난 것을 온전히 인식하는 순간…… 마음속 물길이 한바탕 요동치는 것을 느꼈다. 가슴속에 자리 잡고 있었던 집착과 욕망과 이기심이 거센 물길을 따라 떠내려가는 것이었다. 어디로 간 것인지도 모를 만큼 자취를 감추는 것이었다.

이수는 담담했다. 내일 선거 결과에 대해서도 초조해 하지 않았다. 설사 낙선된다 해도 상심해 하거나 후회할 일도 아니었다. 진보와 개혁의 이상을 실현하기 위해 시장 직무를 수행하는 것과 시민들이 피부로 느끼는 행복과의 관계가 얼마나 밀접하게 연결된 것인지에 대한 회의도 생겼다. 돌이켜보면 그의 주변에서는 쉬지 않고 모략과 중상이 난무했고 악성루머가 만들어지기도 했다. 외로울 때도 많았다. 종종 후회스러울 때도 있었다. 보수 세력의 집요한 공격과 토호들의 위세가 극성을 부릴수록 목구멍을 타고 넘어오는 구역질을 참느라 이를 악물기도 했다.

그들 모두를 상대로 한 민감한 반응! 정신적인 충동! 분노! 좌절! 바늘 같은 뾰족함! 가시 같은 예리함! 그 모든 것들이 무뎌진 것이었다. 이수의 몸에 배어 있던, 너무나 인간적인 애증의 욕망과 집착과 복수 따위의 냄새나는 똥덩어리가 물속으로 풍덩 가라앉은 것만 같았다.

이수는 몹시 피곤했다. 테러를 당한 후부터 신경과 몸이 모두 쇠약해져 정상적으로 움직일 수가 없었다. 의자에 기대 잠시 눈을 붙이려는데 방문객이 들이닥쳤다. 맙소사! 성질 급한 용가리가 달려온 것이었다. 용가리는 섭씨 44도까지 올라간 한낮에 검은 정장 차림을 한 건장한 3명의 보디가드와 함께 들어왔다. 그들 졸개들은 비서실에 앉아 여비서가 타준 냉커피를 홀짝홀짝 소리 내며 마셨다.

용가리는 동주시의 막강한 토호세력이자 최대 계파를 거느린 주먹게 대부답게 노련하고 당당했다. 이수는 토호이면서도 조폭 보스인 용가리가 진보좌파 성향의 민선시장을 돕겠다고 나선 이유를 알 수 없었다. 오히려 온몸이 근질근질해지며 거북했다. 그걸 눈치 챈 듯 용가리가 시원하게 털어놓았다.

"본인이 시장님을 돕는다고 해서 시장님이 내일 선거에서 재선될 일도 아니란 거 잘 압니다. 또 본인의 도움이 필요 없다는 것도 잘 알고 있습니다. 오히려 꼴통보수 쪽에 가까운 본인이 이렇게 가까이 오는 것부터가 부담스럽겠지요?"

"아니! 뭐, 그렇게까지야……."

"그러나! 분명한 것은, 본인과 조팔개 의장과의 관계인데, 반드시 복수를 해야겠습니다. 사적인 일이니까 시장님께서 굳이 알 필요는 없겠습니다만, 그러나 본인은 이번 선거에서 조팔개를 낙선시켜 버리겠노라고 결심했습니다! 내일 선거에서 조팔개, 그 개새끼가 낙선되도록 무슨 수를 쓰든지 다 해볼 작정입니다. 그래서 찾아온 것인데……. 본인이 직접 나서 조팔개의 비열하고도 악랄한 음모를 폭로할 겁니다. 시장님하고는 전혀 연관시키지 않을 겁니다. 오늘 저녁 기자회견을 자청해 조팔개가 부산 자갈치파 놈들을 어마어마한 돈으로 매수해, 내일 투표에서 자신과 맞붙게 될 현직 시장을 비참하게 살해하려고 살인청부업자를 동원했다는 사실을 폭로할 겁니다! 그러면 좆같은 그 개새끼는 끝장입니다!"

이수는 앞이 캄캄했다. 일이 너무 복잡하게 꼬이고 있었다. 게다가

민감한 사안이어서 선뜻 어떻게 대처해야 할지 판단이 서지 않았다. 앞이 안 보일 만큼 캄캄한 어둠 속에 들어선 것만 같은 심정이었을 때, 어찌된 것인지 매미 소리조차 들리지 않았다. 귀청은 매미 소리 대신 사이렌 소리와도 같은 위잉잉잉잉, 하는 이명으로 가득했다. 머릿속이 흔들흔들했다. 용가리의 얼굴과 어깨너머 책장에 꽂힌 수많은 책들이 빙그르르 돌아갔다. 현기증이었다. 이수는 눈을 감고 숨을 크게 들이켰다 천천히 내뱉고 나서야 겨우 진정할 수 있었다.

이수는 기자회견을 포기하라고 종용했다. 용가리는 이미 결심을 굳힌 거라며 포기할 수 없다고 단언했다. 은연중 내가 당신을 돕고 있지 않소, 하는 듯한 표정을 짓기도 했다.

"난 이번 테러에 누가 연관됐는지 관심이 없다고 누차 말해왔잖소! 선거를 하루 앞두고 그런 사실이 밝혀지면, 역효과가 나타날지도 몰라요! 그러니까 씨발, 제발 그만둬요!"

이수가 역정을 냈다.

"니기미, 씨발! 역효과라뇨? 아니, 선거 분석도 안 해봤소? 만약 시장을 테러한 장본인이 거대 보수 야당인 보민당 소속 시장 후보 기호 1번 조팔개라는 사실이 만천하에 공개되면, 시장님은 몰표로 당선됩니다. 가뜩이나 보민당의 인기가 바닥인 데다 박수종 의원까지 돌연사하면서 유언비어가 떠돌고 있잖습니까? 자살했다는 소문 아직 못 들었소? 그러다 보니 조팔개의 인기가 바닥을 기고 있어요. 그저 돈을 뿌려 표를 사고 있는 판국에 비열한 살인청부 사실까지 탄로가 나면 정치 생명이 끝장나는 겁니다. 똥통에 빠져 똥독이 올라 죽는 거와 똑같다니까요!"

"박수종 의원이 자살했다고요? 그런 소문이 나돕니까?"

"애들 말로는 시중에 그런 소문이 파다하답니다!"

"환장하겠네, 썅! 그 양반이 왜 자살을 해요? 자살할 이유가 없잖소?"

"왜 없소? 누구나 잘나갈 때 결정적인 실수를 하는 법 아뇨? 다 된 밥에 코 빠뜨리는 거나 마찬가지지. 박 의원이 동주시 재벌인 소세그룹 홍수방 회장으로부터 도시계획 변경과 관련해 수십억 원의 뇌물을 받은 정황이 포착돼 검찰에 내사를 받던 중이었답니다."

"세상에…… 믿을 놈 하나도 없다더니, 좆같이 놀았구만!"

"자, 자, 결론을 냅시다. 오늘 저녁 기자회견을 합니다. 파장은 엄청날 겁니다. 동주시내가 콩깍지 뒤집어지듯 발칵 뒤집힐 겁니다. 시장님은 일체 나서지 말고 내일 투표가 끝날 때까지 집무실이든 자택이든 간에 칩거하세요. 그리고 투표 결과가 나오면…… 잘해 봅시다. 새로운 민선 6기 출범과 동주시 발전에 적극 동참하겠소."

용가리의 눈이 반짝 빛났다. 이수는 움찔 놀라 의자에 앉은 채 몸을 뒤로 젖혔다. 삐익, 하고 의자가 뒤로 밀려나는 소리가 울렸다. 입이 말랐다. 더 이상 의자에 앉아 있을 힘조차 없었다. 이마에 식은땀이 맺혔다. 이수는 의자에 앉은 채 아직 하얀 붕대와 반창고가 붙어 있는 머리를 뒤로 젖히고는 눈을 감고 말았다.

용가리는 시장이 테러를 당한 이후 건강이 극도로 나빠졌다는 것을 알고 서둘러 시장실을 빠져나왔다. 밖에서 냉커피를 마시며 기다리고 있던 3명의 보디가드가 그를 호위하며 계단을 내려갔다. 깡패의 구둣발에 밟혀 죽은 매미가 계단과 복도 바닥에 검붉은 흔적을 남겼다. 청소부가 빗자루와 걸레로 쓸어내고 닦았지만 손님이 오갈 때마다 복도와 계단은 구둣발에 밟혀 죽은 매미들로 즐비했다.

이수는 박수종 의원이 뇌물수수 혐의로 검찰의 조사를 받아왔다는 사실에 충격을 받았다. 그가 그 일과 연관돼 자살을 했다는 소문은 믿고 싶지 않았다.

이수는 저녁 식탁에 앉았지만 밥을 한 숟가락도 뜨지 못했다. 지역 티브이 방송국마다 온통 동주시의회 의장이자 보민당 시장 후보인 기호 1번 조팔개가 참정치민주개혁미래창조평화대통합신당 소속의 진보좌파 출신인 현직 시장을 테러한 배후이며 살인청부업자까지 동원했다는 뉴스 속보를 내보냈다. 사실을 확인하려는 기자와 참민통 선거사무실 간부, 안부를 묻는 주변 사람들의 전화가 빗발쳤지만 이수는 받지 않았다. 이미 주사위는 허공에 던져져 있었다. 주사위를 던진 사람은 당사자인 이수가 아니라 토호세력의 중심인물이자 주먹계의 대부 용가리였다. 용가리가 조팔개를 향해 던진 보복의 칼이 엉뚱하게도 동주시장 선거판으로 날아들고 말았으니…… 께름칙했다.

매미 소리는 밤이 되어도 그치지 않았다. 어둠이 짙어갈수록 더욱 강렬해지는 가로등 불빛을 향해 발악하듯 울어댔다. 플라타너스 나무는 말할 것도 없고 철조망과 가로등, 전봇대까지 달라붙어, 맴! 맴! 맴! 끈질기게 소리 질렀다. 참다못한 시민들이 나무에 돌을 던져댔지만 어림도 없었다. 이대로 두면 점점 늘어나는 매미들이 나무와 전봇대에 그치지 않고 아파트 벽과 주택의 창과 대문과 담과 마당에 세워둔 자전거와 빨랫줄까지 달라붙어 악을 쓰고 울어댈 것이었다.

이수는 일찍 눈을 감았다. 내일 투표가 두려웠다. 귀에 꽂았던 솜을 빼낸 뒤 헤드폰을 쓰고는 베토벤의 '로망스'를 들었다. 숨을 가다듬었다. 하나 둘, 하나 둘, 단전호흡을 하며 마음을 정리했다. 매미 소리가 헤드폰 속을 감도는 베토벤의 달콤한 선율에는 맥을 못 췄다. 이수는 먼 옛날 강물을 헤엄칠 때처럼 자유를 꿈꿨다. 향수와 고독, 멜랑콜리한 감정이 얽힌 실타래처럼 뒤엉킨 시장의 마음을 가볍게 쓸고 지나갔다.

2

이강란은 유령 퇴치사를 불러야겠다고 생각했다. 남편의 유령을 붙들 수 있는 퇴치사가 필요했다. 그녀는 유령을 잡으면 곧장 화장터로 끌고 가 혼령은 퇴치사의 처분에 맡기고, 몸뚱어리는 화로에 집어넣어 불태울 작정이었다. 유령을 해결하고 난 뒤에는 도시를 떠날 각오였다. 어디든 온전하게 이방인으로 살아갈 수 있는 땅을 찾아 나설 생각이었다. 낯선 도시! 낯선 공기! 낯선 흙! 낯선 사람들!

호텔 창 너머로 공한지가 보였다. 말라서 쪼그라든 개망초와 이파리가 까맣게 타들어간 키다리 달맞이꽃이 널브러져 있었다. 공한지는 폭염이 닥쳐와 공사가 중단되면서 몇 달째 방치돼 있었다.

"이 도시가 무서워요. 당장 떠나고 싶어요."

그녀는 혼란스러운 내면의 파도를 잠재울 수 없어 괴로워했다. 그 때문인지 얼굴이 핼쑥해 보였다. 그녀는 무덤 속에 갇혀 있던 윤도영을 구해낸 일에 대해서도 심적인 부담을 갖고 있었다. 죽음에 놓인 윤도영을 살려낸 일을 후회하지는 않았지만 그 이면에 감추어진 이상한 감정이 마음을 흔들었다. 죽게 된 윤도영을 살려야 한다는 도의적인 양심과 그를 구출해냄으로써 떠안을 수밖에 없는 심적인 부담! 그 이중성의 사이에 놓인 그녀는 너무나 괴로웠다.

이강란은 뻔뻔스러운 보통의 여인들과는 달랐다. 도리를 알았고 처신하는 방법과 절제하는 미덕까지도 모두 갖추고 있었다. 그 같은 착한 양심이 그녀의 마음에 일렁이는 감정을 무심히 넘기지 못하는 것이었다. 윤도영에 대한 감추어진 연정도 그랬고, 그를 무덤 속에서 꺼내야 한다는 용기를 낸 것도 그랬고, 야심한 밤 직접 구룡산에 올라가 그를 구출해준 것도 그랬다. 그 모든 것이 자신의 신념과 용기에 따라 행동으로 옮긴 일이긴 했지만 그것이 결코 정당한 것이었다고 단정하지 않았다. 합리화하지도 않았다. 모든 것이 정당하다 해

매미 소리

도, 불과 며칠 전 남편을 사별한 여인으로서는 부적절한 행실이었다는 점을 스스로 시인하고 있었다. 인륜과 불륜으로 뒤섞인 돌풍이 그녀의 작은 가슴속에서 회오리치며 심장을 두드리는 것이었다.

그녀가 집으로 돌아가지 않고 시 외곽의 호텔에서 지내는 이유도 양심 때문이었다. 물론 윤도영을 향한 연정이 그녀를 붙들어 둔 것이지만……. 그녀는 차가운 현실과 온정이 흐르는 감정, 그 두 세계를 오가며 지쳐 쓰러질 지경이었다.

"오늘이라도 떠날 수 있다면……."

이강란은 머리를 빗으면서, 제발 그러면 안 될까, 하고 묻듯이 혼잣말처럼 웅얼거렸다. 그녀는 더위에 지칠 때마다 뒷머리를 바짝 묶어 올렸다. 그러면 한결 시원해 보였고 생기가 돌아 젊어 보였다.

"뭐랄까…… 예감이 좋지 않아요. 아무래도 무슨 일이 터질 것 같다고나 할까. 유령도 그렇고……. 우리가 해야 할 일, 아니 해결해야 할 일이 있을 것 같아요."

윤도영은 태풍이 다가오기 전의 느낌 같다고 말했다.

"난 더 이상 끼어들고 싶지 않아요. 이무기니 유령이니, 모든 것이 지긋지긋해요! 폭염경보! 오존경보! 가뭄! 이제 숨쉬기조차 힘들어요!"

이강란의 얼굴이 창백했다. 남편의 돌연사 이후 신경이 매우 쇠약해진 탓이었다. 그녀는 잠자리에서도 가위에 눌려 신음을 내다가 깨어나는 일이 잦았다. 윤도영은 그럴 때마다 팔을 뻗어 그녀를 감싸주

농담의 세계

었다. 그녀는 가까스로 악몽에서 깨어나 가느다란 숨을 길게 내쉬고는 다시 잠을 청했지만, 밤새 땀을 흘리며 끙끙 앓는 소리를 냈다.

오후에 보민당 청년당원이 호텔로 찾아왔다. 청년은 아직까지 박 의원의 묏자리를 구하지 못하고 있다며 투덜댔다.

"환장할 노릇이라니까요! 지관이 정해준 땅을 팔 때마다 물이 나와요. 귀신에 홀린 것 같아요."

청년이 혀를 내둘렀다. 그는 보민당 동주시지구당 소속의 청년당원들이 도망친 지관 수천을 찾아내기 위해 샅샅이 탐문을 하고 다닌다고 알려줬다. 당원들이 24시간 집 주변에 잠복하고 있고, 지관이 즐겨 가는 녹향다방을 감시하고 있지만 감쪽같이 사라져 버렸다고 했다. 어디로 사라진 것인지 행방이 묘연하다며 입을 내밀었다.

"여사님에 대한 소문도 나돌고 있습니다."

"나에 관한 소문요? 그게 뭔데요?"

이강란의 눈꺼풀이 가늘게 떨렸다.

"사모님이 갑자기 안 보이니까 그런 소문이 만들어졌나 봅니다. 좀, 웃기는 얘긴데……, 유령이 잡아갔다는 소문이 파다해요."

이강란이 갑자기 큭큭큭 웃었다. 그러고는 또 갑자기 슬픈 표정을 지으며 머리를 흔들었다.

"차라리 잡혀갔으면…… 나았을지도 모르겠어요."

윤도영이 서둘러 화제를 바꾸었다.

"선거 분위기는 어떤가? 누가 유리할 것 같아?"

매미 소리

윤도영이 청년에게 물었다.

"아니? 소문 못 들었습니까?"

청년이 손바닥에 고인 땀을 바지에 싹싹 문질러 닦으며 윤도영을 향해 돌아섰다.

"시장을 테러한 배후가 바로 조 의장, 조팔개랍니다! 이건 확실해요. 오늘 오전에 용가리가 시장을 찾아가서 그 사실을 털어놓았다더군요. 그런데 시장이 오히려 말리더랍니다. 그 양반 참, 어찌 보면 현실적인데 어찌 보면 낭만적이고……. 테러를 당해 죽을 뻔했다가 기적적으로 살아난 뒤부터 이상해졌답니다. 맛이 갔다고 말하는 사람들도 있고……."

"시장 테러가 조팔개 짓이라고?"

"조 의장이 부산 자갈치파에게 수억 원을 건넨 뒤 이수 시장을 청부살인하려고 했답니다. 그런데 더 웃기는 일은 동주경찰서하고 검찰이 확실한 물증과 증인까지 확보하고 조팔개를, 아니 조 의장을 구속하려고 영장을 청구했더니, 중앙에서 눌러 기각됐답니다. 선거가 코앞인데, 거대 야당 후보를 구속했을 때 미칠 파장을 감당할 수 없다는 것이 이유랍니다. 일단 선거가 끝난 뒤에 수사를 한다는 것인데, 눈 가리고 아웅 하는 거죠, 뭐."

청년당원이 열에 들떠 이야기하는 바람에 입술 가장자리로 하얀 침이 고였다. 이강란이 냉수를 한 컵 건네자 청년은 단숨에 비웠다.

"용가리가 왜 끼어든 거야? 둘 사이에 무슨 관계가 있나?"

"아, 그거요? 그것도 재미있어요. 용가리는 조팔개를, 아니 조 의장을 못마땅해 하거든요. 조팔개가 너무 건방지다며 늘 벼르던 차였어요. 그랬는데 무림세계의 불문율을 깨고 조 의장이 부산 자갈치파를 동주시로 불러들여 청부살인을 하도록 했으니 오죽 화가 났겠습니까? 주먹계의 자존심 문제거든요. 그래서 사보이호텔에서 용가리의 시내파와 부산 자갈치파가 한판 붙었는데, 자갈치파가 당했답니다. 똥개도 제집 마당에서는 큰소리치는 법 아닙니까? 동주시내 주먹계 대부인 용가리가 보민당 시장 후보인 조팔개를 낙선시키려고 작심하고 나선 것도 이제 이해가 되시죠?"

"재미있군."

"웃기는 일이죠, 뭐. 헤헤."

청년당원이 자리에서 일어났다. 윤도영은 그의 어깨를 두드렸다. 청년은 의리와 충성심으로 가득 차 있는 충복이었다. 권력의 핵심인 박수종 의원과 그의 부인 이강란, 보좌관이자 직속상관인 윤도영에게 목숨을 바쳐 충성하겠노라고 맹세한 열혈당원이었다. 윤도영은 청년에게서 자기의 모습을 보는 듯해 얼굴이 후끈 달아올랐다. 기분이 묘했다. 청년당원이 문을 열고 밖으로 나가려다 그제야 생각났다는 듯, 빅뉴스라며 알려줬다.

"아 참, 오늘 저녁 텔레비전 뉴스 보세요. 용가리가 기자회견을 한답니다. 폭탄 발언이 나올 것이라는 소문이 동주시내에 쫙 깔렸거든요! 깡패 두목이 선거 전날 기자회견을 하는 것도 우습지만, 깡패 두목의 양심선언으로 선거의 향배가 좌우된다는 것이 더 우습지 않습니까? 코미디 같죠? 헤헤."

윤도영은 청년당원이 돌아가고 난 뒤 티브이를 켰다. 채널마다 온통 기상이변에 대한 특집방송뿐이었다. 기상관측이 시작된 이래 연일 최고기온을 갈아치우고 있는 불길한 고온현상을 놓고 기상학자들이 토론을 벌이고 있었다. 그들은 '화로(火爐)'라는 표현까지 써가며 동주시를 덮친 폭염에 대해 분석했다. 동주시는 물론 주변의 감구시와 서래시, 달광시 등에도 연일 섭씨 40도가 넘는 고온현상이 나타났다. 폭염경보와 오존중대경보가 함께 발령된 상태였다. 토론자들은 밤이 되어도 기온이 떨어지지 않아, 최저기온이 평균 32.3도에 머물고 있는 최악의 열대야에 대해 갖가지 해석을 했다.

다른 채널에서는 핵발전소의 원자력 돔 위로 소방서에서 급파된 살수 차량이 물을 뿌려대는 장면이 나왔다. 동주시 동쪽 바닷가에 세워진 핵발전소의 원자로 내부 온도가 기준치보다 30도가 높은 섭씨 350도까지 올라가자 당국이 취한 응급조치였다. 정부는 이미 원자력발전소 주변지역에 비상사태를 발령해 놓고 있었다. 기자는 러시아 체르노빌 참사가 재연될지도 모른다며 심각한 표정으로 리포트를 했다. 그 여파로 핵발전소의 안전성 여부가 논란거리로 떠올랐다. 터빈을 거친 냉각수가 35도 이하로 식혀져 나와야 하지만 폭염경보가 발령되고부터는 냉각수 온도가 40도를 넘고 있었다.

오존층 오염에 대한 경보 수위가 계속 이어지자, 동주시가 승용차 운행을 중단시키는 특단의 대책을 발표했다는 소식도 나왔다. 시민들은 승용차를 이용하지 않고는 화로 같은 도심거리를 걸어 다닐 수 없는 현실을 무시한 탁상행정이라며 비난했다. 그러면서 이렇다 할 대책이 없다는 데 허탈해 했다. 고속철도공사는 폭염으로 철로가 휘는 것을 방지하기 위해 열차의 운행 속도를 시속 300킬로미터에서 150킬로미터 이하로 늦췄고 일부 구간은 기온이 최고에 달하는 오후 2시에서 4시 사이에 운행을 중단시켰다.

지구환경연구소 소장은 이번 폭염으로 인명 피해가 급격히 늘어나고 있다며, 향후 열사병과 호흡기 질환에 의한 집단사망의 가능성을 경고했다. 섭씨 40도 이상의 고온현상이 계속 이어질 경우 노약자들의 사망률이 배 이상 늘어난다며 주의를 줬다. 시내 병원마다 이미 열사병과 호흡기 질환으로 입원을 했다가 숨진 사람들이 넘쳐나고 있었다. 정부는 영안실이 부족할 것에 대비해 특단의 대책을 세울 것을 해당 부처에 주문했다.

폭염을 이기지 못하고 숨진 노인들의 장례식 장면이 나왔다. 주름이 칡덩굴만큼이나 깊고 굵은 할머니가 쪽방 마루에 나와, 너무 더워 숨도 못 쉬겠다며 하소연을 했다. 노인의 얼굴은 불안과 공포에 질려 있었다.

이강란이 손수건을 꺼내 눈물을 닦았다. 티브이에서 시선을 돌렸다. 윤도영이 그녀의 어깨를 감쌌다. 티브이는 온통 재난방송 일색이었다. 불길한 재앙의 조짐들로 넘쳐났다. 윤도영이 리모컨을 눌러 티브이 전원을 껐다.

호텔 실내는 에어컨 때문에 그나마 섭씨 28도의 기온이 유지됐지만 창문 밖은 40도가 넘는 폭염에 뒤덮여 있었다. 도로는 누구 하나 얼씬거리지 않았다. 앰뷸런스가 사이렌을 울리며 주택가 쪽으로 달려갔다. 화물차 한 대가 짐칸 가득 폐사한 닭을 싣고는 도로 서쪽, 쓰레기매립장으로 향했다. 도심은 펄펄 끓는 물주전자처럼 뜨거웠다. 아지랑이 열선이 지상을 뒤덮었다.

"정말, 지구의 종말이 다가온 걸까요?"

이강란이 소파에 앉으며 물었다.

"예견된 일이었잖아요? 벌써 오래전부터 온난화의 위험을 경고했고, 서둘러 이산화탄소의 배출을 줄여야 한다고 목청을 높였잖아요? 지구의 평균온도가 계속 올라가고 있는 수치까지 발표를 해도, 모두들 믿지 않았잖아요? 빙하가 녹고 열대림이 사라져 간다고 해도, 모두들 그때뿐이었잖아요? 미래는 관심 밖이고 오직 현실밖에 몰라요."

윤도영은 낙담했다. 그러면서도 지금의 고온현상이 돌이킬 수 없는 최악의 상황으로 다가가지 않기를 기대했다.

"벌써 3년째 비가 오지 않고 있어요. 3월부터 시작된 폭염은 수그러들 기미가 없는걸요? 구십천이 말라붙어 강바닥이 드러난 것도 동주시 역사상 처음이고, 지하수가 말라붙어 마실 물조차 사라진다면……. 모든 게 불길해요. 무서워요……."

이강란의 목소리는 침울했다. 불안이라는 정신체계의 방어망은 평상시에는 작동하지 않다가도 급변하는 환경과 기상, 재난, 전쟁 등이 닥치면 저절로 움직이는 법. 그녀는 지구에서 멸종된 공룡들에게 들이닥친 불안도 이렇게 시작됐을지 모른다는 상상에 몸을 떨었다.

윤도영은 두려운 기색을 감추며 스스로에게 최면을 걸었다. 최악의 폭염이 닥쳤지만 머지않아 찬바람이 불어올 것이고 기온도 내려가고 비도 내릴 것이라고 믿었다. 긍정적이고 낙천적인 쪽으로 생각을 바꾸었다. 지금의 기상이변이 희망의 미래로 나가기 위한 일종의 경고이자 통과의례라고 해석했다. 용기의 원천은 이강란이었다. 그녀의 불안을 잠식시키는 치료제는 믿음과 희망과 용기라는 마음의 무기였다.

윤도영이 그녀 곁으로 다가가 어깨를 감싸 안았다. 두 팔로 그녀의 어깨를 감싼 채, 어깨너머로 창밖의 텅 빈 도로를 바라보았다. 불끈 올려 맨 그녀의 머리카락이 시원해 보였다. 묶음에서 빠져나온 몇 올의 머리카락이 하얗게 드러난 목 위에서 헤엄치듯 움직였다. 복숭아처럼 부드러운 목덜미가 몇 올의 머리카락으로 인해 더욱 정결해 보였다. 윤도영은 그녀의 살결에 코를 들이대며 흠흠 하고 향기를 느꼈다.

"두려워 말아요. 무덤 속이라도 따라갈 자신이 있어요. 당신이 무덤 속에 갇힌 나를 구해줬듯이 나도 당신이 어디에 있든 찾아가서 구

매미 소리

해줄 거예요. 당신은 용감해요. 무덤을 파헤쳐 나를 구한 것만 봐도 당신은 결코 약하지 않아요!"

윤도영은 팔에 힘을 줬다. 이강란은 우울한 표정 그대로 바싹 타들어가는 도로변의 화단을 바라보다가 갑자기 휙 돌아섰다. 윤도영의 얼굴을 마주 보았다. 짧은 순간, 우울한 기운이 가시고 눈가에 장난기 섞인 미소가 번져 나왔다. 그녀는 언제 그랬냐는 듯 굳은 표정을 지우고 맑은 눈동자를 빛냈다.

"새로운 인생! 다른 인생을 살고 싶어요. 지금까지가 지옥에서 보낸 한철이었다면 다시 시작될 계절은 천국일까요?"

이강란이 꿈을 꾸듯 종알종알 말했다. 윤도영이 그녀의 볼에 입을 맞추었다. 이번에는 이강란이 윤도영의 허리를 바짝 끌어당겼다. 자신감을 되찾은 그녀가 좀 거칠게 잡아당기는 바람에 윤도영이 숨을 멈춰야 했다.

그들은 서쪽 하늘에 떠 있는 회색구름이 붉게 물든 것을 보았다. 저녁 무렵의 석양은 낭만과는 거리가 멀었다. 검붉은 석양은 그날의 폭염이 얼마나 혹독했는지, 그날 하루 얼마나 많은 가축들이 죽어 갔는지, 숨을 거둔 시민은 몇 명인지를 정리하는, 그런 상징성을 띠고 있는 것처럼 보였다. 그런가 하면 강렬한 붉은 빛으로 물든 하늘은 내일의 폭염을 예고하는 전령사의 의미도 지니고 있었다.

농담의 세계

3

문을 두드리는 소리가 들렸다.

"청년당원인가?"

윤도영이 문 쪽으로 다가갔다. 문을 열려고 손잡이를 잡는 순간 문이 잠겨 있지 않다는 것을 알았다.

"누구세요?"

그가 물었지만 바깥 복도에 서 있는 상대방은 숨바꼭질을 하듯 아무 대답도 하지 않았다. 재차 누구냐고 물었지만 역시 대답이 없었다. 윤도영은 누군가가 방을 잘못 알고 노크를 한 것이라 여겼다. 문의 잠금 키를 돌리려고 하는데 다시 노크 소리가 들렸다. 똑! 똑! 똑! 세 번째 손가락 마디로 강약의 흐트러짐이 없이 기계적으로 두드리는 소리였다. 위험을 느낀 윤도영이 문을 잠그려는데 손잡이가 돌아갔다. 방문이 열렸고 낯선 남자가 안으로 불쑥 들어왔다.

"아악!"

이강란이 비명을 질렀다. 윤도영은 그녀가 뒷걸음치며 계속해서 소리를 질러대는 바람에 귀가 먹먹했다. 그녀에게 신경이 쓰여 문을 열고 들어온 낯선 남자가 누구인지 알아보지 못했다. 남자가 들어온 뒤 문이 저절로 닫혔다. 그가 방에 들어오고부터 갑자기 추워지기 시작했다. 에어컨 때문이 아니었다. 입김이 서렸고 코가 시렸다. 윤도영은 창백한 낯에 무표정한, 아니 너무나 냉랭한 표정의 낯선 사내가 박수종 의원이라는 것을 알아보았다. 며칠 전 죽은 이강란의 남편이자 보통시민자유민주공화당 동주시지구당 위원장이기도 했던 박수종의 유령은 너무나 태연했다. 그가 당사에서 막 돌아온 듯 너무나 자연스럽게 문에 기대서서 그들을 바라보았다.

이강란과 윤도영 두 사람의 얼굴을 번갈아 바라보던 유령이 안색을 바꾸었다. 시기와 질투로 일그러진 표정이었다. 윤도영은 유령의 차가운 얼굴 뒤에 도사리고 있는 괴기함에 섬뜩한 공포를 느꼈다. 웃는 것 같기도 했고, 우는 것 같기도 했고, 화를 내는 것 같기도 했다.

"자넨 왜 여기 있는 건가? 무덤을 지킨다고 약속하지 않았는가? 나를 위해 무덤을 지켜야 할 자네가 아닌가!"

유령이 낮은 목소리로 말했다. 그리곤 윤도영 앞으로 한 걸음 성큼 다가왔다.

"누, 누구요? 박 의원님? 아니면 귀신? 의원님께서는 분명히 운명하셨으니까, 당신은 허깨비 유령이로군! 당신의 숨이 끊어진 것을 두 눈으로 똑똑히 확인하고 영안실에 옮긴 사람이 바로 나란 말이오. 이제 그만 돌아가요. 더 이상 배회하지 말고 돌아가요!"

윤도영이 뒷걸음치며 놀라 말했다.

"날 배신했군! 내가 돌아올 때까지 무덤을 지켜주겠다고 약속해놓고, 이게 무슨 짓인가? 두 사람이? 아, 흐흐흐……"

유령이 흐느끼기 시작했다.

"그건 오해요! 배신이 아니란 말이오! 의원님에 대한 충성은 변치 않았어요! 그런데, 당신은 죽은 몸이잖아요? 유령이 되어 도시를 떠돌다니……. 그만 사라져요!"

윤도영은 유령과 마주 서서 이야기하면서도 실은 매우 떨고 있었다. 너무 놀라 정신을 차릴 수 없을 지경이었다. 이강란을 지켜야 된다는 생각 때문에 물러서지는 않았지만 역부족이었다. 코앞으로 다가온 유령에게 멱살을 잡히고 말았다. 윤도영은 미처 피할 겨를도 없이 유령의 차갑고 억센 손에 목이 졸렸다. 얼음처럼 차가운 손 때문에 목이 얼어붙는 듯했다.

"나와 함께 가세. 자넨 나의 영원한 충복, 총명한 보좌관이 아니던가!"

유령의 목소리는 평소 박 의원과는 다른 낮고 굵은 저음이었다. 목소리가 동굴에 들어온 것처럼 울렸다. 윤도영은 유령의 손아귀에서 벗어나려고 안간힘을 썼지만 칡넝쿨처럼 억센 힘에 눌려 벗어날 수 없었다. 그는 유령의 차가운 손에 목이 졸려 죽게 됐다는 생각에 허탈했다. 목이 막혀 말을 할 수가 없었다.

유령이 차고 억센 손아귀로 윤도영의 목을 조르고 있을 때, 이강란이 정신을 차렸다. 그녀는 유령의 손에 잡힌 윤도영을 보았다. 조금 전 공포에 질려 비명을 지르며 파르르 떨던 나약한 그녀가 이성을 되찾은 듯 침착했다. 그녀가 당당하게 유령 앞에 나섰다. 유령은 윤도영의 목을 쥔 두 손을 놓지 않았다. 가까이 다가온 아내를 애처로운 표정으로 바라보았다.

매미 소리

"여전히 아름답구려. 그러나 나의 고통을 슬퍼하는 모습은 아니구려. 오히려 내가 죽자마자, 이놈, 나의 젊은 보좌관하고 사랑 놀음에 빠질 줄이야……. 당신이 날 사랑하지 않았다는 것은 알았지만…… 이럴 줄이야!"

"손을 놔요! 손을 놓지 않으면 당신을 때릴 거야!"

이강란이 윤도영의 목을 조르고 있는 유령을 향해 반닫이 서랍장을 번쩍 들었다. 결코 만만찮은 무게의 원목 서랍장을 머리 위로 불끈 들어 올리자 유령이 움찔 놀라는 기색이었다. 그러나 고집불통처럼 윤도영의 목을 놓아주지 않았다. 윤도영은 숨을 쉬지 못해 곧 의식을 잃을 듯 얼굴색이 하얗게 변해갔다.

"제발 놔줘요!"

이강란이 소리쳤다.

"안 돼!"

유령은 단호했다.

"놔줘요!"

이강란이 서랍장을 유령의 머리 위로 힘껏 내리쳤다. 쿵, 하는 소리와 함께 유령이 넘어지면서 벽에 뒤통수를 박았다. 그 바람에 유령의 손에서 풀려난 윤도영이 이강란 쪽으로 가까스로 기어왔다.

"어쩜 좋아요? 우리 힘으로는 유령을 당해낼 수가 없잖아요."

이강란은 조금 전 서랍장을 머리 위로 번쩍 들어 올려 유령을 내리친 용맹을 그새 잊은 채, 다시 덜덜 떨었다.

"부적! 부적이 있잖아요! 우보 선생이 만들어준 부적을 가져와요!"

윤도영은 무덤에서 나온 뒤 어래산으로 우보를 찾아가 유령 퇴치에 쓸 부적을 받아온 것을 떠올렸다. 윤도영은 부적을 보관해 놓은 수첩을 꺼내기 위해 옷걸이 쪽으로 갔다. 반닫이 서랍장에 맞아 쓰러졌던 유령이 깨어났다. 분노에 사로잡혀 더욱 포악해졌다. 유령은 옷장을 향해 가는 윤도영의 팔을 잡아챘다. 유령이 팔을 힘껏 내쳤다. 윤도영은 맥없이 넘어졌다. 난폭해진 유령이 폭력을 휘둘렀다. 베개를 던지듯 윤도영을 이리저리 내팽개쳤다. 그럴 때마다 윤도영은 인형처럼 가볍게 나가떨어졌다. 벽에 부딪치기도 하고 냉장고와 책상에 부딪쳐 여기저기 상처가 났다.

이강란은 유령이 윤도영을 때리고 내던지는 동안 옷걸이에 걸려 있는 양복 윗도리를 찾아냈다. 양복 속주머니에서 지갑을 꺼내 붉은 부적을 찾았다.

"부적! 부적!"

그녀의 손이 떨렸다. 지갑 속에서 부적을 꺼내 들었을 때, 유령이 다가왔다. 윤도영은 맥이 빠져버린 듯 벽에 기대어 흐늘흐늘 늘어져 있었다. 이강란은 악령을 등지고 서서 지갑에서 꺼낸 부적을 브래지어에 슬쩍 끼워 넣었다. 유령은 혼절하기 직전의 윤도영을 포기하고 이제 자신의 아내, 이강란을 상대할 참인 듯했다.

"당신은 날 배신했어!"

매미 소리

"배신한 것이 아니라 당신이 날 이렇게 만들었어요. 그리고 당신은 이미 이 세상 사람도 아니잖아요! 어서 가요. 무덤 속으로 들어가 편히 쉬란 말예요. 고통스럽게 방황하지 말고 저승으로 편히 가요. 제발! 당신은 이미 죽었어요!"

"날 위해 울어줄 사람은 어디에도 없구려."

유령이 갑자기 우울한 표정을 지었다. 그러더니 이강란의 얼굴을 뚫어지게 바라보았다. 갑자기 유령의 얼굴이 부드러워졌다. 달콤한 표정으로 변해 키스라도 하려는 듯 얼굴을 가까이 댔다. 그녀는 너무도 차가운 기운이 온몸을 감싸는 바람에 숨이 막혔다. 꼼짝할 수가 없었다. 박수종의 유령은 살아 있을 때처럼 눈을 지그시 감더니 아내의 입술에 자기의 찬 입술을 맞추려 했다. 그가 눈을 감은 모습을 보는 순간, 그녀는 박수종이 유령의 모습과는 달라져 있는 느낌을 받았다. 이강란은 떨리는 가슴을 겨우 진정시켰다. 이 사람, 진짜 박수종인가? 유령이 아니라 사람이란 말인가?

박수종의 입술이 그녀의 입술에 거의 닿을락말락했을 때, 그녀는 두 손을 힘껏 뻗어 그의 가슴을 밀쳤다. 그리고는 재빨리 브래지어 속에 끼워 놓았던 붉은 부적을 꺼냈다. 유령이 노기를 띠고 눈을 떴을 때, 이강란은 한지 위에 빨간 붓으로 미로처럼 구불구불 그려놓은 부적을 내밀었다.

"우우우우!"

유령이 비명을 지르기 시작했다. 얼굴을 마구 흔들며 두 손을 휘저었다. 유령이 괴로워하며 뒷걸음쳤다.
 "두 번 다시 오지 말아요! 제발 무덤으로 돌아가요!"
 이강란이 부적을 내민 채 유령을 따라가며 외쳤다. 유령은 우우우우, 하고 몹시 고통스러운 듯 비명을 질렀다. 유령이 부적을 피해 바람처럼 문 밖으로 휙 사라졌다.

매미 소리

7월 15일 • 구름, 오후 한때 열풍 • 최고기온 44℃

폭로

1

용가리의 기자회견은 부산 자갈치파가 청부살인의 거점으로 삼았던 사보이호텔에서 열렸다. 방송사와 신문사 기자들이 점심시간부터 진을 치고 기다렸다. 모두들 동주시 무림천하의 대부이자 왕초이자 오야붕이자 시내파 보스인 용가리 회장이 도착하기를 기다렸다.

용가리는 헤어왁스를 발라 머리카락을 이마에서 뒤통수까지 올백으로 넘겼다. 눈이 부실 만큼 번쩍거렸다. 옷차림도 신경을 썼다. 폭염이었지만 연한 블루 정장에 물방울무늬 넥타이를 맸다. 그는 오늘 기자회견이 시장 선거를 불과 하룻밤 남겨놓고 열리는 만큼 엄청난 파장을 불러올 것이라는 사실을 너무나 잘 알고 있었다. 그래서인지 그답지 않게 약간 긴장했다.

오후 5시. 용가리가 사보이호텔에 모습을 드러냈다. 검정색 정장의 시내파 부하들이 몇 시간 전부터 호텔 입구에 진을 치고 있었다. 그들 부하들은 40도를 넘는 불볕더위는 물론 검은 양복 속으로 흘러내리는 땀에도 아랑곳하지 않고 꿋꿋이 버텼다.

용가리가 탄 벤츠가 도착하자 이열 종대로 도열해 있던 124명의 졸개들이 일제히 허리를 굽혔다. 선글라스를 낀 중간보스 망치가 벤츠 앞자리 조수석에서 쏜살같이 내려 문을 열었다. 용가리가 호텔 로비로 걸어가는 동안 도열해 있던 부하들은 굽힌 허리를 펴지 않았다. 긴장을 한 듯 124명의 사내들은 침을 삼키는 소리조차 내지 않았다.

용가리의 구둣발 소리가 호텔 로비를 울렸다. 주먹세계의 권위와 질서와 카리스마가 넘치는 분위기였다. 124명의 검은 양복의 사내들이 허리를 굽히고 침묵하는 동안 용가리는 당당하게 호텔 컨벤션센터로 들어갔다. 불세출의 주먹다웠다.

기자회견장은 에어컨 때문에 시원했다. 용가리는 약간 긴장한 듯 굳은 표정으로 단상에 올라섰다. 미리 준비해 온 기자회견문을 읽기 시작했다.

"본인은 비록 보잘것없는 사업가에 불과합니다만, 불의를 보면 참지를 못하고, 상도의에 어긋난 것을 보면 바로잡아야 직성이 풀리는 그런 사람입니다. 오늘 본인이 밝히고자 하는 것은, 바로 불의를 저지르고 상도의를 팽개쳐버린 뻔뻔한 새끼, 아, 아니, 뻔뻔한 사람에 대한 것입니다. 시민 여러분! 사흘 전 시장님을 살해하려 한 테러 사건이 백주에 일어났었습니다. 퇴근길 시장님이 탄 관용차량을 습격해서는 무참히 깔아뭉갰는데……, 다행히도 시장님은 하늘이 도왔는지 그야말로 기적적으로 목숨을 건졌습니다. 문제는 경찰은 말할 것도 없고, 검찰까지도 그 사건의 배후를 밝히지 못하고 있다는 사실입니다. 시장님마저도 자신을 살해하려 한 배후자를 짐작하고 있으면서도 선뜻 나서지를 못하고 있습니다. 그러나 본인은 입장이 다릅니다. 나야 사업을 하는 범부이기 때문에 굳이 숨길 필요도 없고, 남의 눈치를 볼 일도 없습니다. 예, 그래서 본인은 오늘! 그 사건의 배후가 누구인지를 밝히고자 합니다!"

갑자기 기자회견장이 술렁거렸다. 몇몇 기자들은 핸드폰을 급히 걸었고, 경찰 정보과 형사들과 시청에서 나온 공무원들은 서로 귓속말을 나눴다.

"본인은 특정인을 모략하거나 음해하려는 것이 결코 아닙니다! 증거가 있고 증인도 있습니다. 서론이 너무 길었군요. 여러분! 시장님을 살해하려고 야구방망이와 칼자루를 쥐고 폭력을 일삼은 놈들은 부산에 본거지를 둔 조직폭력배 자갈치파입니다! 그리고 그들 자갈치파를 이곳 동주시로 불러들인 놈은 바로, 동주시의회 의장이자 보통시민자유민주공화당 동주시장 후보인 기호 1번 조팔갭니다! 그 새끼, 아 아니, 그자가 이번 시장 테러 사건의 배후입니다!"

실내가 소란스러워졌다. 보민당 소속의 일부 청년당원들이 항의성 야유를 퍼부었다. 그들은 여소야대 정국에서의 거대 야당 소속이라는 것을 믿고 있었다. 시내파를 얕보았고 만만하게 여겼다. 보민당의 위세가 당당한 것처럼 자신감에 넘쳤다.
"우우! 빙충이! 똥치! 깡패!"
단상의 용가리가 이맛살을 찌푸렸다.
"본인은 지금 양심선언을 하고 있는 중입니다! 양심선언!"
"우우! 퉤! 퉤!"
보민당 청년당원들이 침 뱉는 흉내까지 내가며 야유를 보냈다. 용가리는 청년당원들의 야유가 거세질수록 기자회견을 지켜보는 시민들이 깡패집단이 사전에 짜놓은 각본에 따라 조팔개를 음해하려고 거짓말을 꾸며낸 것으로 오해할지도 모른다는 우려 때문에 초조했다. 게다가 지금 기자회견은 생중계되고 있는 것이 아닌가! 서둘러 분위기를 역전시켜야 했다. 용가리는 비열하게 현직 시장을 청부살인하려고 한 조팔개가 오히려 시내파에게 중상모략을 당하는 것처럼 비쳐질 수도 있다는 것 때문에 머리털이 주뼛 섰다. 용가리는 자신의 신분이 사회통념상 인정받지 못할 뿐더러 떳떳하지도 못하다는 사실을 잘 알고 있었기 때문에 불안했다.
단상 옆에 서 있던 중간보스 망치가 용가리 회장이 당황하는 기색을 알아채고는 장술에게 속삭였다. 장술이 이를 악물더니 곧장 몇몇 부하들을 향해 눈짓을 보냈다. 기자회견장을 에워싼 124명의 검은 양복들 가운데 인상이 험악하고 덩치가 큰 행동대원 한 무리가 보민당 청년당원들 쪽으로 일사불란하면서도 그림자처럼 조용하게 다가

폭로

갔다. 낯선 사내들이 끼어들자 보민당 청년당원들의 야유는 이내 수그러들었다. 그래도 간혹 간이 배 밖으로 나온 무식한 녀석도 있는 법. 그중 배짱 두둑한 한 놈이 "완전히 깡패 놈들 세상이로구나!" 하고 흥분해서 외쳤는데, 그 순간 검은 양복을 입은 합기도 9단의 행동대원 하나가 간이 클지는 모르지만 철이 없는, 세상물정 모르는 청년의 목덜미를 꽉 움켜쥐고는 무쇠 같은 주먹으로 옆구리 급소를 타격했다. 순식간에 벌어진 일이어서 주위에서조차 눈치 챌 겨를이 없었다. 간은 컸지만 철부지였던 청년은 눈을 하얗게 뒤집으며 제자리에 고꾸라졌다. 입을 벌린 채 숨을 쉬지 못했다. 그제야 주위가 조용해졌다. 용가리는 기자회견문의 나머지 부분을 읽어 내렸다.

"조팔개는 청부살인을 저지른 범죄자입니다. 각종 여론조사에서 자신이 지고 있는 데 불안한 나머지 비열하게 부산 깡패에게 거액의 돈다발을 건네주고 그들을 불러들여 현직 시장을 살해하려 한 것입니다. 자, 그러면 증거물이 필요하겠지요? 첫째는 폭력배의 일원이었던 자갈치파 행동대원 중 한 명이 지금 이 자리에 나와 있습니다. 그가 증언을 해줄 것입니다. 둘째는 그들이 타고 있던 승용차의 주인이 조팔개의 선거 참모라는 점입니다. 참고로 그 차 안에서는 조팔개의 선거유인물 다발이 무더기로 나왔습니다. 셋째는 부산 깡패들이 묵었던 곳이 바로 이곳 사보이호텔입니다. 이곳 사보이호텔은 조팔개의 개인 사무실이 있는 곳이기도 합니다. 자갈치파 행동대원들은 바로 이곳 506호부터 511호에 투숙하면서 같은 층 브이아이피실에 있는 조팔개를 암암리에 보호하고 있었습니다. 이것은 숙박기록을 살펴보면 금방 알 수 있습니다. 마지막으로 가장 결정적인 단서는, 조팔개가 대표이사로 있는 동주상호신용금고에서 부산 모 은행에 개설된 자갈치파 두목 사시미 앞으로 송금된 1억 원의 계좌내역입니다. 이것은 경찰이 밝혀내야 할 몫입니다."

용가리가 단상을 내려왔다. 몇몇 기자들이 질문을 받으라고 소리쳤지만 용가리는 대꾸하지 않았다. 들어올 때처럼 검정 양복을 입은 124명의 건장한 졸개들에게 호위를 받으며 호텔을 빠져나갔다.

2

조팔개는 동주시내 중심가에 있는 한정식당에서 저녁을 먹다가 티브이에서 생중계되는 용가리의 기자회견을 보았다. 기자회견이 끝나자 티브이는 긴급속보 자막을 내보냈다. 보통시민자유민주공화당 소속의 조팔개 후보가 부산지역의 조직폭력배인 자갈치파를 끌어들여 이수 후보를 살해하려 했다는 내용이었다. 이를 전격 공개한 용가리와 조팔개 사이의 불편한 관계를 분석하는 뉴스 해설까지 나왔다.

"빌어먹을 놈! 끝내 잿밥을 뿌렸군, 뿌렸어!"

조팔개는 입맛이 사라져 숟가락을 내려놓았다. 밥이 모래알처럼 서걱거렸고 국 맛이 썼다. 그가 곧장 동주경찰서장 정만영에게 전화를 걸었다. 정 서장은 선거를 앞두고 비상근무 중이었다. 투표소와 개표소 그리고 경찰서 상황실과 파출소의 경비현황을 보고받느라 분주했다.

"뉴스 봤죠?"

조팔개가 몹시 침울하면서도 격분한 어조로 물었다.

"젠장! 막판에 망쳤어! 다른 대응책이라도 있습니까?"

정만영은 자신의 신분이 용가리의 폭로성 기자회견 내용에 대한 진위 여부를 조사해야 하는 경찰서장이라는 사실도 잊은 채 버럭 화를 냈다. 자신이 지지한 조팔개에 대한 동정심이 발동했기 때문이었다.

"내가 그리로 가겠소. 괜찮겠죠?"

조팔개는 전화를 끊으면서 번뜩이는 직감이랄까, 그가 꺼낼 수 있는 최후의 카드를 떠올렸다. 말없이 식당을 나서다 잠시 걸음을 멈추었다. 목을 꺾어 하늘을 올려다보다가는 눈을 감았다. 그렇게 한동안 생각에 잠겼다. 이윽고 곁에 있는 당 사무국장에게 긴급 비상연락망을 가동해 지금 곧 모든 간부들을 소집하라고 명령했다. 조팔개는 마지막 승부수, 남겨두었던 비장의 카드를 꺼낼 때가 다가온 것이라고 믿었다.

그가 식당에서 선거사무실로 돌아왔을 때 대부분의 당 간부들이 벌써 모여 있었다. 간부들도 조금 전 용가리의 기자회견 때문에 충격을 받은 듯 웅성거렸다. 용가리의 폭로가 내일 투표에 어떤 영향을 미칠 것인지를 놓고 티격태격하느라 시끄러웠다. 조팔개는 약간 떨리는 목소리로 참모와 당 간부들에게 비장하게 선언했다.

"그동안 고생들 많았소! 용가리의 기자회견만 아니었으면…… 승산이 있는 게임이었는데, 솔직히 장담할 수 없게 됐소. 하지만 내가 누굽니까? 나 조팔개는 이대로 물러나지 않습니다! 자, 마지막 카드를 꺼내겠습니다. 오늘 밤 돈을 풀겠소! 승부를 걸겠다는 뜻입니다. 내일 선거에서 패하면 내 인생도 끝장입니다. 오늘밤 진성당원을 동원해 돈을 뿌립시다! 이제 마지막 기댈 거라고는 돈밖에 없소. 백억 원은 나에게 치명적일 수도 있는 큰돈입니다. 만약 이 돈을 뿌리고도 낙선한다면 나는 정치적으로나 경제적으로 큰 시련을 겪을 것이 분명합니다. 그러나 지금은 선택의 여지가 없잖소? 사느냐 죽느냐, 둘 중 하납니다!"

조팔개는 동주경찰서로 향하는 승용차 안에서 금품 살포의 위력을 믿었다. 경찰 쪽에서 묵인해 준다면 밤사이 백억 원을 뿌리는 것은 간단했다. 경찰의 감시망이 문제였다. 경찰서장 정만영이 열쇠를 쥐고 있었다.

후텁지근한 밤거리는 몹시 어수선했다. 열대야 때문에 시내 도로변 상가와 공원은 더욱 혼잡했다. 찜통 같은 집을 나와 인도 위에 매트를 깔고 눈을 붙이려는 시민들이 매일 늘어났다. 구십천을 따라 이어지는 강변도로는 초저녁부터 서로 좋은 자리를 차지하기 위해 장

사진을 치고 있었기 때문에 피난 행렬 같아 보였다. 택시기사들은 도로까지 나와 진을 치고 앉은 시민들을 피해 곡예운전을 하느라 진땀을 빼야 했다.

경찰서에 도착했을 때는 밤 8시가 지나서였다. 정문 경비초소의 경찰관이 저녁식사를 마친 뒤 야간 근무조와 교대를 하고 있었다. 기동대원들은 투표를 앞두고 밤사이 일어날지도 모를 불미스러운 사태에 대비해 외박이 금지된 채 비상대기 중이었다.

2층 서장실은 의외로 조용했다. 비서도 보이지 않았다. 이미 퇴근을 한 것인지 복도와 입구가 썰렁하고 어딘지 적적했다. 조팔개는 직접 노크를 해야 했다.

"들어오세요!"

안에서 경찰서장 정만영의 목소리가 들렸다.

"비서도 없고 당직 경찰관도 없이 혼자서 계신가요?"

조팔개가 인사를 했다.

"교대시간 아닙니까? 오늘은 24시간 비상근무니까……"

정 서장은 평소 입심 좋고 활달한 모습과는 달리 오늘밤은 몹시 지치고 피곤한 기색이었다. 계속된 폭염경보에 시장 선거까지 겹쳐 과로한 탓이었다. 어디 그뿐인가? 난데없이 출현한 이무기 사건부터 시작해 박수종 의원의 돌연사와 장례식이 치러지던 날 관에서 걸어 나온 유령 소동은 치안을 책임지고 있는 정만영에게는 크나큰 스트레스였다. 한술 더 떠 퇴근길에 테러를 당한 이수 시장의 머리에서

24시간 내내 핏물이 흘러 분수대를 채운 사건까지 겹쳐 녹초가 될 지경이었다.

"드디어 내일이군요. 여론조사 결과는 어떻습니까?"

정 서장이 조팔개에게 물었다.

"나보다도 정 서장이 더 잘 알 것 아니오? 오늘 저녁 깡패 두목 놈의 기자회견만 아니었더라도 해볼 만했는데, 이제 장담할 수 없게 돼 버렸소."

"현장에 나가 있던 우리 정보과 형사에게 보고를 받았는데……. 용가리 그 새끼를 당장 집어넣는 건데……. 조폭들은 잡아넣으려고 마음만 먹으면 얼마든지 가능하거든요. 그런데 너무 늦었어요. 내일이 선거 아닙니까! 더 큰 문제는, 저……."

정만영이 바깥 비서실 동정을 살폈다. 아직 아무도 없는 것 같았다. 그가 조팔개에게 조금 더 가까이 다가가 목을 뺐다. 그의 눈알이 초조한 듯 이리저리 움직였다.

"검찰에서 눈치를 챈 듯합니다."

"검찰! 그쪽은 신경 쓸 거 없습니다. 내가 다 손을 써놨으니까 걱정 말아요. 어제 오전에 총재님하고 통화를 했는데, 대검에서 다 무마했어요. 검찰 쪽도 우파 쪽으로 바뀌기를 은근히 기대하는 판국에……."

"정서야 그렇다지만, 이번 건은 선거를 코앞에 둔 시점에서 임시방편으로 찾아낸 정치적인 해결책일 뿐이라고요! 서, 선거가 끝나면

폭로

본격적인 수사가 시, 시작될 것 가, 같아요!"

정 서장이 눈알이 이리저리 혼란스럽게 움직이는 것이 정서가 불안한 것 같아 보였다.

"내가 누굽니까? 현직 경찰서장 아니오! 현, 현직 경찰서장이 시장 테러범의 배후와 연관된 사실이 드러나면 난 끝장입니다. 명예와 자존심 모두가 한순간에 날아가는 겁니다."

"그 사실까지도 검찰에서 인지했단 말이오?"

"인지가 아니라 물증까지 확보해 놓고 있다니까요! 검찰 쪽에서 흘러나온 정보니까 확실해요."

정 서장이 잠시 입을 다물었다. 만약 검찰 수사가 확대돼 숨겨진 사실이 드러날 경우 25년째 경찰에 몸담아 온 그로서는 명예롭지 못한 퇴진을 해야 할지도 몰랐다. 그렇다고 이제 와서 후회한들 상황이 변할 일도 아니었다. 비록 중립을 지켜야 할 공직자 신분이었지만 보수야당인 보통시민자유민주공화당 동주시지구당 위원장인 박수종 의원을 위해 충성했고 그가 공천한 조팔개를 시장에 당선시키기 위해 동분서주한 것이 사실이었다. 그런 결심과 행동은 보수적인 그의 정치적 신념에 따른 것이긴 했지만 그에게 돌아온 화살은 너무나 잔인하고 치명적이었다.

"부산 자갈치파 보스 사시미는 내가 부산 영도경찰서 강력반장으로 근무할 때 알게 됐습니다. 그는 진짜 의리의 사내였는데, 내가 이번 테러사건에 개입됐다는 것을 그가 불지는 않았을 겁니다. 내부 졸

농담의 세계

개들 짓이 확실해요. 내가, 현직 경찰서장인 내가 부산 주먹의 최대 계파인 자갈치파 보스에게 손을 넣어서 조 후보에게 연결시켜 준 사실을 검찰이 어떻게 알았겠어요? 안 그래요?"

"이제 와서 그걸 따진들 해결 방안이 나오는 것도 아니잖소? 문제는, 내일 선거에서 이기느냐 지느냐에 따라서 우리의 운명도 판가름 난다는 겁니다."

정만영이 고개를 끄덕였다. 선거에 이기면 검찰 수사의 강도도 약해질 것이고 중앙당의 입김이 작용하면 사건을 조기에 종결할 수도 있었다. 그러나 그런 기대를 걸기에는 상황이 너무 절망적이었다. 잠시 후 밤 9시 정규 뉴스가 시작되면 용가리의 기자회견 내용이 머리기사로 보도될 것이 뻔했다. 현직 시장을 청부살인하도록 사주한 사람이 내일 선거에서 맞붙게 될 보민당 후보인 기호 1번 조팔개라는 사실만으로도 파장은 대단할 것이었다. 조팔개의 승산은 점점 멀어져가고 있었다. 정만영은 자신의 거취 문제까지 심각하게 고민해야 하는 현실이 믿겨지지 않았다.

"이봐요, 정 서장! 내가 제안을 하나 해도 되겠소?"

조팔개가 목소리를 낮췄다.

"오늘밤 시내 곳곳에 잠복 중인 경찰들을 본청으로 불러들이세요. 부정선거 사범을 단속 중인 정보과 형사들부터 일선 파출소 순경들까지 모두 불러들이세요."

정 서장이 이맛살을 찌푸렸다.

폭로

"그건 직무유기잖소!"

그가 짜증스럽게 대꾸했다.

"죽느냐 사느냐 하는 판에 직무 좋아 하시네……. 이왕에 나를 도왔잖소? 마지막까지 나를 도와줘야겠소. 같이 삽시다!"

"대체 무슨 일을 벌이려고 그럽니까?"

"오늘밤, 백억 원을 풀 겁니다! 집집마다 돈 봉투를 뿌리면 판세는 다시 뒤집어집니다."

"의장님! 지금 제정신이오? 백억이라니요……. 돈도 돈이지만 그렇게 해서 당선될 거라 생각하는 겁니까!"

정만영이 혀를 찼다.

"시간이 너무 촉박해요. 이제 와서 그냥 물러설 수는 없는 거 아니오! 그러니 지금 긴급지령을 내리세요. 야간 경계근무 중인 경찰들을 본청으로 불러들이란 말이오. 특별 야식이라도 준비하면 되지 않겠소?"

조팔개가 경찰서장 몫으로 돈다발이 들어 있는 가방을 내밀었다. 이마에 맺힌 땀이 모빌처럼 미끌미끌 번져 내렸다. 정 서장이 세수를 할 때처럼 손바닥을 펴 땀에 젖은 얼굴을 마구 문질렀다. 얼굴이 발개진 그가 화를 냈다. 그러다가는 이내 풀이 죽어 미안한 표정을 짓다가 슬픈 듯 울상이 됐다가 다시 성질을 내며 머리카락을 쥐어뜯었다. 심각한 히스테리 증상이었다.

"난 이미 모든 것을 포기했어요. 내일 선거가 끝나면 검찰에 소환

돼 조사를 받을 겁니다. 난 그 일로 심각하게 고민 중입니다. 명예롭지 못하게 검찰에 불려가 조사를 받을 것이냐, 아니면 명예롭게 퇴진할 것이냐……. 미칠 것만 같은 나에게 또 한 번 오명을 남기란 말이오? 제발 날 가만둬요. 이러지 맙시다!"

정만영은 흥분해 있었다. 신경이 극도로 예민해진 데다가 자신의 명예가 실추되는 데 대한 심한 자괴감과 절망감, 그리고 불안에 휩싸여 안절부절못했다.

"도와주시오! 죽어도 같이 죽고, 살아도 같이 살아야 하지 않겠소! 마지막 부탁이오."

조팔개가 정만영을 향해 빨리 결정을 내려달라는 투로 재촉했다. 협박 같기도 하고 강요 같기도 한 조팔개의 다그침이 계속됐다. 정만영은 대답하지 않았다. 불행한 운명의 행로가 자신을 향해 먹구름처럼 다가오고 있는 것을 예감하기라도 한 듯 쓸쓸한 표정으로 하얀 천장을 올려다보았다.

정만영은 자신의 막강한 후원자였던 박수종 의원이 돌연사하고 나서야 자신이 전형적인 부패 공직자로 변질돼 있는 것을 알았다. 최선을 다해 경찰의 모범을 보이려 힘썼고 동주시의 치안과 범죄 예방에도 혼신의 힘을 기울였건만, 이제 그에게 돌아올 것이라고는 현직 시장의 테러범을 배후에서 지원함으로써 정치적인 야망을 꿈꾼 비열한 범법자라는 오명뿐이었다.

"나는 정 서장이 오늘 밤 어떤 결정을 내리든 개의치 않을 겁니다.

폭로

이미 결심한 대로 밀어붙일 겁니다. 어차피 우리 두 사람, 건너서는 안 될 강을 건넌 것 아닌가요? 오늘밤 진성당원들이 금품을 뿌리다가 적발되더라도 개의치 않을 겁니다! 현재로서는 그 방법밖에 없으니 어쩔 수 없잖소?"

조팔개가 경찰서장실을 돌아 나왔다. 그사이 좀 앳돼 보이는 의경 하나가 비서실에 나와 있었다. 그가 조팔개를 향해 거수경례를 올렸다. 조팔개는 고개만 한 번 끄덕이고는 복도를 지나 계단을 내려왔다.

밤이 깊을수록 가로등은 밝게 달아올랐다. 나방과 날벌레들이 가로등 밑을 어지럽게 비행했다. 밤중인데도 매미 소리는 멈출 줄 몰랐다. 조팔개는 금방이라도 쓰러질 듯 피로가 밀려왔지만 정신력으로 버텼다. 그는 위기의 순간마다 특유의 직감과 저돌적인 근성으로 정면 대결을 벌였고 그때마다 승리했던 파란 많은 과거를 떠올렸다. 어쩌면 이번의 위기가 생애 최악의 것일 수도 있다고 인정했다. 조팔개는 자신의 직감을 믿기 시작했다. 내일 선거에서 승리할 수 있다는 확신이 점점 그를 사로잡았는데 그것은 객관적인 분석에서라기보다는 자기최면에 의한 마취현상에 가까웠다. 그럴수록 더욱 악랄해지고 교활해지면서 강해지는 것을 스스로 느꼈다.

3

조팔개는 가벼운 조증에라도 걸린 듯, 좀 들뜬 기분으로 지구당사로 돌아왔다. 그는 대기 중인 진성당원들에게 오늘밤 최선을 다해줄 것을 당부했다.

"내일 이 시간, 이 자리에서 승리의 축배를 듭시다!"

조팔개가 거의 울부짖는 듯한 목소리로 외쳤다. 진성당원들은 돈 봉투로 꽉 채워진 사과 상자를 각자의 승용차 트렁크에 가득 싣고 차례차례 출발했다. 아파트 단지와 주택 밀집지역을 중심으로 돈 봉투를 돌리기 시작됐다. 통장에게 미리 전화를 걸어 믿을 만한 주민들을 불러 모으게 한 뒤 돈 봉투를 내밀면, 모여 있던 주부들은 시침을 떼면서도 웃음기 가득한 입을 다물지 못한 채 봉투를 챙겨들고 서둘러 돌아 나갔다.

"기호 1번입니다. 기호 1번 보민당 조팔개!"

돈을 돌린 당원은 돌아가는 주민들의 뒤통수에 대고 기호 1번을 강조했다.

돈 봉투는 날개 돋친 듯 잘 나갔다. 진성당원들은 열대야를 피해 도로에 나와 부채를 부치는 노인들에게 다가가 "1번 찍으세요!" 라고 귓속말을 하고는 슬쩍 돈 봉투를 쥐어주기도 했다. 그러면 노인들은 누가 볼까 봐 땀에 젖어 누렇게 땟물이 밴 셔츠 안으로 봉투를 구겨 넣으면서 입을 벌려 소리 없이 웃었다.

폭로

배짱이 두둑한 젊은 당원 하나는 카바레를 찾아가 일을 저질렀다. 본인도 모르는 사이 분위기에 젖어 용감하고 뻔뻔스러워졌다. 당원은 겁도 없이 무대에 올라가 마이크를 잡고 외쳤다. 그는 자기가 벌이고 있는 선거운동이 국가의 미래가 걸린 중차대한 일이라고 믿고 있었다. 내일 선거의 승패에 따라 이 도시의 운명이 뒤바뀔 수도 있다는 착각에 사로잡혀 있었다. 그렇지 않고서야 감수성이 예민하고 때로는 멜랑콜리해지기도 할 청년이 그렇게 저돌적으로 돌변할 수는 없는 법이었다.

"여러분! 제가 오늘 여러분에게 술을 몽땅 사겠습니다. 이유가 뭐냐고요? 이유는 묻지 마세요. 그냥 즐기세요. 봉투에는 10만 원씩 들어 있습니다. 그러니 실컷 마시고 즐기십시오! 여기 계신 모든 분께 봉투를 드립니다!"

처음에는 웬 미친놈이냐는 투로 지켜보던 술꾼들이 진짜 돈이 든 봉투가 건네지는 것을 보고는 술렁이기 시작했다. 술렁임이 환호로 변한 것은 불과 10초도 지나지 않아서였다. 춤이 중단됐고 음악도 끊어졌다. 카바레에 있던 187명의 남자와 여자들은 믿을 수 없다는 듯 서로 뒤엉킨 채 입에서는 술 냄새, 겨드랑이에서는 땀 냄새, 여자들은 고약한 분 냄새를 풍기며 줄을 서서 돈 봉투를 받아 챙겼다. 무대 뒤에 있던 밴드 뮤지션들도 기타와 색소폰을 내려놓고 돈 봉투를 받기 위해 줄을 섰다. 봉투가 모두 돌려지자 당원은 다시 마이크를 잡았다.

"여러분! 대단히 감사합니다!"

"감사하긴, 우리가 고맙지!"

여기저기서 탄성이 나왔고 일부 춤꾼들이 환호성을 질렀다.

"좋은 밤 되십시오! 간혹 이런 날도 있어야 세상 사는 재미도 있는 법 아닙니까. 세상이 하도 어수선하니까 모두들 소화도 안 되고 해서, 그래서 이렇게 춤도 추고 하듯이, 정치도 한 번씩 바꿔줘야 하는데…… 하, 그게 어디 쉬운 일인가요!"

젊은 당원이 장광설을 늘어놓기 시작하자 분위기가 조금 식었다. 손님 중에 술이 좀 거나하게 취한, 월부 책장수 같은 중년사내가 용건만 간단히 말하고 꺼지라고 소리쳤다. 예기치 못한 항의에 청년당원이 당황했다. 돈 봉투를 받았으면, 이 정도 연설은 들어줘야 하는데도, 전혀 다른 양상이 벌어지자 청년이 긴장해 떨었다.

"그러니까 제 말씀은, 난세일수록 위대한 지도자를 선택해야 한다, 이 말입니다! 가뭄이 오고 폭염이 극성을 부리는 것도 다 지도자를 잘못 선택해서 그렇다는 결론인데, 지도자란 무엇이냐! 옛 성인의 말씀에 따르면, 에, 에, 공자께서 군주는 하늘이 내린다고 했듯이, 위대한 지도자는 스스로 돕는 자를 돕는다고……. 그런 고로, 하늘이 점지한 사람을, 이 시대 위기를 극복하고 선진 조국을 만드는 데, 꼭 필요한 사람을 찾아야 한다는 말씀이올씨다!"

카바레가 조용해졌다. 아니 싸늘하게 식어 버렸다는 것이 맞았다. 춤꾼들의 숨소리 하나 들리지 않았다. 청년당원은 마이크를 잡고 있는 손에 힘이 쭉 빠지는 것을 느꼈다. 카바레 무대를 향해 집중하고 있던 187명의 춤꾼들은 미동도 하지 않고 서서, 무대 위에 올라선 웬 미친 개불상놈이 뭐라고 횡설수설하는 것인지 어이없다는 듯 바라보고 있었다.

"그래서 어쨌다는 거야!"

얼굴이 험상궂게 생긴 일용근로자 같은 사내가 반말 투로 비꼬았다.

청년당원은 후들후들 떨리는 다리를 감추느라 항문에 힘을 줘 한 차례 오므렸다. 어서 결론을 내리고 이 자리를 떠야 했지만 결론을 어떻게 도출할 것인지를 두고 혼란에 빠졌다.

"그러니까…… 에, 제 얘기는 나라의 운명을 짊어질 위대한 영도자를 뽑는 데 여러분의 지지가 필요하다는 말씀입니다! 난세를 다스릴 위대한 지도자! 선진 조국의 기수! 이 땅을 풍요롭게 해줄 영도자! 세계 속에 한국의 기상을 떨칠 위대한……."

그때 무대 뒤에 서 있던 밴드 뮤지션들이 더 이상 참을 수가 없다는 듯 트럼펫을 신호로 일제히 팡파르를 울렸다. 짧지만 박진감 넘치는 팡파르에 일제히 박수가 터져 나왔고 187명의 춤꾼들은 돈 봉투를 손에 쥔 채 디스코를 추기 시작했다.

"동주시의 기상을 떨칠 기호 1번을 꼭 찍어 주십시오! 기호 1번! 기호 1번!"

그러나 마이크는 이미 꺼져 있었다. 청년당원은 목이 터져라 외쳤고, 춤꾼들은 그 소리가 마치 흥을 돋우기 위해 악다구니를 쓰는 것으로 착각한 나머지 돈 봉투 값이라도 하는 셈치고, 미친 말처럼 헐레벌떡 날뛰었다. 순수하고 단순한 젊은 진성당원은 땀에 흠씬 젖어 카바레를 나왔다. 이곳 카바레에서 뿌린 돈만 1870만 원이었다.

그러나 이런 중대한 실수에 대해 누구 하나 책임지려고 하지도 않았고 알려고 하지도 않았다. 청년당원은 이 일이 과연 어떤 의미를 갖는 것인지, 미래를 어떻게 혁신하겠다는 것인지 궁금해졌다. 당원은 찜질방과 피시방과 당구장 등 사람들이 몰려 있는 곳마다 찾아갔지만 나중에는 포기하고 말았다. 남은 돈은 그냥 집으로 가져가 새로 나온 천만 화소급의 니콘 디지털카메라나 사야겠다고 생각했다.

나머지 진성당원들도 한밤중 시내 곳곳에서 서로 마주쳤고 어느 지역에서는 이미 돈을 뿌리고 간 뒤에 다시 뿌려지는 경우도 생겼다. 백억 원은 너무 큰돈이었다. 새벽 1시가 넘었는데도 겨우 절반을 뿌렸을 뿐이었다. 당원들은 잠든 주민들을 깨워 돈 봉투를 집어주기까지 했다. 술에 취한 사람들은 자기 손에 쥐어주는 봉투가 뭔지를 몰라 팽개치기도 했다. 그러면 어슬렁거리던 개 한 마리가 그 봉투를 물고는 줄행랑을 쳤다.

4

 동주경찰서장 정만영은 의자에 앉아 뜬눈으로 밤을 보냈다. 열려진 창문 너머로 뿌옇게 날이 밝아오는 것을 보았다. 눈에 모래가 들어간 것처럼 껄끄러웠고 입 안은 소태처럼 쓰고 텁텁했다. 누구보다 강직한 성격의 그는 치유할 수 없는, 결코 돌이킬 수 없는 실수에 대해 밤새 고민했다.
 땀이 배어나오는 데도 오한이 들어 자꾸만 몸을 떨었다. 가슴 가득 차오른 숨을 휴우우우, 하고 길게 내뱉었다. 후회스러웠다. 날이 밝도록 그 문제로 고민했지만 뾰족한 해결책은 없었다. 정만영은 가족과 친구와 동료 경찰조직 앞에 자신이 이수 시장을 테러한 자갈치파의 배후, 배후라기보다는 연결고리였을 뿐이지만, 그런 사실이 드러났을 때를 떠올리자 가슴이 두근거리면서 숨이 가빴다.
 "어리석었어. 내가 어리석었지……."
 "뉘우치는 건가, 아니면 후회하는 건가?"
 정만영은 놀라서 고개를 번쩍 쳐들었다. 박수종 의원이었다. 구룡산 묏자리에서 물줄기가 치솟자 관을 빠져나와 동주시내를 이리저리 배회한다는 유령이었다. 정만영은 자기 앞에 서 있는 박수종 유령의 표정과 몸짓 그리고 자세가 생전의 모습과 너무나 똑같다고 생각했다. 그가 유령이라는 사실을 믿기 어려울 정도였다.
 "의원님? 정말 살아계신 겁니까?"

"왜? 내가 죽은 귀신인 줄 알았나? 그나저나 자네가 불쌍해졌군. 애초에 조팔개를 보통시민자유민주공화당 동주시장 후보로 공천할 때 우리 우파 보수진영 모두는 일종의 모험을 한 걸세. 왜냐하면 조팔개 말고는 이수와 맞붙을 만한 이렇다 할 인물이 없었으니까. 선택의 여지가 없지 않았던가? 조팔개는 무식하고 돌발적인 데다 상대를 꺾기 위해서는 수단과 방법을 안 가리는 고약한 성미였지만 나름대로 장점도 있었다네. 그러나 장점보다는 단점이 더 큰 문제라고 예상했었는데, 결국 일을 내고 만 걸세. 이번 사고도 어찌 보면 예견된 것이 아닌가! 불쌍하게도 자네가 그 일에 휘말려 들었구먼."

"여기서 헤어날 방법이 없을까요?"

정 서장은 오직 그 생각뿐이었다. 그가 짧은 여름밤을 꼬박 뜬눈으로 지새우며 고민한 것도 자신의 명예를 지키는 일이었다.

"방법이 있긴 있지. 영원히 고통에서 벗어나는 법. 그러나 자넨 그럴 용기가 없을 거야. 그런 용기가 있었더라면 밤새 그 의자에 쭈그리고 앉아 끙끙대며 고민을 했겠나. 자넨 겉보기와는 달리 너무 예민하고 소심한 데다 매사에 명분을 중시하더군. 막상 자네의 명예가 추락할 위기에 처하자 괴로워서 견디지 못하는 것 아닌가? 조팔개 같은 배짱이 있었더라면……."

박수종이 기분 나쁘게 흐흐흐, 하고 웃었다. 정만영은 동굴 속에서처럼 울리는 섬뜩한 웃음소리에 비로소 정신을 차렸다. 얼굴이 달처럼 창백했다. 볼은 분을 바른 듯 하얗게 떠 있었다. 기운이 다 빠져

폭로

나간 듯 쪼글쪼글한 손등도 께름칙했다. 정만영은 비로소 눈을 번쩍 떴다.

'지금 유령과 대화를 하는 것인가!'

온몸에 소름이 돋았다.

"다, 당신은 누구요?"

"내가 누군 줄 모르고 묻는 건가? 보통시민자유민주공화당 동주시지구당 위원장, 국회의원 박수종을 모른단 말인가? 왕년에는 날아가는 새도 떨어뜨린다는 국가안전기획부장이기도 했지."

"당신은 죽었잖소!"

"물론 죽었지. 내가 왜 죽었는지 알려줄까? 다들 내 죽음에 대해 궁금해 하던데, 자네 앞이니까 털어놓겠네. 왜냐하면 자네도 나와 똑같은 일로 어젯밤부터 오늘 새벽까지 사느냐 죽느냐로 고민하는 중이니까……. 내 말이 맞지? 실은 나도 당신처럼 고통스럽게 밤을 새우는 날이 허다했었지. 겉보기에는 화려한 국회의원이었지만 가슴속은 하루하루 타들어갔다네. 그걸 누가 알겠어?"

"집어치워요! 당신은 유령이야! 썩 물러가지 못해!"

"호호호, 사느냐 죽느냐, 그것이 문제로다!"

"꺼져!"

정 서장이 권총을 꺼내 유령을 겨냥했다. 박수종은 여전히 웃고 있었다. 그까짓 권총쯤이야 상대할 바가 아니라는 듯, 계속해서 정만영을 향해 장광설을 이어갔다.

농담의 세계

"그 총으로 모든 고민을 해결할 수도 있네. 단 한 발의 총알로 세상이 평온해지고 고통과 슬픔이 감쪽같이 잠들게 되지. 그러니 총부리를 나에게서 자네 심장으로 돌리게. 너무 간단하지 않은가?"

유령은 당당했다. 정만영은 손이 떨리는 것을 진정시키기 위해 유령을 향해 겨냥한 권총을 꽉 쥐었다. 계속해서 떠벌리면 방아쇠를 당겨 머리통을 날려버리겠노라고 경고했다.

"내가 고민하는 것은 사느냐 죽느냐의 고차원적이고 심오한 철학적인 문제가 아니란 말이오! 나의 고민은 실추된 명예를 어떻게 회복하느냐는 소박한 것이란 말이오. 날 유혹하지 말아요. 조팔개를 동주시장에 당선시켜야겠다는 생각만으로 경솔하게 부산 자갈치파 보스를 연결해 준 것이 실수였소. 날아가는 새도 떨어뜨릴 만큼 막강한 권력을 가졌던 당신도 공범이 아니오? 당신이 직접 나를 찾아와, 야당인 보민당 후보를 도와달라고 부탁하지 않았소? 보수우파의 대단결을 명분으로 내세웠잖소! 그런데 이제 와서 나의 실추된 명예에 대해 당신이 해줄 수 있는 것이 도대체 뭐요? 기껏 이 권총으로 내 심장을 쏘라는 것이 전부요?"

정만영이 유령을 향해 들이댄 권총의 안전핀을 풀었다.

"어서 사라져 버려!"

정만영은 흥분해서 외쳤다. 박수종의 유령은 정만영의 진지한 고백에 감동을 받기라도 한 듯 잠시 입을 다물었다. 유령이 고개를 서너 차례 끄덕였다. 불쌍하다는 듯 울상을 지었다.

"이미 늦었네. 당신이 어떤 명분을 붙인다 한들 시장 테러세력의 배후라는 오명이 씻길 줄 아는가! 포기하게. 믿어줄 사람이 없네!"

유령이 속삭이듯 나직이 말했다.

"포기할 수 없소! 실추된 명예를 되찾을 거요. 이 모든 것은 당신 때문이오! 당신이, 권력의 핵심에 있는 당신이 나를 끌어들인 것 아닌가요? 일개 경찰서장이 무슨 힘이 있다고 이 엄청난 정치적 사건에 휘말렸겠소? 으흑……."

정만영이 흐느꼈다. 위세 당당했던 동주경찰서장 정만영은 자신의 명예가 실추된 데 따른 분노와 서러움에 북받쳐 울기 시작했다. 눈물이 흘러내리자 묘하게도 그동안 냉정을 잃지 않도록 저울추같이 버티고 있던 한 조각 이성이 눈물에 젖어 감쪽같이 녹아내렸다. 흑흑 소리 내어 울면 울수록 벅찬 감정이 파도쳤다. 파도가 밀어닥칠 때마다 등대처럼 냉철했던 그의 이성은 맥없이 부서졌다. 예리했던 판단력과 변별력도 흐트러졌다. 혼돈이 밀물과 썰물처럼 그의 가슴속 깊이 차올랐다가는 가라앉고 다시 차올랐다 가라앉기를 반복했다. 정만영은 모두가 원망스러웠다. 모두를 향해 이를 드러내며 울부짖고 싶었다. 그러나 누굴 향해 원망하고 하소연한단 말인가? 책임은 정만영 자신이 져야 했다. 이런 불행의 결과도 결국 스스로에게 있다는 결론에 도달했을 때, 울음이 통곡으로 변했다. 그는 소리 내어 울기 시작했다. 울음은 멈추어지지 않았다.

손등으로 철철 넘쳐나던 눈물을 닦아낸 그가 저만큼 지켜보고 서 있는 박수종의 유령을 향해 쓸쓸히 웃었다. 냉소와 자기연민이 뒤섞인 묘한 웃음이었다. 정만영은 손에 들린 권총으로 유령의 심장을 겨냥했다. 팔이 떨렸다.

시간이 얼마나 흘렀을까? 유령의 심장을 향해 총구를 조준하고 있을 때, 추억 또는 향수라고도 부르는 여러 컷의 필름이 휘리릭 돌아갔다. 불과 몇 초 사이였을 아주 짧은 시간, 정만영은 빛의 터널에서 새어나오는 아름다운 이미지를 보았다. 지나온 시간에 박혀 있던 삶의 자취가 실루엣처럼 펼쳐졌다가 사라졌다.

정만영은 인정했다. 문제를 풀 열쇠를 쥔 것은 자신이었다. 그가 유령을 겨냥했던 총구를 서서히 자신의 머리 쪽으로 돌렸다. 관자놀이에 차가운 총구가 닿았을 때 정만영은 야릇한 웃음을 지었다. 세상을 향한 냉소 같기도 하고 조롱 같기도 하고 슬픔 같기도 했다. 정만영은 박수종이 고개를 끄덕이는 것을 보았다. 배신감에 부르르 떨면서, 그러나 무엇 하나 회복될 가능성이 없다는 절망으로…… 검지에 힘을 주었다. 일순 방아쇠가 당겨졌고, 탕, 하는 한 발의 총성이 열대야로 식지 않은 새벽 공기를 흔들었다. 정만영은 잠깐 창 너머 미명의 새벽하늘을 바라보다가 머리를 떨어뜨렸다.

비서실 당직 의경이 총소리를 듣고 달려왔다. 문을 열자 책상 위에 엎드린 채 쓰러진 정 서장의 머리에서 붉은 피가 줄줄 새어나오는 것이 보였다. 오른손에는 권총이 들린 채였다.

"비상! 비상!"

폭로

의경이 창밖 경비초소를 향해 외쳤다. 경비대장과 당직 근무자들이 몰려왔다. 서장실은 피비린내가 진동했다. 정 서장의 맥박은 가늘게 가라앉는 중이었다. 앰뷸런스가 도착했을 때 그의 숨은 이미 끊긴 뒤였다.

경찰 감식반은 서장의 손에 쥐어져 있던 리볼버 권총과 나머지 소지품들을 수거했다. 현장을 촬영했고 그리고 나서 가족들을 불렀다. 시신은 시립병원 영안실로 옮겨졌다. 경찰서 간부들이 긴급대책회의를 열었다. 간부들은, 정만영 경찰서장이 오늘 새벽 집무실에서 자신의 권총으로 자살을 했다는 간단한 내용의 보도문을 작성해 공보관에게 전달했다. 유서는 없었다. 다만 그가 선거와 폭염과 이무기 출현과 시장 테러사건 등으로 과로에 시달리면서 무척 고통스러워했다는 내용을 첨부했다.

7월 16일 • 맑음 • 오존중대경보 • 최고기온 45℃

투표

1

　투표를 하기 위해 집을 나서던 시장 이수는 정만영 경찰서장의 자살 소식을 보고받았다. 비서실장이 전화를 걸어와 자세한 사고 경위를 알려줬다. 이수는 비서실장의 설명을 듣고는 아, 하고 신음과도 같은 탄식을 했다. 어제까지도 멀쩡하던 사람이 자살을 하다니! 구십천에서 이무기가 발견됐을 때 경찰 쪽의 경비병력 지원문제를 놓고 실랑이를 벌였던 일이 불과 일주일 전이었다. 시장에게조차 호락호락하지 않던 배짱 두둑한 경찰서장이 느닷없이 자살을 하다니! 전혀 예상치 못했던 일이었다. 더구나 선거일 아침에 권총으로 자신의 머리를 쏴 스스로 목숨을 끊었다는 것이 더욱 의문이었다. 라디오에서는 동주경찰서장의 권총 자살 속보가 계속 전해졌다. 그의 자살이 오늘 치러지는 투표와 연관된 것일 수도 있다는 추측 보도도 나왔다. 어제 저녁에는 용가리가 기자회견을 열어 시민들을 놀라게 하더니 오늘 아침에는 정 서장의 자살로 몹시 혼란스럽게 했다. 이수는 밀려드는 두려움을 느꼈다. 가슴이 답답했다.

이수는 관사에서 불과 50미터밖에 떨어져 있지 않은 초등학교 강당에 마련된 투표소를 찾았다. 아침 8시였는데도 투표를 하러 나온 주민은 4명뿐이었다. 그나마 노인들이었다. 기상이변 때문에 투표율이 사상 최저를 기록할지도 모른다고 예측한 선거관리위원장의 우려가 현실로 나타날 수도 있었다.

참관인석에 앉아 있는 마을 원로들은 꾸벅꾸벅 졸고 있었다. 선거인명부를 대조하는 공무원이 자리에서 일어나 꾸벅 인사를 했을 뿐, 투표소는 수업 중인 교실만큼이나 조용했다. 에어컨 바람 소리와 선풍기 날개가 틱틱거리며 회전하는 소리와 투표하러 나온 노인의 기침 소리가 전부였다.

이수는 투표를 마치자 홀가분했다. 선거운동 기간 동안 그의 머리를 지끈거리게 했던 온갖 걱정거리가 먼지처럼 툴툴 털려 나간 기분이었다. 이수는 투표소를 나와 구십천을 찾았다. 일주일 전까지만 해도 전국에서 몰려든 관광객들로 북새통을 이루던 곳이었다. 22명의 어린이가 압사당하고 547명의 부녀자와 노인, 266명의 성인 남자가 중상을 입었던 곳이었다. 말라붙은 강바닥의 모래와 자갈 위로 뜨겁고 강렬한 햇볕이 반짝반짝 내리꽂히고 있었다. 인적이 끊겨버린 강

주변은 바람 소리조차 죽은 듯 조용했다. 죽은 이무기를 파묻은 흔적이 뚜렷이 드러나 보였다. 이곳 바닥 위로 600여 년을 한결같이, 푸른 강물이 굽이치며 흘러내렸다는 것이 믿겨지지 않았다.

이무기를 보기 위해 몰려든 관광객들을 안내하고 질서를 유지하기 위해 이용했던 컨테이너박스 경비초소와 매표소도 그대로였다. 누구 하나 얼씬거리는 사람이 없었다. 누렇게 말라비틀어진 풀잎들이 파르르 떨고 있었다. 간혹 미세한 바람이 불어오기라도 하면 강바닥과 방천 위로 흙먼지가 피어올랐다.

이수는 구십천 둑길을 걸으며 헉헉댔다. 열풍이 숨을 막았다. 현기증이 일어나 주위의 방천길이 휘익 돌아갔다. 너무나 가혹한 기상이변이 원망스러웠다. 그는 이 도시의 젖줄을 말라붙도록 만든 폭염을 저주했다. 구십천의 풍부한 물을 이용해 농사가 시작됐고, 교역이 이뤄지고, 사람들이 모여들어 도시가 만들어졌지만…… 장구한 역사와 발달한 문명이란 것도 불과 서너 달 만에 잿더미로 변해 무너져 내릴 수도 있었다. 고온과 열풍에 맥 못 추는 그의 몸이 후들후들 떨렸다. 다리가 비틀거려 걷기조차 어려웠다.

이수는 구십천을 나와 시내 주택가로 향했다. 주민들이 아침 일찍 상수도사업소에서 나온 식수차량에서 물을 받기 위해 동사무소 앞에 모여 있었다. 양동이를 들고 줄을 서 있는 주민들의 표정은 굳어 있었다. 식수를 받아가며, 구름 한 점 없는 하늘을 원망스럽게 올려다볼 뿐이었다.

투표

주민들은 예전처럼 시장을 원망하지 않았다. 예상치 못한, 상상을 뛰어넘는 가혹한 현실이 원망과 미움을 삭이는 것인지도 몰랐다. 세상에는 악다구니 같은 사람들이 모여 살기도 하지만 때로는 선량한 주민들도 악다구니들 못지않게 서로에게 기대어 살아가는 법. 이곳 주민들은 희생양을 만들어 위기에 처한 현실을 뒤집어씌우기에는 닥쳐온 재앙이 너무나 무섭다는 것을 알고 있는 것이었다. 오늘 밤, 아니면 내일 도시의 종말이 올지도 모른다는 두려움 앞에 사소한 질투와 미움과 음해와 공작 따위는 아무런 힘을 발휘하지 못했다. 악성 루머조차 기를 펴지 못했다. 시장을 알아본 주민들이 손을 붙들고 울먹였다.

"시장님!"

말을 잇지 못하고 울기만 하는 노인도 있었다. 치맛자락으로 눈물을 닦다가 주름진 얼굴을 일그러뜨리며, 희망을 포기하지 않아도 되겠느냐고 묻는 표정이 낙심한 피난민과 같았다. 그들의 눈빛에는 언제쯤 폭염이 끝나고 비가 내릴 것이냐는 질문으로 가득했다. 누구도 대답할 수 없는 물음, 오직 하늘만이 답을 알고 있는 물음이었다. 이수는 구름 한 점 없는 하늘, 열풍의 기운을 물끄러미 올려다보았다.

이곳 주민들은 인간의 한계, 과학으로도 해결할 수 없는 자연의 불가항력에 짓눌리면서 분노하고 원망했던 마음을 촛농처럼 녹여버린 것이었다. 공포에 떠는 이웃을 위로하고 격려했다. 서로 희망을 이야기했고 위안을 주고받았다. 악과 선으로 짜여진 피륙의 도시는 악의 소굴로 둔갑해 버린 듯하지만 선량한 세계는 살아 있는 법이었다. 잘 드러나 보이지 않을 뿐이었다.

"우리 힘으로는 물 한 방울도 만들 수 없다는 것을 비로소 깨달은 겁니다. 우리는 너무 기고만장해서 세상이 우리 마음먹은 대로 다 되는 줄 알았어요!"

마을 이장이 너무나 상식적인 사실을 고백이라도 하듯 말했다. 이장은 벌써 몇 주일째 빨래를 하지 못해 땟국이 질질 흐르는 셔츠를 걸치고 있었지만 얼굴은 고뇌와 고행으로 단련된 구도자같이 보였다. 세수를 하지 못해 개기름이 줄줄 흘렀고 그 위에 먼지까지 내려앉아 꼴불견이었지만, 그는 거지성자처럼 시련과 고통을 진실로 이해할 줄 아는 경지에 도달해 있었다. 가진 것 없이 부족한 주민들은 폭염과 위기를 반성의 기회로 삼는 반면, 부와 권력의 관성에 빠져든 정치꾼들은 이용할 가치로만 판단했다.

이수는 섭씨 40도의 찌는 듯한 폭염이었지만 여기서 포기할 수가 없었다. 양로원에서는 폐렴과 열사병으로 죽어가는 노인들이 줄을 이었다. 양계장과 양돈장도 떼죽음 당한 닭과 돼지를 실어내느라 분주했고, 사방에 소독약과 분뇨 냄새가 뒤섞여 진동했다. 시설재배 농가의 채소밭은 모두 녹아내리거나 말라버렸다. 오이와 토마토를 재배하는 농가도 마찬가지였다. 농부들은 지하관정에서 뽑아 올린 물로 농사를 짓는 일마저 포기했다. 농사는 고사하고 당장 먹고 마실 물과 집에서 사용할 생활용수로 쓰기에도 빠듯했기 때문이었다.

투표

이수는 관사로 돌아오는 길에 테러를 당해 죽을 고비를 넘겼던 분수광장도 보았다. 메마른 분수대를 잠자리 떼가 점령하고 있었다. 어디서 날아온 것인지 수천 마리의 잠자리 떼가 물이 말라버린 분수대를 수놓고 있었다. 날갯짓으로 빛나는 은빛 광채가 한 덩어리를 이루며 분수대를 비추는 듯했다. 이수는 잠자리 떼를 바라보며 공중을 향해 시원스레 뿜어대던 무지갯빛 물보라가 이는 아름다운 분수를 떠올렸다.

"그때 차라리 죽었더라면 좋았을 걸 그랬어. 세상이 너무 무섭군. 내가 죽었더라면, 24시간 피를 쏟아내고 나서 죽었더라면, 재앙이 사라질지도 모른다는 생각을 하곤 해……."

비서실장이 눈을 동그랗게 뜨고는 시장을 바라보았다.

"시장님! 무슨 그런 소리를……. 동주시를 이끄셔야지요!"

"말하자면 그렇단 말일세. 40도를 오르내리는 기상이변에다가 해괴망측한 사건이 줄을 잇고, 테러에 자살에…… 세상이 갑자기 두렵고 무서워졌네."

이수는 관사로 돌아온 뒤 샤워를 하고 잠시 눈을 붙였다. 피로가 몰려왔다. 6시가 되면 투표가 끝날 것이고, 투표함이 도착하는 대로 개표에 들어갈 것이었다. 그리고 자정쯤 집계가 끝나면 선거관리위원장이 개표 결과를 공표할 것이었다. 동주시의 새로운 시장은 그때 결정날 것이었다. 이수는 피로에 지친 몸이 침대 바닥으로 푹 꺼지듯 한없이 가라앉는 것을 느꼈다.

2

투표가 끝난 마을마다 참관인이 투표함을 봉인한 뒤 관인을 찍었다. 투표함은 대기 중인 차에 실려 경찰관과 함께 개표 장소인 동주시청 강당으로 이동했다. 강당 천장에는 100볼트짜리 전구 60개가 나란히 매달려 불을 밝히고 있었다. 일찌감치 저녁식사를 마친 개표 종사원들은 주로 교사와 새마을부녀회 소속의 젊은 주부들이었다. 그들이 커피가 담긴 종이컵을 들고 개표장 이곳저곳에 모여 잡담을 나누는 동안 투표함이 속속 도착했다. 방송사 기자들은 개표를 앞두고 있는 강당 현장에서 속보를 전했다. 한쪽에서는 생중계되는 티브이를 지켜보느라 북새통을 이뤘다.

"동주시 전체 유권자는 12만 3천 명입니다. 아직 선거관리위원회로부터 정확한 투표인 수는 집계되지 않고 있는데요, 비공식 집계에 의하면 당초 예상했던 것보다 훨씬 낮은 약 15퍼센트의 투표율을 보인 것으로 나타났습니다. 해방 이후에 치러진 동주시의 주민투표 가운데 가장 저조한 투표율을 기록할 것으로 보입니다. 비공식 집계이긴 하지만 만약 투표율이 15퍼센트라면, 1만 8천4백5십 명 정도가 투표를 한 것입니다. 1만 8천4백5십 명이 투표에 참가했다고 봤을 때 과반수인 9,225표를 얻는 후보가 시장에 당선된다는 결론입니다. 인구가 19만 명인 동주시의 시장이, 고작 9천여 표를 얻으면 당선되는 어처구니없는 일이 현실로 나타나게 됐습니다."

투표

뉴스를 전하는 기자는 가뜩이나 무더운 데다 강렬한 조명까지 더해져 땀을 줄줄 흘렸다. 개표장 중앙에 길게 이어진 검표대 위로 촘촘히 매달린 60개의 백열등이 눈부셨다. 그사이 검표대로 옮겨져 온 부재자 투표함이 가장 먼저 열리면서 선거관리위원장이 개표를 선언했다.

개표가 막 시작된 순간 검표대에서 약 10미터 떨어진 일반인 관람석에 앉아 있던 사람들이 웅성거렸다. 시내파 보스 용가리가 22명의 졸개들을 이끌고 관람석으로 들어오고 있었다. 그 뒤를 이어 보통시민자유민주공화당 후보인 조팔개가 청년당원과 지지자들에 둘러싸여 입장했다. 조팔개의 상대가 현직 시장인 이수가 아니라 시내파 두목 용가리로 뒤바뀐 것은 아닌지 착각할 정도였다. 양쪽 모두 기세가 등등했다. 일부 몰지각한 지지자들이 구호를 외치자 선거관리위원회 위원장이자 동주지방법원 지원장인 허문명 판사가 경고방송을 했다.

"아! 아! 존경하는 시민 여러분! 여기는 유세장이 아닙니다! 시민 여러분께서 행사한 한 표 한 표를 확인하는 신성한 개표장입니다. 만약 관람인석에서 구호를 외친다든지 상대 후보를 비방한다든지 하면, 즉각 경찰에 의해 연행될 것입니다!"

선거관리위원장은 위엄이 넘치는 굵고 강한 톤의 목소리로 경고했다. 실내 방송이 나가자 개표장 관람석이 조용해졌다. 선거관리위원장은 동주경찰서 경비과장을 호출해 즉시 경비 병력을 증강시킬 것과 개표장에서 소란을 일으키는 시민을 현장에서 연행할 것을 명령했다.

관람인석은 개표가 시작되자마자 자리가 가득 찼다. 선거관리위원장의 경고방송이 나가는 동안 윤도영과 이강란이 관람석 뒤쪽 문을 통해 들어와 끝자리에 앉았다. 이수 시장은 맨 마지막에 모습을 드러냈다. 그는 수행비서와 함께 앞쪽 자리에 앉아 개표를 지켜봤다. 미처 개표장에 들어오지 못한 시민들은 강당 밖에서 개표 결과를 기다려야 했다.

개표장은 에어컨 때문에 그럭저럭 견딜 만했지만 바깥은 몹시 끈적거렸다. 낮 동안 달구어진 뜨거운 지열이 대장간의 풀무처럼 훅훅 솟구치는 데다가 습도까지 높아 가만있어도 땀이 배어나왔다. 불쾌지수가 최고에 달했다. 곁에 서 있는 사람의 몸에서 고약한 땀 냄새가 풍겨 나와 코를 역겹게 자극했다. 간혹 몸이 부딪힌 젊은이들은 서로의 눈을 째려보다가 욕을 내뱉으며 티격태격했다. 짜증스런 무더위가 모두를 신경질적으로 만들었다. 개중에는 누구에게랄 것도 없이 혼자서 욕지거리를 마구 내지르는 실성한 듯해 보이는 중년 남자도 있었다.

개표장은 천둥과 번개가 들이치기 전, 겹겹이 모여드는 먹구름 같은 긴장이 만들어지고 있었다. 시민들의 표정이 일그러지고 눈알이 흔들리면서 드디어 충돌하기 시작했다. 군중심리까지 더해 남을 의식하지 않았다. 여기저기서 실랑이가 벌어졌다.

투표

강당 바깥에서 개표 결과를 기다리던 청년들 사이에 소요가 일어났다. 일부 진보개혁 성향의 대학생들이, "살인청부를 일삼은 보민당! 보수꼴통 후보 조팔개는 물러가라!"고 외쳤다. 그러자 보통시민 자유민주공화당 소속의 청년당원들이 조팔개를 비방하는 대학생들을 향해, "빨갱이 씹새끼들아! 조용히 좀 해라!" 하고 욕을 퍼부었다.

이들 두 세력 간에 충돌이 일어났다. 처음에는 먹다 남긴 바나나를 던지고 우유가 든 종이팩을 던져대다가 이내 콜라 병이 날아갔다. 콜라병이 누군가의 머리에 맞아 뻘건 피가 터진 것을 시발점으로 그동안 일정 거리를 두고 벌이던, 위압용 시위가 막을 내렸다. 양쪽 청년들은 권투시합을 알리는 링 위의 공이 울리기라도 한 듯, 벌 떼처럼 일제히 달려가 주먹을 날리기 시작했다.

경비 중이던 경찰이 투입됐다. 호루라기 소리가 요란했다. 청년들은 경찰의 제지에도 막무가내였다. 닥치는 대로 주먹과 발길질을 해댔는데 나중에는 누가 누구인지 헷갈렸다. 서로의 얼굴을 치고받다가 문득 같은 편인 것을 알고는 멋쩍게 돌아서는 일도 다반사였다.

"조팔개? 용가리?"

나중에는 맞붙을 때마다 상대를 확인하는 소동이 일어났다. 그러나 상대를 확인해야 하는 수고도 잠시뿐이었다. 대학생과 청년들은 시간이 흐르자, "조팔개면 어떻고 용가리면 어떻단 말이냐!"며 내 편 네 편을 불문하고 주먹과 발차기로, 미칠 것 같은 섭씨 38도, 습도 95퍼센트, 불쾌지수 99의 현실을 향해 아우성치는 듯했다. 핏빛 노을

이 척척 들러붙는 어스름 저녁을 향해, 반항아 제임스 딘처럼, 이유 없이 치고받고 발악하기 시작했다.

대학생들의 광란이 그때까지 방관자에 불과했던 부녀자들에게도 영향을 미쳤다. 정숙했던 부인들은 평소 주는 것도 없이 미운 이웃집 여자나, 질투하게 만든 여자, 공주병에 걸린 여자, 공부 잘하는 아들을 둔 여자, 아들만 2명을 둔 여자, 너무나 멋지고 잘생긴 남편하고 사는 여자 등등을 상대로 괜히 머리끄덩이를 잡아당기며 분풀이를 했다.

"어머머! 이 여자가 미쳤어? 왜 그래!"

머리채를 붙잡힌 부인이 놀란 개 마냥 비명을 질렀다. 그 여자의 비명은 도미노 게임처럼 모두를 흥분시켰다. 이제, 드디어, 정숙하거나, 불량하거나, 끼가 있거나, 정숙하지만 남몰래 끼가 있거나 간에, 모두가 성난 암캐처럼 으르렁거리며 할퀴고 꼬집고 잡아당기기 시작했다. 바깥의 소동이 개표장 안에까지 영향을 미쳤다. 용가리를 수행하던 부하들이 먼저 나섰다.

"부정선거를 자행한 살인청부업자! 보민당 조팔개는 물러가라! 자폭하라!"

용가리 부하들의 우렁찬 구호가 개표장 실내를 쩌렁쩌렁 울렸다. 조팔개 진영에서도 가만히 있지 않았다. 보통시민자유민주공화당 청년당원들이 구호를 외치는 용가리의 졸개, 형편없는 조폭들을 향해 욕설과 야유를 보냈다.

투표

"씹새끼들! 양아치 후레자식! 조용히 좀 살자. 세상 참 좋아졌다! 경찰은 저런 개아들 같은 놈들은 안 잡아가고 뭐하나 몰라?"

보민당 당원들은 콧방귀를 뀌듯 여유만만하게 야유를 보냈다.

"일이 벌어지겠군. 저러다가 충돌하겠어요."

윤도영이 이강란에게 속삭였다.

선거관리위원장 허문명 판사가 다시 마이크를 잡았다. 실내에 설치된 스피커를 통해 그가 카랑카랑한 목소리로 엄중 경고를 했지만 이번에는 먹혀들지 않았다. 웅성거림과 야유와 소란스러운 고함에 의자가 삐걱거리는 소리까지 더해져 방송은 잘 들리지 않았다.

결국 용가리 진영으로 날라 온 박카스 병이 보디가드의 이마에 맞아 피가 터지고 말았다. 이것이 기폭제가 됐다. 양측 청년들은 관람인석에서 충돌했다. 서로 치고받는 싸움이 벌어진 것인데 바깥쪽 충돌과 실시간으로 일어난 사태여서 경찰도 허둥댔다. 경비과장이 본서에 비상전화를 걸어 5분 기동타격대의 출동을 지시했다. 그러나 오늘 새벽 정만영 경찰서장의 죽음으로 기동타격대 병력 일부가 장례식장에 배치되는 바람에 절반가량 인원이 줄어 추가로 출동할 병력이 없다는 연락이 왔다. 개표장 경비경찰이 방망이를 들고 양측의 싸움을 말렸지만 역부족이었다. 오히려 대학생들과 청년당원들에게 몽둥이를 빼앗겨 경찰이 두들겨 맞는 일까지 일어났다.

조팔개는 보통시민자유민주공화당 참모들에 둘러싸여 보호를 받았다. 혼란스러운 장내가 진정되기를 기다렸다. 조팔개는 참모들 어깨 사이로 아수라장이 된 관람인석의 정황을 살피다가 객석 오른쪽 끝줄에 앉아 있는 이강란을 발견했다. 윤도영과 나란히 앉아 있는 것을 보자 질투와 시기로 숨이 멎을 듯 답답해졌다. 조팔개는 그냥 앉아 있을 수가 없었다. 참모들의 제지를 뿌리치고 이강란과 윤도영이 있는 곳으로 올라갔다.

"내가 낙선하는 모습을 보려고 찾아오셨나요? 아니면 나의 승리를 축하해 주려고 오셨나요?"

조팔개가 이강란에게 능글능글 말을 걸었다. 이강란이 당황했지만 침착하게 목 인사를 했다.

"박수종 의원에게 바친 내 열정을 당신은 고작 발톱에 낀 때만큼도 인정해 주지 않더군요. 그래도 나는 홀로 꼿꼿이 섰답니다. 당신 도움 없이도 해낼 수 있단 말입니다! 투표 결과를 지켜봅시다!"

조팔개는 기분이 상한 듯 비아냥거렸다. 고인이 된 박수종 의원을 대신해서 선거운동을 지원해 줄 것으로 믿었던 이강란이 냉랭하게 등을 돌렸을 때 받은 상처가 그에게는 너무 깊었다. 그러나 그건 표면적인 이유일 뿐이었다. 조팔개가 분에 찬 것은, 이강란에게 품고 있던 연정이 너무나 어이없게 무너져 내린 데 따른 배신감 때문이었다. 그는 끝까지 연정이라고 우겼지만 이강란은 흑심이라 믿었다.

"지나치시군요!"

보다 못한 윤도영이 나섰다. 그는 예전의 국회의원 보좌관이 아니었다. 주군을 위해 맹종하던 충복에서 사라진 주군의 미망인을 연모하며 그녀를 보호하는 흑기사로 변해 있었다.

조팔개는 중간에 끼어든 윤도영을 안중에 두지 않았다. 일개 국회의원 보좌관을 상대할 처지가 아니라는 자존심 탓이었다. 그러다 갑자기 생각이 바뀐 것은 이번만큼은 다르다는 것을 알았기 때문이었다. 박수종 의원의 보좌관으로서가 아니라 이강란에 대한 연적으로서의 윤도영이 너무나 당당하게 나온 것이 그의 비위를 거슬렀다.

"자넨 이제 실업자가 된 건가? 박 의원이 작고했으니 이제 누굴 믿고 살 건가? 설마, 이 여사에게 기대려는 건 아니겠지?"

조팔개가 헤헤헤 웃었다.

"의장님 앞일이나 걱정하시죠. 누가 압니까? 하도 험악한 세상이라서, 밤새 안녕하셨습니까, 가 마지막 인사가 될지……."

윤도영도 지지 않았다. 오히려 그의 비아냥거림만큼 상대해 주겠다는 오기가 발동했다. 조팔개의 성격을 너무 잘 아는 윤도영은 굳이 그의 심기를 맞출 필요가 없었다. 그런다고 조팔개가 상대의 처지를 이해하고 받아들일 인물도 아니었기 때문이었다. 윤도영의 판단으로는 이에는 이, 눈에는 눈으로 대하는 것이 조팔개의 기세를 차단하는 유일한 방법이었다.

"내 걱정 말고 자네 앞일이나 조심하게……."

조팔개가 능글능글 웃으며 윤도영과 이강란을 번갈아 보다가 자리를 떴다. 그의 머리카락에 바른 포마드 냄새가 훅 풍겨왔다.

3

조팔개가 제자리로 돌아왔을 때 참관인석 쪽에서 또 다른 술렁거림이 일기 시작했다. 치고받는 싸움터에서의 소란과는 확실히 달랐다. 그 술렁임은 파도가 밀려올 때처럼 거칠고 싸늘했다. 충격적인 상황이 닥쳤을 때 보이는 반응이랄까? 무엇인가 새로운 사건이 벌어진 것이 분명했다. 모두들 관람석 뒤쪽, 강당의 높은 천장과 맞대어 있는 옥상 출입구를 바라보고 있었다. 그때 누군가가 외쳤다.

"유령이다!"

박수종이었다. 핼쑥한 얼굴로 나타난 그가 관람석 맨 뒷줄 옥상과 연결된 문 앞에 서서 개표장을 내려다보고 있었다. 놀란 사람들이 비명을 질렀다. 밤마다 시내를 배회하고 다닌다는 박수종 의원의 유령이 분명했다. 조팔개는 소문으로만 들었던 박 의원의 유령이 실제로 나타난 것을 믿을 수가 없어 손등으로 눈을 비볐다.

"몰아내요! 밖으로 쫓아내요!"

관람석에 앉아 있던 시민들이 외쳤다. 사람들은 그가 진짜 유령인지, 아니면 죽었다가 되살아난 박수종 의원인지 헷갈렸다. 박수종은 얼굴이 많이 야윈 듯했지만 그 때문에 이목구비는 더욱 또렷했다.

박수종의 유령을 보고 누구보다 놀란 것은 참관인석에 나와 있던 보건소장 손춘호였다. 그는 일주일 전 구십천의 이무기가 썩어갈 때 받은 충격에서 채 깨어나지 못하다가 악취주의보가 발령되자 그만

투표

기절을 했었다. 그 후 또 한 번 정신을 잃은 적이 있었는데 그 사실을 아는 사람은 몇몇뿐이 없었다.

보건소장 손춘호가 기절을 한 것은 박수종 의원이 돌연사한 그날 새벽이었다. 심야에 이강란 여사의 전화를 받고 갔다가, 심한 충격을 받고 정신을 잃고 말았다. 손춘호의 심약한 체질 탓이라고는 해도 박수종의 돌연사 현장에서 기절한 것은 말 못할 사연이 있었기 때문이었다. 그 사연은 철저히 비밀에 부쳐졌다.

손춘호는 자신에게 엄청난 충격을 안겨주고, 그 여파로 정신까지 잃게 만들었던 박수종 의원이 불현듯 나타난 것을 보고는 쩔쩔맸다. 이성을 잃고 겁에 질려 허둥대기 시작했다. 손춘호는 공포와 불안에 휩싸여 개표소 밖으로 도망치려다 발을 헛디뎌 참관인석에서 약 2미터 아래에 있는 개표장 마룻바닥으로 떨어지고 말았다. 그는 추락하는 순간 어이없게도, 의사답지 않게 또 한 번 정신을 잃고 말았다.

경찰이 달려와 그를 일으켜 세웠다. 손춘호는 냉수를 마시고 나서야 정신을 차리고 겨우 일어났지만 여전히 혼미했다. 무엇인가에 억눌린 듯 괴로운 표정을 지었다. 그는 참을 수 없는 고통을 어찌할 줄 몰라 울먹이기 시작했다. 관람석 뒤편에 나타난 박수종의 유령을 흘끔흘끔 바라보면서, 겁에 질려 있던 그가 돌연 외쳤다.

"양심선언을 합니다! 여러분 제 말을 믿어 주십시오!"

선거관리위원장 허문명 판사가 미처 제지하기도 전에 보건소장 손춘호가 손가락으로 유령을 가리키며 외쳤다.

"저기 저 사람! 저 유령은 돌연사한 것이 아닙니다. 박수종 의원은 그날 밤 목을 매 자살을 했습니다. 왜 자살했냐고요? 그건 나도 잘 모릅니다. 분명한 것은 그가 자살을 했다는 겁니다."

손춘호가 부들부들 떨었다. 경찰이 그를 붙들었지만 여전히 떨었다.

"내가 도착했을 때 자기 집 베란다 기둥에 목을 맨 채 죽어 있었습니다. 그의 부인이 남편의 명예를 지키게 해달라며 눈물로 내게 간청했습니다. 그래서, 내가 돌연사로 꾸민 겁니다."

"우! 우!"

관람석의 시민들이 놀라 소리를 질렀다.

이번에는 뚱딴지같이 보건소장 손춘호를 부축하고 있던 깡마른 체구의 30대 경찰관이 양심선언에 가세했다. 도무지 영문을 알 수 없는 일들이 줄을 이었는데, 세균 같은 미생물의 전염성 못지않은, 보이지 않는 형이상학적인 감성 내지는 환경에 의한 전염성 탓인 듯했다. 그 경찰관은 감추어진 비밀이 폭로될 때 일어나는 강력한 전염성이랄까? 군중심리 탓이랄까? 열기 혹은 용기랄까? 그런 감정과 환경에 휩싸인 나머지 자기가 알고 있던 비밀을 털어놓기 시작했다. 사뭇 진지한 표정의 경찰관은 언 입이 녹듯 박수종의 자살과 연관된 원인을 풀어놓기 시작했다. 뜻밖에도 박수종의 자살을 둘러싼 시중의 풍문과 수수께끼가 한꺼번에 풀리는 결과를 가져왔다.

"박수종 의원은 검찰의 내사를 받던 중이었습니다! 내가 검찰에 파건 나가 있는 수사관이었으니까 그건 너무나 잘 알아요! 명명백백한 일이지요! 대선을 앞두고 향토재벌인 소세그룹 홍수방 회장으로부터 정치자금 명목으로 백억 원을 받은 혐의로 몇 차례 소환 조사를 받던 중이었는데, 그날 새벽 갑자기 그가 죽었다는 뉴스가 나오더군요!"

경찰관이 숨이 답답한 듯 헉헉거렸다. 보건소장 손춘호는 비로소 이 불행한 죽음의 전모가, 아니 실체가 드러난 것을 알고는 조증 환자처럼 기분이 들떠 어쩔 줄 몰라 했다.

"검찰 조사를 받다가 그만, 괴로운 나머지 목을 맨 것이로군요! 명예! 자신의 명예를 더럽히기 싫다는 일념! 그 때문에 자살을 결행한 것이군요!"

손춘호가 갑자기 손을 들어 관람석을 가리켰다. 그의 손끝이 가리키는 곳에 이강란이 앉아 있었다.

"저기 박 의원의 미망인인 이 여사가 나와 있군요! 그녀가 증인입니다!"

이강란이 당황해 자리에서 일어나 밖으로 빠져나가기 위해 서둘렀다. 윤도영이 그녀의 손을 잡고 계단을 달려 올라가 문을 빠져나왔다. 개표소 밖은 뜨거운 열기에 휩싸여 숨을 제대로 들이킬 수 없을 만큼 더웠다. 푹푹 찌는 열대야였다.

"그게 사실인가요?"

윤도영이 미처 숨을 고르기도 전에 물었다.

"모두 사실이에요. 스스로 목을 맸어요. 당신한테 전화를 하기 전에 먼저 보건소장에게 연락을 해 돌연사한 것으로 꾸몄어요. 그 양반의 명예를 지켜주기 위한 것이었는데, 보건소장 저 사람이, 유령을 보는 순간 이성을 잃었나 봐요."

윤도영과 이강란은 개표소 밖의 광장에 흩어져 치고받는 싸움에 정신이 팔려 있는, 흥분한 시민들 틈을 빠져나와 민원실 앞 벤치에 앉아 숨을 돌렸다.

한편 개표소 안에서는 박수종의 유령이 관람석 뒷줄에서 보건소장 손춘호를 향해 다급히 내려오고 있었다. 유령은 창백한 얼굴에 표정이 없었다. 유령이 지나올 때 주변 사람들이 놀라 피했다. 유령은 무덤 속까지 비밀로 가져가야 했을 자신의 최후에 대해 폭로한, 명예를 땅바닥에 떨어뜨린 손춘호를 향해 거침없이 달려왔다.

손춘호가 새파랗게 질린 얼굴로, 관람인석을 향해 구해달라고 소리쳤다. 그러나 관람인석은 두 패로 나뉜 보민당 청년당원과 진보개혁세력을 자처하는 대학생들이 서로 싸우느라 보건소장 손춘호의 일에는 관심조차 없었다. 경찰도 성큼 유령을 막아서지 못했다. 유령은 대뜸 손춘호를 덮쳤다. 뒤로 자빠진 손춘호의 배 위에 올라앉아 두 손으로 목을 조르기 시작했다. 손춘호가 꺽꺽거리며 발버둥 쳤지만 누구 하나 유령에게 달려드는 이가 없었다. 보건소장 손춘호는 잠시 버둥대며 저항했지만 숨이 막힌 것인지, 아니면 예민하고 조급한 성격 때문인지, 아니면 체질 때문인지, 사지가 축 늘어지면서 눈동자가 뒤집히고 말았다. 기절한 것이었다.

투표

7월 16일 • 맑음 • 오존중대경보 • 최고기온 45℃

느티나무의 수난

1

개표소는 장터거리마냥 어수선했다. 참정치민주개혁미래창조평화대통합신당을 지지하는 대학생들과 보통시민자유민주공화당 소속의 열혈 청년당원들은 서로 뒤엉켜 얼굴과 가슴과 배에 주먹질과 발길질을 해댔다. 박수종의 유령은 손춘호가 죽게 됐다는 소리를 듣고 달려온 윤도영의 손에 들린 붉은 부적을 보고 이리저리 도망 다니다가 밖으로 사라져 버렸다. 보건소장 손춘호는 다행이 막혔던 숨이 터지면서 목숨은 건졌지만 온전한 정신으로 돌아오기까지는 시간이 좀 걸릴 것 같았다.

유령 출현으로 놀란 개표 종사자들이 자리를 피해 이리저리 도망 다니는 바람에 검표와 개표가 동시에 중단됐다. 선거관리위원장 허문명 판사는 사태가 심상찮은 것을 알아채고는 급히 위원회를 소집했다. 선거위원들은 이구동성으로 지금과 같은 상황에서는 더 이상의 개표가 불가능하다고 입을 모았다. 후보자 살인청부 의혹과 금품 살포 부정선거 문제와 그에 따른 선거무효 논란에 대해서는 추후 법원의 판결에 따르기로 했다. 보민당 소속의 청년당원들과 참민통을 지지하는 대학생들은 이제 관람인석에서 검표와 개표를 하는 곳까지 밀려 내려와 치고받는 싸움을 했다. 선거관리위원장이 마이크를 잡아당겨 동주시 선거관리위원회의 회의 결과를 공표하려는데 조팔개가 달려왔다.

"위원장님! 잠깐만요! 이의를 제기합니다!"

허 판사는 보민당 후보 기호 1번 조팔개의 이의 제기에 잠시 주춤했다.

"개표 중단은 위헌입니다! 무슨 일이 있어도 개표를 계속해야 합니다. 법이 왜 필요합니까? 공권력을 동원해서라도 개표장 질서를 유지한 다음, 주민들이 행사한 신성한 표를 확인해야지요!"

조팔개는 결코 양보할 수 없었다. 그는 어젯밤 뿌린 백억 원의 효과를 믿고 있었다. 그가 선거관리위원장을 설득하고 있는 사이 뒤엉켜 싸우던 대학생과 청년당원들 쪽에서 날아온 너덜너덜한 검정구두 한 짝이 위원장 책상에 탕, 하고 떨어졌다. 그 바람에 물컵이 깨졌다. 조팔개는 위원장 책상 위에 떨어진 너덜너덜한 검정구두를, 뒤죽박죽인 채 서로 물고 뜯는, 이성을 완전히 잃은 대학생과 청년당원과 깡패와 이도저도 아닌 보통시민들과 부녀자 패거리를 향해 신경질적으로 내던졌다.

　장내 분위기가 갈수록 진정될 기미를 보이지 않고 험악해지자 선거관리위원회 위원들이 자리를 뜨기 시작했다. 개표 종사자들에게도 위원회 결정이 통보된 듯 봉인이 뜯기지 않은 투표함은 그대로 두고 개표가 진행 중이었던 투표함을 정리하기 시작했다. 경찰이 투표함 주변을 겹겹이 에워쌌다.

　선거관리위원장이 마이크를 다시 잡았다.

　"존경하는 개표 종사자 여러분! 그리고 참관인 여러분! 오늘 개표 현장을 지켜보기 위해 관람석에 직접 나와 주신, 참여의식이 매우 높은 모범시민 여러분! 본인과 우리 위원회 위원 일동은 개표장의 무질서와 혼란으로 더 이상 개표가 어렵다고 판단되어 위원회 만장일치로 개표를 무기한 연기하기로 결정했습니다! 후보자 살인청부 의혹과 금품살포 부정선거 논란에 따른 선거무효 주장에 대해서는 추후 검찰의 수사 결과와 법원의 판결에 따르도록 하겠습니다. 아울러 재개표 날짜와 선거무효 논란에 대한 결정 역시, 추후 위원회에서 확정되는 대로 공표하겠습니다!"

　동주시 선거관리위원회 위원장인 허문명 판사는 방망이를 들어 힘껏 두들겼다. 탕! 탕! 탕! 환호와 야유가 엇갈렸다. 개표를 연기하기로 결정한 데 대한 찬반이 팽팽한 듯했지만 시간이 지날수록 찬반을 떠나 선거 무효를 외치는 숫자가 점점 늘어났다. 보민당 후보 조팔개는 예기치 못한 돌발 사태에 분노가 치밀었다. 너무 노한 나머지 울화가 식도를 꽉 막아버려 숨을 제대로 쉴 수가 없었다. 질식할 듯 고통스러웠다. 개표가 끝나는 자정 무렵이면 당선이 확정될 것으로 믿고 있었다. 당선을 불과 서너 시간 앞두고 일어난 예기치 못한 돌발 사태라니! 폭력과 유령 소동에 이은 개표 연기로 그의 실망은 절망으로 뒤바뀌었다. 개표소의 무질서와 혼란으로 단순히 개표를 연기한 것을 넘어, 금품살포에 따른 부정선거 시비와 후보자 살인청부 의혹으로까지 확대된 것이었다. 결국 투표 무효론이 공식적으로 제기된 것이었으니! 조팔개는 문득, 이런 더러운 느낌이, 야구 방망이로 뒤통수를 한 대 맞았을 때의 기분일지도 모른다고 여겼다. 충격과 울분이 합쳐져, 그의 감정이 폭발하기 직전의 풍선처럼 부풀어 올랐다.

"이건 음모야! 나를 낙마시키기 위한 계략이라고!"

울부짖는 듯한 조팔개의 괴성에 놀란 보민당 청년당원들이 비로소 사태가 이상하게 진전되고 있다는 것을 깨달았다. 청년당원들은 뒤엉켜 난투극을 벌였던 참민통을 지지하는 대학생들과 용가리의 졸개들이 어느새 개표소를 빠져나간 것도 알았다. 짓이겨진 머리카락과 뜯겨나간 셔츠의 단추, 빨갛게 흘러내리는 코피, 손톱으로 할퀸 낯짝, 부러진 이빨, 깨진 뒤통수……. 열혈 청년당원들은 처참한 자신들의 몰골에 놀랐다. 개표 종사자들도 서둘러 강당을 빠져나갔고 선거관리위원회로 옮겨갈 투표함을 에워싼 경찰들은 트럭이 도착하기를 기다리고 있었다.

　조팔개는 휑뎅그렁한 개표소 천장에 매달린 60개의 눈부신 백열등을 올려다보았다. 몹시 쓸쓸하고 처량해 보였다. 개표를 관람하던 시민들도 싸움 구경이 끝나자 더 이상 볼거리가 없다며 너도나도 자리를 떠났다. 조팔개는 들끓는 분노 때문에 가만히 있을 수가 없었다. 치솟아 오르는 화가 가스 불처럼 뜨거웠다. 그의 입과 콧구멍에서 불이 붙은 파란 알코올 같은 화기가 뿜어져 나왔다.

　"이대로는 안 돼! 이렇게 끝낼 수는 없어! 개표를! 개표를!"

　조팔개는 선거관리위원장인 허문명 판사를 뒤쫓아나갔다. 청년당원들이 그를 따라나서며 "조팔개! 조팔개! 조팔개!" 하고 연호했다. 조팔개는 갑자기 힘이 생겼다. 지나온 인생역정을 더듬어볼 것 같으면, 위기를 극적으로 반전시켜 기회로 만든 크고 작은 사건들이 흔했다. 옛 그림자가 휘익 스쳐가는 것을 보았다. 역전의 스릴이 온몸을 떨리게 만들었다. 선거관리위원장을 설득시켜야 했다. 그가 오늘 밤, 선거위원들을 재소집해 개표를 진행하도록 결정짓게 해야 한다는 집념이 불탔다. 그것이야말로 극적인 반전이고 위기를 찬스로 바꾸는 기술이 아닌가! 조팔개는 자만해져 낄낄 웃기까지 했다.

　"허 판사! 허 판사!"

　조팔개는 실성한 사람처럼 허둥댔다. 그러다가도 뒤를 따르는 열혈 청년당원들을 생각해 흥분을 가라앉히고 체통을 지키기 위해 몸가짐을 조심하려고 노력했다. 그는 불굴의 의지력, 위기를 찬스로 바

농담의 세계

꾼 확신을 다시 떠올리며 굳게 믿었다. 콧물 질질 흘리던 풋내기 사진사에서 동주시 최고의 재벌이 되고 시의회 의장까지 올라온 긴 여정을 돌이켜보면 힘이 솟구쳤다.

그가 성공하기까지는 번개처럼 빠른 추진력과 강아지보다 더한 아첨과 컴퓨터보다 빠른 계산과 합리적인 수완이 있었다. 그 가운데 남들이 갖지 못한 그만의 무기가 하나 있었는데, 성공의 가장 중요한 비결이었다. 그것은 적에 대한 무자비한 공격이었다. 조팔개는 사업을 하면서부터 걸림돌이 된다든지 경쟁을 벌여야 하는 상대가 출현하면 가차 없이 매수하거나 아니면 매장시키거나 둘 중 하나를 택했다. 그때마다 승리했다.

훌륭한 사업가로 성공을 하고도 그가 어린 꼬마에게나 처녀에게나 노인에게로부터 조 사장 내지는 조 의장 정도의 호칭을 듣기는커녕 그냥 이름 석 자, 조·팔·개로만 불리는 것도 자신이 신념으로 여겨온 경쟁자에 대한 가차 없는 공격 때문이었다. 조팔개의 사전에 동업은 없었고 동반자도 없었다. 그가 소유한 사업은 독점이어야 했고 그 누구도 맞서 경쟁해서는 안 됐다. 그의 경영논리는 확고했다. 지금도 그에게 대적하는 기업인이 출현하면 그는 단숨에, 수단과 방법을 가리지 않고 상대를 무너뜨리기 위해 전력 질주했다.

이번만큼은 만만치 않았다. 조팔개의 생애 처음이자 마지막이 될지도 모를 정치적인 도박은 이제 어떤 결말을 맺게 될지, 그는 몹시 불안하고 긴장됐다. 이 시점에 개표가 중단된 것은 그에게 불리했다.

그런데도 반전의 기술을 믿고 있었다. 반전을 위해서는 개표가 계속
돼야 했다.

조팔개가 개표소 밖으로 막 달려 나왔을 때 선거관리위원장이 탄
관용차가 막 출발하려 하고 있었다.

"위원장님! 위원장! 허 판사! 야! 이 새꺄!"

조팔개가 손을 내저으며 달려갔지만 허 판사가 탄 관용차는 이미
시청 마당을 돌아 정문을 빠져나가고 있었다. 조팔개는 주차장으로
달려갔다. 허 판사를 만나야 한다는 강한 고집이 불탔다. 기필코 항
복을 받아내고야 말겠다는 오기가 발동했다. 흥분한 조팔개가 자가
용을 찾았지만 정작 키가 없었다. 뒤따라 온 운전기사가 문을 열고
운전석에 오르려는데 조팔개가 그를 막아섰다.

"내가 직접 함세. 내가 직접! 허 판사를 따라가야 해. 허 판사를 붙
잡아야 한다고!"

운전기사와 조팔개가 실랑이를 벌였다. 윤도영이 강당 계단에서
흥분한 조팔개를 발견했다.

"의장님을 말려요! 운전을 하면 안 돼요! 위험해요!"

윤도영이 조팔개 주위에 모여든 참모들에게 외쳤다. 조팔개는 이
미 이성을 잃은 듯, 걸음걸이와 표정이 정상이 아니었다. 제정신이
아닌 듯 허둥지둥댔다. 조팔개는 주변의 환경을 전혀 의식하지 못했
다. 오직 개표를 계속 진행하도록 해야 한다는 데 모든 신경이 집중
돼 있었다. 그의 막강한 지원세력이었던 박수종 의원과 정만영 경찰

농담의 세계

서장이 모두 비참하게 죽은 데다 검찰이 시장 테러사건의 배후로 그를 지목하고 있는 것…… 그런 일련의 정황들이 조팔개를 극단적인 감정에 몰입되게 하고 과격한 행동을 부추기게 하는 요인이었다.

조팔개는 시장 선거에서 낙선하는 순간, 피눈물로 쌓아온 명예와 부는 말할 것도 없고, 권력까지도 한꺼번에 잃는다는 사실을 너무나 잘 알고 있었다. 조팔개의 신화가 유리알처럼, 너무도 허무하게, 한순간 와장창 깨지는 상상을 할 때면 입 안에서 쓴 물이 넘어왔다.

"붙들어요! 키를 줘서는 안 돼!"

윤도영이 계속해서 조 의장의 운전기사를 향해 외쳤다. 운전기사가 윤도영의 경고를 듣고 조팔개를 막으려 했지만 보통 사람보다 두 배나 더 큰 조팔개의 손바닥이 가슴을 밀치는 바람에 뒤로 떠밀려 넘어지고 말았다.

"흥분해서 제정신이 아니에요. 운전을 했다간 사고가 나요!"

윤도영이 이강란에게 말했다. 이강란은 시청 마당에서 벌어지고 있는 조팔개와 운전기사의 실랑이를 보며 두근거리는 가슴을 달랬다. 평소 조 의장답지 않은 행동이었다. 그는 무엇인가에 쫓기는 듯했는데, 얼굴만 조팔개지 그의 몸속에는 다른 사람이 들어가 있는 것처럼 느껴졌다.

운전기사를 대신해 조 의장을 막아선 것은 동주경찰서 정보과장이었다. 정보과장은 조팔개가 승용차에 오르지 못하도록 재빨리 운전석에 앉아 핸들을 쥐었다. 조팔개의 저력을 미처 몰랐기 때문이었다. 솥뚜껑 같이 넓죽한 손과 곰 같은 발바닥, 그 발바닥 길이만큼이나 크다는 남근…… 이 모든 것이 말해주듯 그의 힘을 당해낼 자는 없었다. 조팔개는 정보과장의 넥타이와 양복 칼라를 한 손에 움켜쥐고는 단숨에 밖으로 잡아당겼다.

"어휴, 썅! 허 판사! 허 판사를 따라가야 한다니까!"

정보과장은 운전석에 앉아 미처 10초를 버텨보지도 못하고는 조팔개의 손에 끌려나왔다. 이제 그를 막을 자는 없었다. 조팔개는 운전석에 앉자마자 보민당 동주시지구당 간부들과 청년당원들과 경찰과 주위의 많은 시민들이 염려했던 대로, 한 마리의 성난 고릴라로 돌변했다. 조팔개는 날아서라도 가겠다는 각오로 액셀러레이터를 꾹꾹 밟았다. 배기통이 터질 듯 굉음을 냈다. 배기통에서 터져 나오는 요란한 폭발음과 뜨거운 열기가 뭉쳐 시청 마당을 들썩였다. 승용차가 급작스럽게 후진하는 바람에 마당에 나와 그 광경을 호기심 가득한 표정으로 지켜보던 시민들이 뒤쪽 범퍼에 칠 뻔했다. 조팔개는 개의치 않았다. 그의 눈에는 오로지 허 판사만 보일 뿐이었다. 열대야로 후끈 달아오른 시청 마당에서 그의 신형 벤츠가 불덩어리 같은 라이트를 밝히고 요란스런 비명을 지르며 정문을 향해 돌진했다. 너무나도 급작스런 벤츠의 발진으로 모두들 혼이 나간 듯 자동차의 꽁무니만 바라보았다. 배기통으로 시커먼 매연과 함께 빨간 불똥이 뚝뚝 떨어졌다.

2

조팔개는 시청을 빠져나오자마자 액셀러레이터 페달을 밟고 있는 오른발에 쥐가 날만큼 힘을 줬다. 벤츠는 불과 7초 만에 150킬로미터의 속도를 냈고 12초가 됐을 때 시속 200킬로미터의 속도로 질주했다. 맞은편 도로를 달려오는 차량들의 라이트가 유영하는 반딧불이같이 멀고도 어렴풋했다. 도로는 그의 무한질주를 위해서인 듯, 평소보다 훨씬 넓어 보였다. 운동장처럼 드넓게 펼쳐져 있었다. 그는 "전속력으로! 전속력으로!"를 외치며 액셀러레이터 페달을 꾹꾹 밟았다.

"개표를 중단하다니! 어림없는 소리! 안 돼! 안 돼!"

조팔개는 자동차의 속도가 느린 것이 답답했다. 액셀러레이터 페달이 바닥에 붙도록 꽉 눌렀다. 그렇게 페달을 누른 오른쪽 구둣발을 결코 떼지 않았다. 무릎과 허벅지가 뻐근했다. 벤츠의 실린더는 피스톤의 미친 듯한 펌프질로 사상 유래 없는 흥분의 도가니로 빠져들어 곧 절정에 다다르기 직전이었다. 불현듯 나타났다가 불과 4초에서 길게는 10초 만에 자취를 감춘다는 외계인의 UFO처럼, 조팔개의 벤츠가 시청 마당에 둘러선 시민들의 넋을 빼놓고 사라진 지 정확히 19초가 지났을 때…… 어마어마한 폭발음이 울렸다.

콰아아아아앙!

시청 마당에 모여 사태의 추이를 두고 논쟁을 벌이던 시민들은 땅

바닥과 건물 유리창이 한차례 흔들리는 것을 느꼈다. 지진이 일어났다고 말하는 사람들도 있었다. 시민들이 어디론가 달려가기 시작했다. 폭발음이 울린 중앙로 광장 쪽으로 몰려가고 있었다.

한편, 폭발음이 울리기 직전 어떤 일이 벌어졌는가?

조팔개는 엉덩이를 들다시피 해서 액셀러레이터 페달을 필사적으로 밟고 있었다. 그가 핸들이 으스러질 만큼 손아귀에 힘을 준 채 계기판의 성난 바늘을 흘끗 내려다보았을 때, 오른쪽 끝 빨간 숫자 240을 가리키며 달달달 떨고 있는 바늘이 보였다. 240을 가리키고 있는 바늘을 인지한 그 순간, 검은 바위와도 같은 장애물이 조팔개의 앞을 가로막았다. 그는 너무나 큰 검은 벽을 보면서 블랙홀을 떠올렸고, 자신을 집어삼키려는 검은 구멍을 보았다. 무서웠다. 그때 비로소 정신이 돌아왔다.

"무슨 짓을 하고 있는 것인가!"

핸들을 돌리기에는 너무 늦었다. 액셀러레이터 페달에서 구둣발을 떼는 것도 마찬가지였다. 그의 발은 자석에 달라붙은 쇳조각처럼 페달 복판에 딱 붙어 떨어지지 않았다. 시속 240킬로미터로 달려온 조팔개의 벤츠는 커브를 틀지 못했다. 벤츠는 시청에서 516미터 떨어진 교차로 복판에 만들어 놓은—실은 523년 된 느티나무를 보호하기 위해 만든 정원에 불과했지만—광장을 향해 날아갔다. 그곳에 우람하게 서 있는 523년 된 고목과 그대로 충돌했다.

그때 조팔개는 운 좋게도 공중에 떠 있었다. 그는 이지러진 쇳덩어리와 깨진 유리조각 속에 파묻혀 온몸이 산산조각이 나는 불행을 용케 피했다. 대신 벤츠의 보닛이 고목의 밑동을 들이받아 박살나면서, 그 충격으로 터진 에어백을 비껴 깨져버린 운전석 앞 유리창 밖으로 튕겨 나갔다. 튕겨 나간 그는 아름드리 느티나무 고목을 향해 날아갔다. 조팔개는 공중을 날아가는 짧은 순간에도 의식적으로 고목에 박히는 불행만은 피해야겠다는 집념으로 온몸에 제동을 걸었는데, 그 자세가 개구리가 펄쩍 뛰어오를 때의 모양이었다. 그런 의지 덕분에 머리가 박히는 최악의 상황은 모면했다. 대신 양팔과 두 다리를 쫙 벌린 자세로 나무에 박히고 말았다. 그것으로…… 끝……이었다.

믿기 어려운 이 사고는 따져보면 너무나 과학적이었다. 순식간에 벌어진 일이기는 해도 한 치의 오차도 없는 사고였다. 운전석에서 튕겨 나온 조팔개의 몸이 고목의 두꺼운 표피와 충돌하기까지 걸린 시간은 불과 0.3초였다. 시속 240킬로미터의 자동차 속도와 90킬로그램짜리 조팔개의 몸무게와 523년 된 느티나무의 강도는 가속도의 법칙이 정확히 적용됐다. 그의 몸은 느티나무의 딱딱한 표피 속으로 31센티미터나 밀고 들어가, 그 속에 박혀버렸다. 조팔개는 찰흙에 박히듯 나무속에 얼굴과 가슴과 배꼽과 남근까지 모두 파묻은 채 뒤통수와 어깨와 엉덩이만을 내놓고 있었다.

뒤따라온 경찰과 동주시의회 시의원들과 보통시민연합당 청년당원들이 523년 된 느티나무에 박힌 조팔개를 빼내려고 달라붙었지만 도무지 방법이 없었다. 몸의 절반 가까이가 나무속에 박혀버렸으니

느티나무의 수난

그걸 온전히 빼낸다는 것은 기술적으로 너무 어려웠다. 굳이 빼내려면 엔진톱을 이용해 조팔개가 박힌 나무 주위의 표피를 정교하게 파내든지 나무를 통째로 잘라낸 뒤 그의 머리 쪽부터 갉아내는 방법뿐이었다.

3

나무에 박힌 조팔개를 구출하는 방법을 놓고 한차례 논란이 일었다. 조팔개를 지지하는 보민당의 열혈 청년당원들은 그의 목숨이 촌각을 다툴 만큼 위태롭기 때문에 당장 엔진톱을 이용해 나무를 베어버리자고 주장했다. 그러나 523년 된 어마어마한 고목을 무슨 방법으로 절단하느냐를 놓고 옥신각신했다. 나무 둘레가 장정 열 명이 팔을 벌려야 둘러싸일 만큼 대단한 것이어서 엔진톱으로는 어림도 없었다. 그런 두께의 나무를 베어낼 엔진톱도 없을 뿐더러 수십 개의 엔진톱을 동원한다 해도 어른 열 명이 팔을 벌려야 하는 고목을 절단하려면 하루는 족히 걸려야 했다. 어디 그뿐인가? 이 고목이야말로 동주시가 지정한 보호수 제1호였고 환경부가 전국 각지에 분포해 있는 노거수 가운데 보호해야 할 제5호 노거수였다. 이 고목을 상하게 하는 자는 징역 1년 이하에 벌금 2천만 원 이하의 처벌을 받아야 했다.

반면 동료 시의원들은 31센티미터 깊이에 박혀 있는 조팔개 의장을 구하기 위해서는 고목의 표피를 파내야 한다고 주장했다. 양팔과 다리를 벌린 채 박혀버린 조팔개의 형체를 따라 표피를 파낸 후 뒤에서 동시에 잡아당기면 떨어져 나올 것이라는 얘기였다.

두 가지 방법을 놓고 선뜻 결론이 나지 않았다. 523년 된 고목을 절단하는 방법은 노거수에 대한 경외심 때문에 반대하는 주민들의 여론이 만만찮았다. 샤머니즘적인 요소에다가 동주시의 보호수이면서 수백 년의 애환을 간직한 노거수를 그 누구도 죽일 권리가 없다는 논리였다. 청년당원들이 기호 1번 조팔개의 목숨이 경각에 달렸다고 주장했지만 동주시를 보호한다는 샤머니즘적인 색채가 더해지면서 잠잠해졌다. 표피를 파내는 일도 어렵긴 마찬가지였다. 나무의 한쪽 면을 정교하게 31센티미터나 파낸다는 것도 쉬운 일이 아니었다. 누가 그런 정교한 기술을 지니고 있단 말인가!

이 문제를 두고 논란을 벌인 끝에 시의원들이 주장한 쪽으로 결론이 났다. 막상 결정을 하자 걱정했던 대로 조팔개의 형체를 따라 엔진톱을 능수능란하게 다룰 줄 아는 시민이 없다는 것이 문제였다. 산간지역에서 벌채를 하는 농부 같으면 엔진톱을 자유자재로 사용하겠지만 동주시내에서 선뜻 그런 사람을 구하기가 쉽지 않았다.

"저 양반 숨 끊어지겠군. 쯧쯧……."

구경꾼들이 고목에 박힌 조팔개의 엉덩이를 바라보며 혀를 찼다. 동주경찰서 정보과장이 동주시에서 가장 오지마을로 꼽히는 산내면

면장에게 전화를 걸었다. 산내면이라면 벌채가 흔하게 이뤄지는 곳이어서 엔진톱을 능숙하게 다룰 줄 아는 벌채꾼들이 있을 거라고 장담했다.

"경찰서 정보과장인데요, 면장 맞지요? 나요, 나. 정보과장이라니까! 웬 말귀를 그리 못 알아들어요! 저기, 그쪽에 벌채꾼들 있지요? 엔진톱을 떡 주무르듯이 다루는 채벌꾼들 있지요? 당장 필요한데, 사람 좀 보내줘요!"

"사람이야 많은데 갑자기 왜요? 어디 급한 벌채거리라도 나왔습니까?"

"그 사람들 지금 당장 시청으로 보내줘요! 아주 급하거든요! 한시가 급하니까 곧장 연락해서 지금 바로 보내야 합니다. 사람이 죽어가거든요!"

"나무에 깔렸습니까?"

"깔린 게 아니라 박혀버렸소!"

"……"

시간은 그렇게 흘러갔다. 10분, 20분, 30분…… 40분이 다 되어갈 쯤 낡은 트럭을 몰고 두 명의 벌채꾼이 동주시 시내 중앙로를 따라 달려왔다. 술에 취한 듯도 하고 졸음에 겨운 듯도 한 두 명의 벌채꾼이 짐칸에서 엔진톱을 내렸다. 엔진톱에 함께 달린 연료통의 뚜껑을 열고 휘발유를 넣은 뒤 시동을 걸기 위해 손잡이에 달린 줄을 잡았다. 줄을 당기기 전, 주위에 둘러선 사람들을 한차례 둘러본 사내는 허흠, 하고 숨을 돌이켰다. 그의 굵은 팔뚝에 힘줄이 돋았다. 벌채꾼은 이내 줄을 당겼고 엔진톱의 시동이 걸렸다. 위잉위잉 소리를 내며 톱니바퀴를 따라 쇠줄이 요란스럽게 돌기 시작했다.

두 명의 벌채꾼이 자신들이 톱질을 해야 할 느티나무의 표피를 살피는 동안 경찰과 시의원들과 보민당 열혈 청년당원들과 호기심과 두려움에 사로잡혀 이 광경을 지켜보고 있던 시민들은 523년 된 고목이 꿈틀하고 움직이는 것을 보았다. 그뿐이 아니었다. 당초 고목의 표피를 31센티미터나 뚫고 들어가 박혀 있던 조팔개는 벌채꾼이 도착하기를 기다리는 약 40여 분 사이에 나무속으로 더 깊이 들어가 있는 것이었다. 눈으로도 확연하게 표시가 났다. 처음 박혔을 때 보았던 조팔개의 빵빵한 엉덩이와 등과 뒤통수는 그렇다 해도 팔과 손가락과 종아리와 발목과 채 벗겨지지 않은 구두까지 부풀어 오른 표피가 점점 감싸고 있는 느낌이었다. 이 무슨 해괴한 일이란 말인가? 믿을 수 없는 변화를 가슴 졸이며 지켜보고 있는 사이, 두 명의 벌채꾼이 523년 된 느티나무 앞으로 어슬렁어슬렁 다가갔다.

벌채꾼이 엔진톱의 스위치를 당기자 위이잉, 하는 소음과 더불어 은빛 톱줄이 회전을 시작했다. 엔진톱을 들고 나무에 박힌 조팔개의 어느 부위 쪽부터 손을 댈까 고민하며 나무를 찬찬히 살폈다. 벌채꾼은 조팔개의 머리 쪽 표피부터 깎아내기로 작정했다. 그가 엔진톱의 은빛 톱줄을 나무껍질에 대려는 순간 움찔 놀랐다. 표피가 꿈틀하고 움직이는 것을 보았기 때문이었다. 벌채꾼들이 서로의 얼굴을 바라보았다. 오랜 채벌로 나무의 생리를 꿰고 있던 그들은 고목을 향해 내밀었던 엔진톱을 거두어들였다. 그리고 엔진톱의 스위치를 끄고 뒷걸음질을 했다. 벌채꾼들은 황급히 엔진톱과 휘발유통 따위의 장비를 챙겨 짐칸에 싣고는 운전석에 올라탔다.

"나무를 자르다 말고 어딜 가요? 한시가 급한데 왜들 이래!"

경찰관이 말렸지만 소용없었다. 벌채꾼은 무엇인가에 놀란 사람처럼 노랗게 변한 얼굴로 줄행랑을 쳤다.

"나무가 사람을 먹고 있어요!"

소년 명구가 523년 된 느티나무에 박혀 있는 조팔개의 빵빵한 엉덩이와 등과 뒤통수를 가리키며 진지하게 말했다. 모두가 입을 벌렸다. 이 해괴한 사건을 처음부터 지켜보고 있던 명구가 손끝으로 보란 듯이 늙은 고목의 우툴두툴한 표피를 가리켰다.

"어머머! 이걸 어째!"

여자들이 손바닥으로 입을 가리며 뒷걸음쳤다.

"나무속으로 빨려 들어가고 있어요!"

명구는 느티나무의 기운을 느끼기라도 하는 듯, 표피에 박힌 조팔개의 등짝을 바라보면서 말했다.

7월 16일 • 맑음 • 오존중대경보 • 최고기온 45℃

굿바이, 유령

1

보건소장 손춘호의 목을 조르다 부적을 보고 달아났던 박수종의 유령을 뒤쫓는 사람은 윤도영이었다. 윤도영은 조팔개가 벤츠를 몰고 시청 마당을 미친 듯 질주해 나간 뒤 당원들과 시민들이 우왕좌왕하는 어둠 속에서 박수종의 유령을 발견했다. 유령은 어수선한 틈을 타 시청 마당을 가로질러 후문으로 빠져나가는 중이었다. 인도에는 말라비틀어진 플라타너스 잎이 부서진 채 여기저기 뒹굴고 있었다. 어디론가 급히 걸어가던 유령이 걸음을 멈춘 곳은 보통시민자유민주공화당 동주시지구당 사무실 앞이었다. 그가 잠시 어둠에 덮인 당사 건물을 둘러보고 나서 안으로 들어갔다.

윤도영은 유령을 뒤쫓으면서 지갑 속에 넣어둔 부적을 다시 확인했다. 부적을 유령의 맨살에 직접 붙일 수만 있다면, 유령을 붙잡는 것은 간단했다. 어래산 우보는 유령이 부적만 보고도 겁을 먹고 도망칠 테지만, 맨살에 붙일 경우 그 자리에서 움직이지 못할 것이라고 장담했다. 박수종의 유령이 부적의 힘으로 뻣뻣이 굳어버릴 수만 있다면……. 윤도영은 반신반의하면서도 유령 앞에서 믿을 수 있는 유일한 무기가 고작 종잇조각에 그려진 붉은 그림, 부적이라는 사실에 한숨을 내쉬었다.

윤도영의 몸은 땀에 젖어 축축했다. 밤중인데도 30도를 웃도는 고온과 습도가 여전했고 매미 소리도 그칠 줄 몰랐다. 열대야는 기세를 누그러뜨릴 기미가 전혀 없었다. 더위가 꺾이기는커녕 하루하루 최고기온을 갈아 치우고 있었다. 기상 당국은 이대로라면 섭씨 50도의 살인적인 더위가 며칠 뒤 동주시를 덮칠지 모른다며 경고했다.

보민당 동주시지구당 사무실은 60년 전에 지어진 일본식 목조건물로 매우 낡았지만 관청의 권위가 물씬 느껴졌다. 오래된 목재가 썩는 것을 방지하기 위해 덧칠을 한 검은 콜타르 냄새가 풍겨 나왔다. 기름을 먹인 나무틀에 유리가 끼워진 출입문이 삐익, 소리를 냈다.

사무실은 텅 비어 있었다. 지구당 직원들은 투표가 끝나자마자 일찍 퇴근한 것 같았다. 저녁식사를 마치고 휴식을 하다가 개표 결과가 집계될 무렵이면 돌아올 것이었다. 선거기간 내내 난장처럼 북적였던 사무실은 어둠을 틈타 쥐들이 오르락내리락할 뿐 정적이 감돌았다.

박수종의 유령은 죽기 전처럼 자신의 집무실, 그러니까 지구당 위원장실에 있었다. 자신이 늘 앉아 있던 그 자리에 앉아 윤도영이 들어오는 것을 바라보았다. 윤도영은 그가 살아 있을 때, 각종 정보와 일정을 보고하고 논의하기 위해 수시로 드나들 때처럼 위원장실로 들어갔다.

"어서 오게."

박수종은 마치 살아 있을 때처럼 윤도영을 반겼다. 윤도영은 정신을 차렸다. 앞에 앉아 있는 보민당 동주시지구당 위원장 박수종은 '유령'이라는 사실을 명심했다. 그는 무엇보다도 유령의 심기를 거스르지 않으려 조심했다.

"불편한 데는 없습니까? 그러니까……."

윤도영은 박수종의 눈치를 살폈다.

"식사는 어떻게 하시는지, 잠은 어디서 주무시는지, 걱정이군요."

"자네가 날 놀리는군! 하여간, 자네다워. 자넨 누구보다 영특했지……. 허허!"

유령이 웃었다. 윤도영은 유령의 웃음을 듣자 기분이 조금 전 당사 건물로 들어올 때보다 한결 나아지는 것을 느꼈다. 긴장을 털어내자 자신감이 생겼다.

"놀리다뇨? 전, 진심으로 걱정이 돼서 하는 소립니다. 편히 쉬게 해드렸어야 하는데, 망할 놈의 지관이 우릴 속였습니다. 수천 그 새끼가 우리 모두를 속이고 줄행랑을 쳤습니다. 그놈을 잡는 날에는 가

굿바이, 유령

만두지 않을 겁니다. 놈을 거꾸로 매달아놓고 콧구멍에 물을 부어줄 것입니다. 손가락 끝에다 바늘을 찔러줄 겁니다. 놈을 발가벗긴 뒤 전기로 지지겠습니다. 어쨌든, 그렇게 해서 의원님을 대신해 제가 복수를 할 겁니다!"

"그만하게. 자네 흥분했군그래."

박수종이 손을 내저었다. 예전의 그 모습 그대로였다. 화를 낼 때와는 달리 평소에는 유머감각이 뛰어나고 온화한 성격의 그였다. 대화가 풀리고 있었다. 윤도영은 은근히 들떴다. 박수종은 좀 피곤한 기색이었다. 그에게서 더위의 흔적은 찾아볼 수 없었다. 땀은커녕 써늘한 기운이 감돌았다. 그래도 기분은 괜찮은 것 같았다.

"불편한 것이 한두 가지가 아닐세. 무엇보다도 육신이 너무 힘들어. 스스로 결정한 일이긴 하네만서도, 후회스러울 때가 있다네. 그때 자네가 옆에 있었더라면 나의 고민을 덜어주었을지도 모른다는 생각을 종종 했네. 적어도 자네의 생각을 들어보기만 했더라도 그렇게 무모하게, 단숨에 결정하지는 않았을 텐데……. 난 명예를 금보다 귀히 여겨왔거든! 명예를 더럽힐 바에야 차라리 죽음을 택하자는 것이었지. 그런데 과연 내 명예가 지켜졌냔 말이야! 나의 죽음으로 나의 명예가 지켜졌다고 보는가? 천만의 말씀! 내 생애 최대의 판단착오였고 실수였다네. 그러니 이제 와서 어쩌겠나? 젊은 보좌관의 지혜 좀 빌려볼까?"

박수종은 후회스럽다는 표정이었다. 윤도영은 어떤 대답을 해야 좋을지 고민했다. 유령은 어떤 답을 원하는 것일까? 당신의 자살은 최악의 실수라고 인정해주길 원할까, 탁월한 선택이었다고 말해주길 바랄까? 세상을 향해 복수하라고 말해주길 바랄까, 모든 한을 풀고 조용히 저승에서 쉬라고 말해주길 원할까? 헷갈렸다.

"의원님께서는 어떠신가요?"

윤도영은 한숨 돌려야겠다고 생각했다. 그래서 유령 당신께서는 어떤 생각을 하고 있는지 되물었다.

"허허, 영특한 친구! 내가 자네에게 묻지 않았던가? 자네의 번뜩이는 지혜를 달라는 것일세."

유령은 호락호락하지 않았다. 윤도영은 박수종과 주고받는 대화가 재미있기도 하거니와 문제의 답을 얻을 수 있는 기회라고 여겼다. 대화는 협상의 첩경이지 않은가? 지금 박수종이 대화를 나누고자 하는 것은 이미 협상 내지는 타협의 의중을 깔고 있는 것이라고 결론지었다.

"저, 저의 생각은 이렇습니다."

윤도영의 해법이 궁금한 듯 박수종이 얼굴을 쑥 내밀었다. 윤도영에게서 지혜로운 해답을 듣기 위해 귀를 쫑긋 세웠다.

"의원님께서는 이미 세상을 떠나셨습니다. 그날 새벽 제가 직접 의원님의 시신을 안치했고 염습을 할 때에는 곁에서 눈물로 지켜봤습니다. 인정하시죠? 그런데 의원님께서는 장사를 지내던 날 묏자리에서 물이 나온다며 관을 나와 버린 것입니다. 대신 제가 들어가게는

굿바이, 유령

됐지만…… 저야 그 후 기적적으로 무덤 속에서 살아났습니다만…… 그건 별로 중요한 것이 아니니까 생략하지요. 의원님께서는 그날 이후 동주시내를 떠돌면서 한 맺힌 이승에서의 삶에 미련을 두고 고통 속에 살고 있는 겁니다. 여기까지 인정하십니까?"

박수종이 힘없이 고개를 끄덕였다.

"지금 제 앞에 계신 의원님의 실체도 유령이란 사실을 인정하시죠? 육신을 걸쳤지만 실은 껍데기뿐인데, 그 속에 있는 의원님의 혼은 겨울 들판처럼 황량하고 나무 위의 새처럼 외로워 보입니다. 아! 돌아갈 수만 있다면 얼마나 좋을까요? 그날 새벽 의원님께서 육신을 저주하며 목을 내맡기기 전으로 돌아갈 수만 있다면 얼마나 좋을까요?"

박수종이 흐느끼기 시작했다.

"그러나 그러기에는 이미 너무 늦었어요. 돌아갈 수 없는 길이잖아요? 그러니 이제부터는 갈 수 있는 길을 가셔야 합니다. 의원님의 앞길은 지나온 시간에 매여 있는 것이 아니고 다가올 시간, 저 너머 미지의 세계에 있다는 게 제 결론입니다."

박수종은 몹시 지쳐 보였다. 그의 혼령은 광야의 바람처럼 흔들렸고 껍데기뿐인 겉모습, 육신은 형편없이 초라했다.

"자네 말대로 난 이미 죽은 몸일세. 그런데도 편히 돌아가지 못하고 이런 추한 꼴로 도시를 떠도는 것이 민망하다네. 나의 명예에 먹칠을 하는 일 아닌가! 이제 그만 거추장스런 육신을 벗어던지고 싶네. 나의 충복! 나의 영특한 보좌관! 날 위해 그대가 할 일이 무엇인가?"

윤도영은 대화의 방법을 알고 있었다. 이 순간 선뜻 유령의 제안을 받아들여서는 안 된다고 판단했다. 조금 더 명확하고 확실한 답을 얻어내야 했다.

"의원님의 비밀도 이제 밝혀 주셔야죠? 누구보다 사랑했고 신뢰했던 충복에게 의원님의 말 못할 사연을 털어놓으신다면, 저로서는 더없는 영광이 아니겠습니까?"

박수종이 고개를 들어 천장을 바라보았다. 긴 숨을 토해냈다. 그렇게 고개를 쳐들고 혼잣말을 하기 시작했다.

"30여 년을 쌓아올린 한 정치인의 명예와 권력이 한순간에 추락한 꼴을 자네는 똑똑히 봤지? 이용하고 이용당하고, 속고 속이고……. 끝내 내가 걸려든 것일세. 소세그룹 홍수방 회장에게 받은 정치자금도 관례에 속하던 것이었고 묵인되던 일이었는데, 중앙당이 그걸 빌미로 검찰에 자료를 넘겨 날 친 거야! 총재 측근들은 안전기획부장 출신에다가 현직 국회의원이면서 정세분석위원장을 겸하고 있는 내가 부담스러웠던 걸세. 너무 많은 것을 알고 있다는 것이 오히려 날 죽이려는 이유였다네. 그러나 진짜 이유는 내가 당 총재의 절대적인 신임을 받는 것이 불안했기 때문이었네. 그러니 그만 뒷전으로 물러나라는 것이었는데, 난 결코 불명예스럽게 물러날 수가 없었다네. 그러나 어쩌겠나? 소세그룹에서 받은 정치자금이 뇌물수수 혐의로 변

굿바이, 유령

질돼 검찰이 나를 압박하기 시작했으니……. 물러나자니 자존심이 허락하지 않았고, 버티자니 뇌물수뢰 정치인으로 낙인찍혀 감옥에 갈 수밖에 없었다네. 그때 내가 택할 수 있는 길은 스스로 목숨을 끊어 명예를 지키는 길뿐이었단 말일세. 내 심정 알겠나?"

유령은 자리에 앉은 채 손가락 하나 움직이지 않았다. 몸은 동상처럼 굳어 있었다. 목소리만 나오는 인형 같았다.

윤도영은 그가 감정에 빠져 있는 순간을 놓칠 수 없었다. 그에게로 한 걸음 더 다가가 진심으로 위로와 동정의 표정을 지으며 한숨을 내쉬었다. 윤도영의 눈가에 희미한 눈물이 비쳤던가? 유령은 자신을 믿어주는 옛 충복을 기특하게 여겼다. 박수종의 나뭇결처럼 딱딱하고 거친 손등이 가까이 보였다.

"제가 의원님의 명예를 지켜 드리겠습니다!"

"고맙군. 역시 자넨 나의 충실한 충복이야."

박수종이 눈길을 돌려 창문 너머 가로등 불빛을 보았다. 나방과 숱한 여름 벌레들이 모여들어 크고 작은 날개를 팔랑이고 있었다. 어지러웠다. 붉은 가로등을 바라보는 유령의 얼굴은 비쳐 드는 불빛과는 상관없이 여전히 창백했다. 어딘지 나약한 눈빛, 초췌한 몰골이 권력가 박수종의 명성과는 너무나 멀어 보였다. 유령은 고독해 보였다. 윤도영은 그 때문에 잠시 유령을 동정했지만 곧 마음을 다잡았다. 언제 유령의 몸에 부적을 부칠 것인지를 두고 마음을 졸였다.

"이제, 자네 뜻대로 하게."

박수종은 윤도영의 마음을 모두 읽고 있기라도 한 듯 짧게 말하고는 눈을 감았다. 윤도영은 유령이 눈을 감았을 때, 기운이 쇠락한 중년의 움푹 파인 볼을 바라보았다. 유령이 걸치고 있는 육신은 쇠락해 보였다. 그동안 끌고 다닌 비곗덩어리와 살가죽, 이승의 껍데기를 더는 추스를 수 없어 보였다.

윤도영이 지갑 속의 부적을 꺼냈다. 금방이라도 박수종이 눈을 번쩍 뜨고, 무슨 짓인가, 하고 호통을 칠 것만 같아 조마조마했다. 상심한 유령은 잠에 들려는 것인지 새근새근 숨결을 골랐다. 윤도영은 붉은 부적의 효험을 빌었다. 유령의 껍데기, 빌려온 몸뚱어리가 뻣뻣이 굳어버리는 기적이 나타나기를! 유령의 창백한 이마에 부적을 붙였다. 얼음처럼 차가운 유령의 이마가 꿈틀댔다. 부적이 맨살에 붙은 순간 유령이 눈을 떴다. 한차례 괴성이 당사 건물을 흔들었다. 박처럼 희던 낯빛이 검게 변했다. 서리 맞은 풀처럼 시들시들 기운이 빠져나갔다. 박수종이, 아니 유령의 껍데기가 균형을 잃고 쓰러지면서 들릴 듯 말듯 말했다.

"잘 부탁……."

유령이 남긴 마지막 말치고는 너무나 인간적이었다. 윤도영은 유령 박수종이, 마지막 가는 길을 잘 부탁한다는 것인지, 자기의 실추된 명예를 회복해 달라는 것인지, 아니면 미망인 이강란을 잘 부탁한다는 것인지 종잡을 수 없었다.

연락을 받고 달려온 이강란은 남편 박수종의 두 번째 주검을 보고는 외면했다. 유령은 의자에 앉은 채 뻣뻣이 굳어 있었다. 혼이 빠져나간 껍데기 육신은 그야말로 허수아비 같았다.

"서둘러요! 화장터로 옮겨야 해요. 지금 곧 화장을 해야 합니다. 이마에 붙은 부적을 조심해요. 부적이 떨어지면 다시 살아날 거요!"

윤도영이 자루에 박수종의 시신을 집어넣은 뒤 끈을 묶었다. 청년 당원들이 자루를 승용차로 옮겨 트렁크에 실었다. 승용차는 20여 분을 달려 변두리 백화산 입구 화장터에 도착했다. 청년들은 송장이 들어 있는 자루를 들고 나와 주인을 불렀다. 주인은 한밤중에 상여도 없고 영구차도 없이 달랑 자루만 내려놓은 일행을 의심이 가득한 눈으로 바라보았다.

"유령이오! 구룡산에서 달아난 그 유명한 유령 몰라요?"

화장터 화부(火夫)는 허, 하고 코웃음을 쳤다.

"제기랄! 유령인지 귀신인지 난 모르오. 증명서나 봅시다."

"이 양반, 세상이 어찌 돌아가는지도 모르는구면."

"내 알 바 아니오. 난 그저 송장이나 열심히 끄스르면 되니까, 그깟 세상일이 무슨 상관이겠소?"

인상이 고약한 화부는 박수종의 사망증명서를 확인하고 나서야 늘어지게 하품을 하더니 고압전원의 전기스위치를 올렸다. 기름 탱크를 확인했다. 모터가 돌기 시작했다. 화부가 시체를 올려놓을 화상(火床)을 잡아당겼다. 사람 키에 맞춘 좁고 기다란 침대 같은 화상 위에 자루가 놓여졌다. 자루에 담긴 박수종은 일사불란한 화부의 손에 맡겨져 눈 깜짝할 사이 섭씨 1500도의 불구덩이 속으로 들어갔다. 이내 철문이 쿵, 하고 굳게 닫혔다.

굿바이, 유령

7월 17일 • 구름 많음, 오후 한때 강풍 • 최고기온 43.8℃

사망 원인

1

 수령 523년 된 느티나무에 박힌 조팔개는 자정이 지나서야 공식 사망 판정을 받았다. 시립병원 원장이 직접 나와 경찰관과 동주시의회 의원들과 보민당 열혈 청년당원들이 지켜보는 가운데 그의 목덜미와 등과 옆구리에 차례로 청진기를 대고 진찰을 한 뒤, 숨이 완전히 멎었다고 발표했다.
 "사망했습니다. 이미 숨이 끊어졌어요!"
 병원장의 사망 진단은 보나마나한, 이미 예측된 일이었다. 다만 의료진에 의한 공식 발표라는 데 의미가 있었다. 주위에 모여들었던 시민들이 혀를 차며 수군거렸다. 노인들은 평생 갖가지 주검을 봐왔지만 이렇게 해괴한 임종 장면은 처음 본다며 연신 고개를 흔들었다.

경찰과 시의원과 당원들과 모여 있던 주민들은 나무에 박힌 조팔개가 사망했다는 발표가 나왔지만 자리를 뜨지 않았다. 동주시를 대표하는 재벌이요, 권력가였던 거목 조팔개가 고목에 박혀 비명횡사했다는 사실도 놀라운 것이었지만, 그보다도 더 흥미를 끈 것은 그의 비극적이면서도 희극적인 죽음의 현장이었다. 조팔개의 최후는 불행과 엽기, 거짓말 같은 희극, 그런 이중성으로 인해 최고의 구경거리가 되고 있었다.

고목 주위에 둘러서 있는 사람들은 집으로 돌아갈 생각을 하지 않았다. 나무에 박힌 조팔개의 뒷모습은 볼수록 관심을 끌었다. 무엇보다도 사람들을 붙잡아두고 있는 가장 큰 이유는 소년 명구가 말한 것처럼 느티나무가 조팔개의 몸뚱어리를 결코 눈에 띄지 않게, 그렇지만 시간이 지나면 눈으로 확인할 수 있을 만큼 서서히 빨아들이고 있기 때문이었다.

"처음보다 1센티미터는 더 들어갔어요! 나무가 조팔개를 끌어당기고 있는 것이 분명해요!"

"90킬로그램이 넘는 사람이 박히다 보니 표피가 불어나서 그런 거지, 세상에 나무가 어떻게 사람을 먹어요?"

"저러다가 조팔개가 나무속으로 완전히 빨려 들어가면 어쩔래! 내기라도 할 거요?"

조팔개의 죽은 몸뚱어리를 놓고 시민들 사이에 설전이 벌어졌다. 나무가 빨아들인다는 쪽과 표피가 불어나기 때문이라는 쪽으로 나

사망 원인

뉘어 팽팽했다.

어쨌든! 523년 된 느티나무 고목은 90킬로그램의 조팔개가 박히고 나서부터 끈끈한 수액을 흘리며 표피를 불려나가고 있는 것만은 분명했다. 고목이 살덩어리를 먹든, 표피가 불어나든 간에 나무가 이상해진 것만은 확실했다. 조팔개의 빵빵한 엉덩이와 허벅지와 어깨죽지와 등짝이 조금씩 위축되고 있었다.

조팔개의 유족과 시립병원 의사, 그리고 현장 지휘를 하던 경찰관은 나무에 박힌 시신을 어떻게 수습해야 좋을지를 놓고 장시간 의논을 했다. 유족들은 어떻게든 나무에 박힌 시신을 빼내야 한다고 주장했다. 시립병원 의사는 지금 상태에서 시신을 떼어내려면 각오해야 할 것이라고 겁을 주었다. 살점은 살점대로 뼈는 뼈대로 뜯어내야 하니 웬만한 강심장이 아니고서는 유족이라 한들 차마 눈 뜨고 볼 수가 없을 것이라는 뜻이었다. 경찰은 중립이었다. 뜯어내든 발라내든 어서 빨리 고목에 박힌 조팔개가 사라지길 바랐다. 523년 된 느티나무에 박혀버린 조팔개의 시신을 처리하는 문제는 의외로 골칫거리였다.

이튿날 고목에 박힌 조팔개의 몸이 전날보다 더 깊이 들어가 있는 것이 확연해지자 다시 논쟁이 불붙었다. 잡아먹고 있다는 쪽과 표피가 불어난다는 쪽 가운데 잡아먹고 있다는 쪽으로 좀 더 많은 사람들이 기울었다. 참다못한 유족들이 시립병원으로 달려갔다.

"유족 모두가 기절하는 일이 생기더라도 좋으니, 제발 고목에 박힌 시신을 떼내 주세요!"

유족 대표가 병원장에게 호소했다. 병원장은 난감한 표정을 지었다.

"그 일은 병원에서 의사들이 할 일이 아닙니다. 그 일은 저, 저…… 말하기가 좀……."

병원장이 간곡하게, 유족들의 기분을 상하지 않도록 조심스럽게, 혹시 흥분한 유족 가운데 성질이 불같은 사내가 난동을 부리지는 않을까 두려워하며, 눈치를 보다가 용기를 내어 말했다.

"도, 도축장에 가보시는 게…… 어떨지요. 그분들이야 그게 전문이니까."

"예?"

"뭐라고요?"

"도축장!"

유족들은 대성통곡을 했다. 동주시는 물론, 이 나라 최초의 나무장(葬)이 현실화되는 분위기였다. 유족들은 523년 된 느티나무 아래 고인의 제사상을 차리고 큰절을 두 번씩 해야 한다는 현실이 믿겨지지 않았다. 유족들은 그래도 도축장으로 가는 일만은 할 수 없다며 조팔개의 시신 수습을 둘러싼 집착과 욕심은 물론 체면과 가문의 자존심 문제에 종지부를 찍었다.

사흘째와 나흘째도 마찬가지였다. 하루하루 표피가 불어나면서 조팔개의 시신이 가장자리부터 서서히 덮여갔다. 일주일이 지났을

사망 원인

때 조팔개의 몸이 절반가량 나무속으로 파묻혀 버리고 말았다.

523년 된 느티나무는 열대야와 가뭄으로 지쳐 있던 어느 날 밤, 90킬로그램의 무게에 물이 80%를 차지하는 기름진 동물이 박혀들자, 기다렸다는 듯 맹렬하게 빨아들이기 시작한 것이 분명했다. 주민들 사이에 일어났던 먹느냐, 불어나느냐의 논쟁은 싱겁게 끝났다. 이제 시민들은 고목이 얼마 만에 조팔개를 다 먹어 치우느냐를 놓고 유족들 몰래, 그러나 공공연히, 내기를 했다.

보름이 지나자 빵빵했던 엉덩이 살이 흐물흐물 문드러졌으며 한 달이 되던 날은 엉덩이뼈만 남았다. 그리고 그 뼈마저도 얼마 안 가 표피에 완전히 파묻혀 자취를 감췄다. 523년 된 느티나무가 90킬로그램이 넘는 한 사내를 한 달 만에 거뜬히 해치운 것이었다.

현직 동주시의회 의장이자 보통시민자유민주공화당 동주시장 후보이자 천리마교통 대표이사, 동주시상호신용금고 사장, 동주도시가스 사장 조팔개가 523년 된 고목에 박혀 죽은 지 한 달 만에 나무가 깨끗이 먹어 치웠다는, 나무속으로 통째로 들어가 버렸다는, 믿을 수 없는 사실이 알려지면서 사람 잡아먹는 나무를 보기 위해 사람들이 몰려들었다.

나무가 사람을 먹었다는 소문은 그야말로 최고의 이슈였고 구경거리였다. 열대지방도 아닌 온대지역에 속하는 동주시에서 523년 된 고목이 산 사람을 먹어 치웠다는 소문은 티브이를 통해 보도됐고, 세상을 들끓게 했다.

시장 이수는 전국 곳곳에서 이무기 사건 때처럼, 호기심 가득한 구경꾼들이 꾸역꾸역 몰려드는 악몽에 밥맛을 잃었다. 아들 명구를 불러 식인고목의 정체를 어떻게 알았는지 물었다.

"나무가 꿈틀꿈틀 움직였어요. 살아 있는 곰처럼요."

명구는 정말 눈앞에 보이는 것처럼 진지하게 대답했다.

"눈에 보였다고?"

"그런 생각이 들었어요. 저 나무가 살아서 움직이는구나……. 사람을 끌어 들이는구나……. 그런 생각이 들 때가 있잖아요."

이수는 아들의 머리를 가만히 쓰다듬었다. 어린 아들의 맑은 영혼을 자극하는 불순한 기운이 두려웠다. 기상이변으로 위기를 느끼기 시작한 생태계의 유순한 생물들이 저마다 독한 파장을 분출하고 있는 것인지도 모른다는 생각에 가슴이 떨렸다.

2

산림청 소속의 고위 공무원과 대학의 식물학 교수와 산림학자들은 물론, 의학계와 과학계에서까지 나무에 박힌 사람을 놓고 논쟁이 벌어졌다. 전문가들은 동주시 현장을 직접 방문해 조팔개가 고목 속으로 빨려들어 간 흔적을 확인하고는 학문적인 호기심과 나무 생태에 대한 관심과 기후와 지질에 관한 다양한 의견들을 내놓았다. 그러나 전문가들이 각기 다른 의견을 검증도 하지 않고 마구 주장하는 바람에, 이번 사건 역시 앞서 일어난 여러 사건들과 마찬가지로 논쟁에 휩싸일 확률이 99퍼센트였다.

 조팔개와 고목을 주제로 한 논쟁은 서울의 국영 중앙 티브이 방송국에서 개최한 전문가 초청 긴급 토론회에서 절정에 달했다. 방송에 출연한 각계 전문가들은 저마다 이 사건의 원인을 밝혀낸답시고 갖가지 논리를 제시했다.

 "아열대로 변하고 있는 한반도의 기후 탓으로 523년이나 된 고목이 식충식물 내지는 식인식물로 변종됐을 가능성이 높습니다. 다들 잘 아시는 얘기지만 지구상에는 다양한 식충식물이 존재하거든요. 파리지옥풀이라든지 끈끈이주걱 등 약 600여 종에 달합니다. 물론 지금까지 발견된 식충식물은 소화효소가 매우 약해서, 벌레 한 마리를 소화시키는 데도 반나절이나 걸리는 것이 사실입니다. 우리 사람의 위액이 pH 1-2의 강한 산도를 지니고 있다는 것은 다들 아시겠죠? 그런데도 2리터의 음식물을 완전히 소화시키는 데 6시간 이상이 걸리거든요! 물론 잘들 아시는 상식 같은 얘기지만……. 그런데 저 괴물 같은 고목이 사람의 몸뚱어리를 보름새 해치웠습니다! 매우 강력한 강산성의 소화효소가 만들어져, 사람을 통째로 집어삼키는 돌연변이 식인식물로 변종된 것이라 여겨집니다. 그래서 저는 직접 실험을 해볼 것을 강력히 권장하는 바입니다! 닭이나 토끼를 고목 밑동의 표피를 파내고 그 속에 인위적으로 박아 넣은 뒤 추이를 지켜보면 될 겁니다. 분명히 잡아먹을 겁니다! 사람도 잡아먹었는데…… 저, 제 표현이 좀 과격했습니다만, 유족들에게는 죄송합니다…… 그렇다면! 저 고목은 식인식물로 변종된 것이 확실합니다!"

동주대학의 교수로 재직 중인 식물학 박사가 자기 의견을 걸쭉하게 늘어놓았다.

"저는 그렇게 보지 않습니다. 그 고목은 523년이라는 오랜 세월을 살아오면서 영적 능력이랄까, 뭐 그와 비슷한 지혜를 얻은 것으로 봐야 합니다. 샤머니즘적인 요소라고 폄하할지 몰라도, 물론 과학적으로도 설명이 안 되겠죠? 나무가 어떻게 영장류처럼 생각을 하겠습니까만은……, 523년이란 장구한 세월을 숨 쉬면서 인류의 역사를 꿰뚫어 보는 혜안과 식견을 지녔다고 한다면 지나친 추론일까요? 우리 인간의 수명이 얼맙니까? 고작 100년 미만이잖아요. 하긴 80살만 넘어가도 숨만 붙어 있다 뿐이지, 모든 능력이 쇠퇴하지 않습니까? 그런데 그 느티나무는 523년이라는 긴 세월을 살아온 것이니만큼 우리 인간들이 모르는 한 단계 높은 차원의 비밀을 갖고 있다고 봐도 무방하지 않을까요? 그런 전제하에, 고목이 왜 사람을 잡아먹었느냐 하는 문제는 굉장히 복잡해지는데요……. 제가 볼 때, 에…… 일종의 경고가 아닐까, 우리를 향한, 인류를 향한, 자연의 엄중한 경고라고 여겨집니다."

천체과학자로 잘 알려진 해동대학 교수는 의외로, 전혀 과학자답지 않게 샤머니즘적인 요소가 짙게 깔린 주장을 내놓아 출연자들을

사망 원인

어리둥절하게 만들었다.

"지금 이 자리가 출연자들의 상상력을 마음대로 떠벌리라고 마련한 토론회가 아니잖습니까! 그런 무책임한 발언은 삼가해 주세요! 에, 저는 이번 사건을 이렇게 분석합니다. 사상 최악의 가뭄과 고온 현상에 따른 생태적인 변화가 첫째 원인일 거라는 것이지요. 아시다시피 섭씨 40도를 넘는 경이적인 폭염에다가 비까지 내리지 않아서 생물들이 성하질 못합니다. 시내 가로수도 대부분 말라죽기 직전이거나 이미 고사했습니다. 그런데도 동주시의 보호수 제1호인 저 느티나무 고목만은 울창한 모습을 유지하고 있는 것을 보고 저는 깜짝 놀랐습니다. 한편, 이런 분석을 했습니다. 수분이 모자란 환경 아래서 우람한 나무 밑동, 그러니까 어른 열 명이 에워싸야 될 만큼 커다란 밑동이 평상시보다 강력한 에너지 생성작용을 시작한 것이 아닌가 하는 생각입니다. 지하수가 말라붙다 보니 뿌리에서 수분을 빨아들이지 못하니까, 그 우람한 밑동이 에너지를 만들어내는 특수한 작용을 시작한 것입니다. 그로 인해 고목은 최악의 환경을 견딜 수 있었던 셈인데요……. 자, 중요한 것은 그런 왕성한 에너지 활성작용을 하고 있는 시점에 느닷없이 수분이 80퍼센트에 달하는 90킬로그램짜리 동물, 동물이라고 표현해서 고인의 유족들에게는 대단히 죄송합니다만…… 그 동물이 통째로 박혀버리자 우람한 나무의 밑동이, 그러니까 땅속의 뿌리를 대신해 부족한 수분을 채우기 위해 기다렸다는 듯, 폭발적인 에너지로 쭉쭉 빨아들였다는 결론입니다!"

시립수목연구원에서 나온 산림학자가 좀 뚱딴지 같은 주장을 했는데 오히려 방청객에서 박수가 나왔다. 진지해야 할 토론회가, 출연자들의 입담이 하도 좋다 보니까 오락 프로그램 못지않은 흥미를 주는 것이었다.

"다들 좋은 의견을 내놓으셨는데요, 저는 이번 사건을 다르게 봅니다. 제 전공이 속도와 질량에 관해 연구하는 것인데요, 좀 어렵겠지만 최대한 쉽게 말씀드리겠습니다. 고목에 대해서만 자꾸 말씀들 하시는데, 고목에 박힌 물건, 물건이라고 표현해서 고인의 유족들에게는 대단히 죄송합니다만…… 속도와 질량에 관한 설명하려다 보니까, 물건이라는 표현이 가장 적합해서 그런 것이니 이해해 주셨으면 합니다, 그러니까 A라는 고목에 B라는 물건이 부딪힌 건데, 여기서 A가 아닌 B에다가 초점을 맞출 필요가 있다는 분석입니다. 만약에 말이죠, B라는 물건이 슬그머니 다가와서 고목 A에 툭 부딪쳤다 합시다. 그럼 아무 일도 일어나지 않았겠죠? 그런데 B라는 물건이 시속 240킬로미터의 가공할 만한 속도로 날아와 A의 표면에 충돌한 것입니다. 자, 여기서 질량이 나옵니다. 물건의 관성과 무게가 합쳐져서 속도에 비례하는데, B라는 물건은 무게가 90킬로그램이고 속도는 시속 240킬로미터였습니다. 이 충돌로 B라는 물건의 질량이 A라는 고목에 31센티미터의 상처를 남긴 것입니다. 충돌 당시 어떻게 됐습니까? 현장에서 보았다시피 B라는 물건이 A 속에 박힌 겁니다. 제 이야기가 이해되시죠? 자, 그렇다면 결론은 뭐냐! 질량과 속도가 고

사망 원인

목의 표피에 31센티미터의 상처를 만들었기 때문에 나무 A는 B라는 물건을 표피로 감싸 들일 수 있었다는 겁니다. 만약에 말이죠, 31센티미터가 아니고 5센티미터의 상처였다면 B라는 물건은 나무에 빨려 들어가지 않고 밖으로 떨어져 나왔을 겁니다."

중앙종합병원 외과 전문의는 속도와 질량을 들먹이며, 고목과 고목에 부딪힌 물건, 그러니까 조팔개의 몸뚱어리와의 고목과의 충돌 관계를 해석했는데, 어찌된 것인지 더 큰 박수가 나왔다. 그리고 끝이었다. 계속해서 토론을 한다고 고목이 죽은 조팔개를 살려낼 것도 아니고, 고목이 충격을 받을 일도 아니었다. 티브이나 신문 따위의 미디어 자체가 사람들이 갖는 호기심을 따라 관심을 보이고, 특별한 이슈에 대해 논쟁을 붙이는 것인데, 이는 시청률과 판매부수를 의식한 상업적인 술수에 불과했다. 이번 티브이 토론회도 시류에 따른 상업적인 반영, 시청률을 의식한 의도된 쇼에 불과했다.

티브이를 지켜본 시장 이수는 막막했다. 보나마나 구경꾼이 몰려들 것이 뻔했다. 구십천에 이무기가 나타났을 당시에는 그나마 현직 국회의원인 박수종이 있었고 시의회 의장인 조팔개와 경찰서장 정만영이 있어 비상회의를 열고 대책을 세울 수가 있었다. 공교롭게도 그들 모두 보수우파였다. 그래도 이 도시에 비상사태가 발생하자 협조체계가 잘 작동됐었다. 그랬는데도 몰려든 구경꾼들이 한꺼번에 뒤엉켜 어린이가 깔려 죽고 성인들이 중상을 입어 병원으로 후송되는 참사가 일어났었다.

농담의 세계

지금은 최악의 상황이었다. 경찰서장은 돌연 자신의 권총으로 머리를 쏴 자살을 했고, 박수종 의원 역시 목을 매 숨진 뒤 유령으로 변해 동주시내를 배회하다가 화장을 당한 뒤였다. 보민당 시장 후보 조팔개는 엉뚱하게도 고목에 박혀 화려했던 생을 마감하는 바람에 화제의 주인공이자 실험대상이 되어 있었다. 그러니 이 난국을 누구와 논의한단 말인가!

523년 된 동주시 지정 보호수 제1호인 느티나무의 주가가 치솟았다. 사람을 통째로 삼켰다는 소문은 점점 확산됐다. 나중에는 고목이 한밤중에 지나가는 어린아이를 잡아먹는다는 유언비어까지 나돌았다. 소문은 구름처럼 거침없이 흘러갔다. 소문을 듣고 전국 곳곳에서 찾아오는 사람들이 늘어갔다. 우려했던 대로, 예상했던 그대로, 일이 벌어지기 시작했다. 관광버스가 등장했고 여행사가 끼어들었다. 동주시 식인고목은 관광 상품으로 최고 인기를 누리며 여행사마다 모객율 1위를 차지했다. 시청에서 516미터 떨어진 교차로 광장의 고목 주변은 전국에서 몰려온 관광객들이 매일 줄을 이었다.

시민들은 식인고목을 찾아오는 관광객들이 반갑지 않았다. 이무기가 출현했을 때처럼 묘한 궁금증과 신비감을 공유할 수가 없었다. 끊이지 않고 이어지는 재앙을 지켜보는 시민들은 침울했다.

523년 된 느티나무는 울창했고 그늘은 검은 동굴처럼 짙었다. 나무 아래서는 하루 내내 선선한 바람이 불었다. 시가지의 모든 가로수가 시들시들 잎이 떨어지고 가지가 타들어가고 있었지만 조팔개를 먹어 치운 고목만은 싱싱했다. 바람이 한차례 불어오면 고목은 우우우, 하고 굵고 낮은, 모두의 가슴을 철렁 내려앉게 만드는 음산한 소리를 냈다.

8월 16일 • 구름 많음 • 강풍주의보 • 최고기온 40℃

작별과 출발의 사이

1

8월이 왔다. 폭염경보는 여전했다. 한낮의 기온은 여전히 40도를 웃돌았고 비도 내리지 않았다. 열대야에 지쳐 잠을 설친 시민들은 낮 동안에도 몽유병환자처럼 움직였다. 한밤중의 도심은 에어컨 환풍구에서 쏟아내는 뜨거운 바람으로 열섬처럼 달아올랐다. 시민들은 멍청했고 우울했으며 불안과 공포에 시달리기 시작했다.

동주시 선거관리위원회는 한 달 만에 중단됐던 시장선거의 재개표를 선언했다. 개표종사자들에게 통지문이 전달됐다. 보수우파인 보통시민자유민주공화당과 진보좌파인 참정치민주개혁미래창조평화대통합신당 후보자 측의 참관인들에게도 연락이 갔다.

개표는 어느 주말 오후 조용한 가운데 이뤄졌다. 개표가 시작됐는데도 관심을 갖는 시민들이 없었다. 관람석은 텅 비었고 참관인석도 불참자가 많아 썰렁했다. 보민당 청년당원들도 이미 열기가 식은 터라 개표에 아무런 흥미를 느끼지 못했다. 누가 시장이 되든 무슨 상관이람? 보민당이면 어떻고 참민통이면 어때? 그게 우리와 무슨 상관이란 말인가? 이런 식이었다.

한 달 전의 펄펄 끓던 혈기와 관심은 온데간데없이 사라졌고 정치에 대한 관심도 시큰둥해졌다. 개표소에서 구호를 외치며 상대방과 충돌했던 보수 청년당원들과 진보적인 대학생 모두 당시의 기개를 까맣게 잊어버렸다. 코피가 터지고 이가 부러져 병원에 입원했다가 퇴원한 청년당원들은 당구장에 모여 껌을 씹으며 자장면 내기 당구를 했다. 저녁이 오면 육개장 내기 당구를 했고 밤이 깊어가면 야식 내기, 새벽이면 해장국 내기, 이른 아침이 되면 모닝커피 내기 당구를 쳤다. 오락실에서 밤을 새워가며 게임에 인생의 승부를 건 대학생도 있었다. 좀 진취적인 대학생 가운데는 미친 매미 떼를 퇴치할 가공할 만한 살충제를 만들어 보겠다며 밤새 모기약과 파리약, 바퀴벌레약 등 각종 살충제를 섞어 배율에 따른 강도를 실험하느라 몰골이 쇠잔해져 갔다.

시청 강당에 모여 표를 헤아리는 개표종사자들도 지루함을 견디지 못해 손바닥으로 입을 가리며 하품을 했다. 그 누구도 관심을 보이지 않는 개표는 신속하게 진행됐다. 개표 초기 부재자 투표함을 열 때부터 기호 1번 조팔개가 앞서기 시작하더니 중반이 지나자 500여

표나 차이가 났다. 기호 2번 이수 시장은 개표소 현장에 나가 있는 참관인으로부터 시시각각 보고를 들을 때마다 욕을 했다.

"쌍! 속물들! 염병할 저질들!"

누굴 향해 내뱉는 욕인지는 모르지만 이수는 냉소적이었다.

오후 4시가 지나면서 참민통 이수와 보민당 조팔개와의 표 차이가 100여 표로 좁혀지는 듯했지만 오후 5시에 300여 표로 다시 벌어졌다. 개표율이 80 퍼센트가 넘었을 때, 모두의 예상을 뒤엎고, 여론조사와 정반대로 거대 야당인 보수우파 보통시민자유민주공화당 후보 기호 1번 조팔개가 1천 표 이상 앞지르면서 사실상 당선이 확정됐다.

저녁 6시. 선거관리위원회 허문명 위원장은 고목 속에 박혀 있는 보민당 후보 기호 1번 조팔개가 전체 투표수 18,450표 가운데 절반을 조금 넘는 9,468표를 얻어 동주시 제6대 시장 당선자로 최종 확정됐다고 공표했다.

개표가 끝나자마자 동주시 선거관리위원회가 긴급 소집됐다. 이미 사망해버린 조팔개가 시장에 당선된 것을 두고 논란이 벌어졌다. 당선자가 유고 시에는 차점자가 이어받아야 하는지, 아니면 재선거를 치러야 하는지를 놓고 장시간 논의가 전개됐다. 선거법 관련 조항을 뒤지고, 사례를 찾아내고, 중앙선거관리위원회에 유권해석을 의뢰한 결과 시장 임기가 시작되는 10월 1일부터 유고 중인 신임 시장의 권한은 부시장에게 위임되는 것으로 결정됐다. 그리고 100일 이내 보궐선거를 치러 새로운 제6대 시장을 선출하는 것으로 최종 정리가 됐다.

참민통 소속 동주시 시장실은 침통했다. 이수는 중대한 결심을 내려야 했다. 속물, 저질, 사기꾼들을 위한 시장 자리에 연연한다는 것이 그의 자존심을 건드렸다. 무엇보다도 견딜 수 없는 것은 시민들이, 물론 투표에 참가한 시민들이 전체 유권자의 15퍼센트이긴 해도, 고목에 박힌 천하의 사기꾼이자 졸부이자 무식꾼에다 개불상놈인 조팔개에게 표를 던졌다는 점이었다. 10만 원이 든 봉투를 받은 뒤 기꺼이 표를 찍었다는 명백한 현실이 그를 분노하게 했다.

"염병할! 코미디야, 코미디! 헤헤!"

참모들이 놀라 시장을 쳐다보았다. 이수는 눈물을 찔끔거리며 웃고 있었다.

"왜요? 당신들은 우습지 않소? 시민들이 잡놈 조팔개를 찍어줬어요. 씨발! 이걸 어떻게 설명해야 합니까? 나만의 착각이오? 현실과 이상과의 차이라고 나를 설득하려 하지 말아요. 내가 바보 등신인 줄 압니까? 어디 설명들 좀 해봐요!"

"시장님, 정치가 다 이런 거 아닙니까? 조팔개가 선거 전날, 밤새도록 백억 원을 휴지 뿌리듯 마구 뿌렸거든요!"

"돈다발 때문이라고? 홍! 천만의 말씀. 돈다발을 따지기 전에 시민들의 의식이, 의식이라고까지 할 필요도 없어요, 저질, 똥통 수준이지……. 그 수준에 문제가 있는 거 아닙니까! 그런 시민들에게 다시 표를 달라고 호소하고 다니라고? 그런 똥통들을 상대하느니 차라리 포기하겠소!"

이수는 단호했고 초연했다. 참모들은 어떤 일이 있어도 불출마 선언을 해서는 안 된다고 시장을 설득했다. 참민통 지구당에서 나온 당 간부들도 보궐선거에서는 승산이 충분하다고 말했다. 여러 정황을 종합했을 때 가만있어도 당선이라는 것이 참모들의 주장이었다.

이수는 그래도 불출마 결심을 굽히지 않았다. 저질 유권자들의 구린내 나는 투표용지를 떠올릴 때마다 구역질이 났다. 돈에 따라 표가 몰려다니는 너무나 속물인 시민들을 확인하고도 다시 보궐선거에 출마한다는 것은 스스로 코미디언이 되는 것과 다를 바가 없다고 여겼다. 자존심이 용납하지 않았다.

2

같은 시각 보통시민자유민주공화당 동주시지구당은 긴급 확대간부회의를 열고 있었다. 사무국장과 조직국장, 대외홍보국장, 청년위원장 등 지구당 간부들과 대의원 대표까지 포함해 20명의 당 간부들이 회의실에 모였다. 제6대 시장에 당선된 조팔개가 고목에 박혀, 애석하게도 당선 통지서도 받아보지 못하고 사망한 것을 아쉬워하면서도 자축 분위기에 젖었다.

당 간부들은 100일 뒤 치러질 보궐선거에 내세울 후보자 선정 작업에 들어갔다. 동주시 출신의 전·현직 고위공직자부터 기업인, 학자, 예술인, 연예인 등 10명의 인물들이 추천심사 대상이었다. 공석인 지구당 위원장과 부위원장을 대신해 지구당 사무국장이 회의를 주재했다.

"인물이 중요합니다. 우리 보수 야당인 보민당의 인기에다가 인물까지 출중하면 더할 나위 없겠지요. 이번 선거에서 우리는 많은 것을 한꺼번에 잃었습니다. 존경하는 박수종 의원님을 비롯해 존경하는 조팔개 의장님마저 졸지에 서거하셨습니다."

갑자기 분위기가 숙연해지면서 누군가 훌쩍였다.

"그러나 좌절해서는 안 됩니다! 이럴 때일수록 일치단결해서 보수우파의 마지막 승리를 쟁취해야 합니다. 이것만이 졸지에 앞서 고인이 되신 존경하는 두 분 동지들께 해드릴 수 있는 우리 모두의 마지막 선물입니다."

박수가 터져 나왔다. 이윽고 본론으로 들어갔다. 사무국 직원들이 스크린 된 추천 대상자들의 사진과 이력이 기록된 자료를 돌렸다. 1번 신나라는 국내 정상급 인기가수였다. 이 친구가 우리 동주시 출신이냐고 놀라서 묻는 간부들이 많았다. 지명도와 인기가 절정이라서 공천만 준다면 당선은 거뜬했다. 선거운동도 하나 마나였다.

"신나라가 온다는 소문만 나면, 가만있어도 유세장이 터져나갈 겁니다!"

동주시 최초의 여시장이 배출될 수도 있었다.

"그런데, 가만요. 얘 나이가 18살이군요. 흠, 쩝쩝……."

2번 장한몽은 세계적인 물리학자였다. 현직 미 하버드대 교수이기도 한 장한몽 박사는 매년 노벨상 후보로 거론되고 있었다. 미국의 부시 대통령과도 수시로 만날 만큼 권위 있는 물리학자로 신문과 방송에서도 많이 나와 웬만한 시민들은 그를 잘 알고 있었다. 그러나 하버드 대학의 잘나가는 박사가 고향이라는 이유 하나만으로 평생 쌓아올린 위대한 업적을 팽개치고, 코리아의 한적한 지방자치단체 시장에 출마하겠다고 귀국할지가 의문이었다.

"장한몽 박사를 잘 아는 분 없습니까?"

"그 친구 어릴 때 나하고 같이 개구리 잡아먹고 했는데……. 기억할라나 몰라……."

3번 수지박은 칸영화제에서 대상을 차지한 유명 영화배우였다. 4번 하영민은 동주대학 총장, 5번 유기춘은 검찰총장, 6번 정상화는 육군참모총장, 7번 김철수는 프로축구 독수리구단 감독, 8번 한창민은 전 청와대 민정비서관, 9번 마기수는 천보컴퓨터 회장, 10번 용가리는 동주시 레미콘 회장이었다.

사무국장이 10명의 추천 대상 인물들에 대한 스크랩을 간단히 훑어보고 나서 당 간부들의 의견을 종합해 간단한 소견을 밝혔다.

"모두 훌륭한 분들이라 여겨집니다. 그러나 현실적으로 출마 가능성이 있는 후보라야 하지 않겠습니까? 명성도 자자하고 인지도도 높다 칩시다. 그런데 막상 본인이 출마할 의사가 없다든지, 출마할 형

작별과 출발의 사이

편이 안 되면 소용없잖아요! 안 그래요? 그래서 모든 간부들께서 그렇게 판단하시는 것처럼, 1차로 출마 가능성이 희박한 후보자들부터 신중하게 추려내는 게 좋을 듯합니다."

"그야 당연하지요. 우리가 아무리 공천을 줄 테니까 출마를 하라 한들, 본인이 못하겠다면 소용없지요. 평양감사도 지가 싫으면 그만 아닙니까!"

"그럼 출마 가능성이 희박한 인물이 누구요?"

"제가 보기에 1번 신나라가 가장 부적합하고요…… 왜냐하면 18살짜리 계집애가 가능키나 하다고 봅니까? 이거 누가 만든 자료요? 나 원 참, 기가 막혀서 말이 안 나오네!"

분위기가 좀 험악해졌다. 당 간부들이 돌아가면서 각자 의견을 내놓았는데, 의견을 제시한다기보다는 저마다 한마디씩 불만을 털어놓거나 추천 대상자에 대한 비판에 나서는 모양새였다. 이런 짜증스런 분위기는 무더위 속에 끈적거리는 높은 습도와 불쾌지수가 한몫했다.

"장 박사도 안 돼요! 세계적인 물리학자가 웬 시장입니까? 미국에서는 물론 유럽 각국에서 서로 초빙하려는 물리학자가 뭐가 아쉽다고 시장에 나옵니까. 아무리 조국이라고는 해도 코딱지만 한 코리아, 그 안에서도 열차로 4시간을 달려야 겨우 도착할 수 있는 중소도시에서 시장을 하겠다? 말이 안 되지요. 언감생심! 아예 말도 꺼내지들 마세요!"

"아무리 그래도 그렇지! 코딱지만 하다는 표현은 삼가세요! 코딱지가 뭡니까! 이 나라가 아무리 작아도 그렇지, 당신 콧구멍에 붙은 코딱지보다야 크잖소! 애국심이 저래 가지고 어떻게 보민당 상임위원이 됐나 몰라!"

"미국 땅덩어리에 비교하면 그렇단 말입니다! 그러니까 비유! 비유법도 몰라요! 알지도 못하면서 쩨쩨하게 따지긴 뭘 그리 따져!"

"따지는 게 아니라, 우리 민족의 자존심을 건드리니까 하는 말 아닙니까! 그런데 이런 코딱지만 한 나라에서 살긴 왜 살어? 아예 미국으로 이민을 가든가!"

"어허! 이 새끼가, 보자보자 하니까!"

분위기가 살벌해지자 사무국장이 다시 나섰다.

"자, 자, 그만들 하십시오! 지금 말꼬리 잡고 시비할 때가 아니잖습니까? 보민당의 시장 후보를 결정하는 중차대한 시간이니만큼, 조금 맘에 안 차는 발언이 나오더라도 인내심을 발휘해서 잘 견뎌주시기 바랍니다."

사무국장이 손수건을 꺼내 이마의 땀을 닦았다. 잠시 주춤했던 추천 인물들에 대한 간부들의 평이 계속 이어졌다.

"3번에 올라온 수지박은 '올드 걸'이란 영화로 일약 스타가 된 양반인데, 영화배우가 시장하면 잘할까요? 미국에서는 그 누구냐, 클린트 이스트우드가 시장에 당선돼 잘했다고 하더만서도…… 문제는 칸 영화제에서 대상을 받으며 승승장구하는 인기 절정의 배우가 갑

작별과 출발의 사이

자기 동주시장 공천을 줄 테니 출마하라면 뭐라겠어요? 자다가 봉창 두드린다고 할 게 뻔하잖소! 욕심내지 맙시다."

"이것 보세요! 그렇게 따지고 들면, 여기 열 사람 가운데 될 사람이 어디 있겠어요? 동주대학 총장은 총장이라 안 되고, 검찰총장도 총장이라 안 되고, 육군참모총장도 총장이네요? ……그러니까 제 말은, 우리 당에서 나서서 설득하고 영입하는 노력도 염두에 두고 선별해야 한다 이 말입니다."

"그럼 일단 총장들도 제외시킵시다. 총장들을 빼고 나면 나머지 4명이 남는군요. 7번 김철수는 프로축구 독수리구단 감독이고, 8번 한창민은 전 청와대 민정비서관, 9번 마기수는 천보컴퓨터 회장, 10번 용가리는 동주시 레미콘 회장인데요……. 가타부타 떠들 것 없이 그럼 이들 4명 중에 가장 가능성이 높은 인물을 골라봅시다."

3명의 총장을 제외시킨 데 대해 불만을 토로하는 간부들이 있었지만 현직 총장 자리에 있는 사람들이 동주시장에 출마할 이유가 없다는 쪽으로 결론을 냈다. 국회의원이나 도지사 공천이라면 모를까 인구 19만 명의 지방도시 시장은 그들에게 어울리지 않았다.

결국, 그렇게 해서 남은 4명을 놓고 좀 지루할 만큼 논의가 계속됐다. 문제는 그들 4명 중 누가 훌륭한 인물이냐, 보다는 누가 당선 가능성이 높으냐는 쪽으로 의견이 모아졌다. 보궐선거에서 맞붙게 될 상대 후보는 소수 여당이긴 해도 집권당인 데다 진보개혁을 앞세우고 있는 좌파진영의 참민통 소속 현직 시장 이수였다. 상대방 후보를 무시할 수 없었다. 보민당 동주시지구당 간부들은 보궐선거에 조팔 개만 한 위력을 선보일 시장 후보가 과연 누구일지를 놓고 고민했다.

"내 생각은 이렇습니다."

사무국장이 나섰다. 모두들 주목했다.

"어차피 보궐선거에서 맞붙게 될 상대는 이수라는 현직 시장이자 집권당인 참민통 소속입니다. 상대가 워낙 지명도가 높고 현직 시장이라는 프리미엄 때문에 웬만한 후보를 내밀었다가는 완패하고 말 겁니다. 김철수 프로축구 독수리구단 감독 갖고는 어림도 없고요, 마기수 천보컴퓨터 회장도 너무 고령이라서 안 됩니다. 적어도 한창민 전 청와대 민정비서관이나 동주시 레미콘 용가리 회장 정도는 돼야 하지 않을까 여겨집니다."

당 간부들 사이에 술렁이는 무리가 있었다. 그들 간부들은 용가리 회장이 거론된 것 자체를 아주 불쾌하게 여겼다.

"거, 쩝……. 아무리 인물이 없다 해도 용가리를 밀어줄 수는 없잖소! 안 그래요? 우리끼리니까 말인데요, 막말로 건달 조폭 깡패 아닙니까? 동주시를 조폭들에게 갖다 바칠 작정이요? 세상에! 난 반대요!"

대다수 간부들이 호응을 하며 박수를 쳤다. 옳소, 하는 연호가 이어졌다. 사무국장이 좀 멋쩍은 듯 해명하고 나섰다.

"옛날 젊었을 때 얘기지, 지금은 어엿한 기업인 아닙니까? 동주시 레미콘 회장 직함이 어디 나이롱 뽕 해서 땄겠소? 기업인으로서의 투철한 경영철학과 신념이 있었기에 오늘날 레미콘업계 강자로 부상한 겁니다. 난 솔직히 조팔개 의장만큼이나 용가리 회장을 존경합니다. 불굴의 투지와 번뜩이는 지략과 두둑한 배짱과 의리 하나만으로, 맨손 아니 맨주먹으로 시작해 오늘의 성공신화를 창조한 보수우파 진영의 위대한 인물이 아닙니까!"

그때까지 가만히 듣기만 하던 청년위원장이 자리에서 벌떡 일어나 홍분해서 외쳤다.

"이봐요! 어이! 사무국장, 보세요, 돈이면 답니까! 몰상식한 조폭 두목을 존경해? 어엿한 기업인? 위대한 인물? 경영철학 좋아하시네! 우리 집 강아지가 웃겠다!"

청년위원장이 신경질을 내며 물병을 휙 던졌다. 물병 투척을 시작으로 보통시민자유민주공화당 동주시지구당의 계파가 둘로 쩍 갈라졌다. 사무국장 중심의 보수파와 청년위원장을 필두로 하는 개혁파는 공천자 내정을 놓고 한판 대결도 불사하겠다는 험악한 분위기로 돌변했다.

"동주시민들이 우리 보민당을 보고 조팔개를 찍은 줄 압니까? 천만에! 조팔개의 돈 때문에 찍었지, 당을 보고 찍은 게 아니란 말이오! 보궐선거라고 달라질 것 같아요? 말이 나왔으니까 까놓고 말해봅시다. 보민당 지지도가 몇 퍼센트인지 알고 있죠? 바닥을 긴다, 이 말입니다. 그럼 어떻게 승리를 하느냐! 두말하면 잔소리 아닙니까? 차라리 깡패들의 조직력과 자금 동원력을 믿어보잔 얘깁니다. 당을 위한 나의 충정과 애국심을 믿어 주십시오."

사무국장이 작심하고 나섰지만 반대쪽 개혁파의 반발은 더욱 거 셌다.

"충정? 애국심? 에라이, 썩어빠질 놈! 저 새끼 용가리 똘마니 아냐? 용가리 똥이나 빨아라!"

청년위원장의 명패가 사무국장 쪽으로 휙 날아갔다. 명패는 엉뚱하게 사무국장 옆에 앉아 있던 대외홍보국장의 머리에 맞아 피가 터졌다. 장내가 소란스러워졌다. 청년위원장이 참지를 못하고 사무국장을 향해 돌진했다. 두 사람이 멱살을 잡고 치고받으며 싸움을 벌였다. 청년위원장은 "비전도 없고 개혁의지도 없는 꼴통 돌대가리!"라고 사무국장을 공격했다. 사무국장은 "대안도 없이 변혁만 외치는 뻔뻔스런 선동가!"라고 맞받아쳤다.

휴! 지리멸렬하고 끝도 없이 되풀이되는 보민당 동주시지구당 간부들의 시장 후보 선정을 둘러싼 논쟁은 지칠 줄 몰랐다. 박수종 위원장과 조팔개 부위원장이 빠진 확대간부회의는 시골 장터 분위기였다. 무식하고, 뻔뻔스럽고, 고집불통에, 제멋대로인, 그야말로 오합지졸들의 난상토론이 해가 기우는 줄도 모르고 계속됐다.

조직국장이 나서서 사태를 진정시켰다. 조직국장은 때가 때인 만큼, 회의가 시작된 지 벌써 6시간이 지났으니, 자장면이나 짬뽕을 시켜 먹고, 그러고 나서 다시 논의를 재개하는 것이 어떻겠냐는 아주 원론적이고 생리적인 발언을 해서 박수를 받았다.

끼니를 때운 당 간부들은 다시 시장 후보 공천을 누구에게 줄 것인지를 둘러싸고 설전을 벌였다. 그렇게 6시간이 또 흘러갔다. 이번에도 야식을 배달해서 허기진 배를 채웠다. 자정이었다. 배가 부르자 다시 설전이 시작됐다. 새벽 2시가 넘어가자 지칠 줄 모르던 당 간부들의 기력이 드디어 쇠진해지는 것인지, 분위기가 가라앉기 시작했다. 나이 든 간부들은 졸기 시작했고 일부 간부들은 비몽사몽간인 듯 헛소리를 했다. 야식을 먹을 때 50도짜리 배갈을 물 마시듯 마신 한 간부는 아예 바닥에 신문지를 깔고 누워 코를 골았다.

당 간부들은 새벽이 되면서부터 시장 공천을 위한 후보자 선정에 대해 회의적으로 변했다. 보수면 어떻고 개혁이면 어떠냐는 식이었다. 똑똑하든 무식하든, 누가 시장이 되든 우리하고 무슨 상관이냐는 회의론자도 나왔다. 옆집 이장을 시장에 앉혀도 내 알 바 아니라는 막가파식 간부도 나왔다.

조직국장이 이대로는 도저히 회의가 진행될 수 없다고 판단하고는 다시 나섰다. 역시 조직국장다웠다.

"우리 보민당 동주시지구당의 조직은 건재합니다!"

그가 외쳤다. 박수가 나왔다. 조직국장은 이제 곧 날이 밝을 시간이라면서, 해가 뜨기 전에 시장 후보 공천자를 결정짓자고 제안했다. 또 박수가 나왔다. 조직국장은 어제 낮 간부들에게 돌린 10명의 추천 후보자들을 대상으로 1인 1표식 무기명투표를 하는 게 어떠냐고 제안했다. 못마땅했지만 대부분 찬성했다. 또 투표를 해야 하느냐고 짜

중 내는 나이 든 간부들도 있었다. 냉소적인 반응을 보이며 기권하려는 간부도 보였다. 그러나 당 간부들은 투표에서 가장 많은 표를 얻는 인물을 시장 공천 내정자로 결정하는 방법 말고는 뾰족한 해결책이 없다는 것을 잘 알고 있었다. 물론 최종적인 결정이야 중앙당 총재가 하겠지만…….

야심한 새벽, 피로에 찌든 당 간부들은 투표를 했다. 사무직원들이 명함 크기의 백지를 돌렸다. 그곳에 자기가 지지하는 인물의 이름을 써넣으면 됐다. 20명의 당 간부들이 투표를 하는 데는 불과 3분도 채 걸리지 않았다.

투표 결과는 대다수 간부들이 우려했던 그대로였다. 너무 어처구니없는 결과라고 실망하지 말길……. 이들 당 간부들에게서 더 이상 무얼 기대할 수 있단 말인가!

조직국장이 투표 결과를 발표했다. 맨주먹으로 시작해 이 땅에 찬란한 신화를 남긴 용가리 회장이 차기 보궐선거에 나설 보민당 동주 시장 공천자로 내정됐다고 선언했다. 실내가 조용했다. 우려했었지만 예상했던 일이기도 했다. 청년위원장이 의자를 밀치고 벌떡 일어나 무효를 외쳤지만 그 역시 귀담아 듣는 간부가 없었다.

"무흅니다! 무효!"

청년위원장의 성난 얼굴이 붉게 변했다.

"누가 된들 별수 있겠어. 그놈이 그놈이지."

늙은 당 간부가 술이 덜 깬 듯 비아냥거렸다.

작별과 출발의 사이

"아휴! 찍을 놈이 그렇게 없어 갖고 조폭 두목을 찍냐?"

"왜? 깡패 두목은 시장하면 안 된다는 법이라도 있소? 까짓 거 한 번 해보라고 그래요!"

"날씨가 이상해지니까 사람들도 다 이상해졌어. 이게 어디 제정신 갖고들 하는 짓이요?"

"그러게 말예요. 그런데 나도 실은 용가리 이름을 써냈거든요? 투표용지를 받으니까, 에라 될 대로 돼라, 뭐 그런 기분 알죠? 그래서 장난 삼아 용가리를 적어 냈는데, 진짜 그놈이 됐네!"

투표 결과를 놓고 지구당 사무실이 한바탕 소란스러워졌다. 무효라는 주장과 유효라는 주장이 팽팽히 맞섰다. 개혁파는 간부들에게 술을 먹이고 비몽사몽 중에 실시한 투표는 엄연히 무효라고 주장했다. 이를 두고 닭싸움하듯 여기저기서 실랑이가 벌어졌다. 청년위원장과 그를 지지하는 간부들은 취중 투표가 무효임을 선언한 뒤 당사를 나가버렸다. 중앙당에 선거무효가처분신청을 내겠다고 으름장을 놓았다.

투표 진행절차에 불만이 많은 당 간부들은 씩씩거리며 화를 내고, 트집을 잡고, 욕지거리를 내뱉었다. 그러나 '그래서 뭘 어쩌겠다는 것인가?' 하고 물으면 반론을 제기하지도 못했다. 무식하고 고집스러운 당 간부들은 한숨만 푹푹 내쉬었다.

"현명한 결정입니다! 용가리 회장 같은 인물이 어디 있겠습니까? 그분이 불세출의 용맹함과 의리로 우리 동주시를 획기적으로 발전

농담의 세계

시킬 것이라 믿습니다."

사무국장이 터진 입술과 찢어진 와이셔츠를 미처 수습하지도 못한 채 자리에서 일어나 투표결과에 대해 평가했다. 그러나 그의 설명을 듣는 당 간부는 한 명도 없었다. 모두가 지긋지긋한 회의가 막을 내렸다는 데 안도의 한숨을 내쉬며 주섬주섬 옷과 모자와 핸드폰과 안경을 챙기느라 어수선했다. 용가리가 시장이 되든 신나라가 시장이 되든 그게 뭐가 그리 대수냐는 것이 대세였다. 아직 취기가 가시지 않은 당 간부들은 삼삼오오 돌아 나오면서 농지거리를 주고받느라 낄낄대며 헤프게 웃어댔다.

"용가리도 출마하는데 다음엔 자네가 나가보지?"

"나보다야 우리 여편네가 더 똑똑하니까, 여편네부터 하고 나서 내가 하지 뭐."

동쪽 하늘에 붉은 해가 떠오르기 시작했다. 동주시내 여기저기로 흩어져 가는 보통시민자유민주공화당 간부들의 걸음걸이는 무거웠고 비틀거렸다.

보민당 동주시지구당은 재계를 대표하는 용가리 회장이 동주 시장 보궐선거에 나설 시장 공천자로 내정됐다고 공식 발표했다. 지구당 대변인은 용가리 회장의 막강한 카리스마와 영향력, 조직력, 자금 동원력에다가 거대 보수 야당인 보민당의 지원까지 받으면 시너지 효과까지 더해져, 차기 동주시장에 당선되는 것은 거의 확실하다는 것이, 당 간부들이 고민 끝에 공천자로 내정하게 된 결정적인 이유였

작별과 출발의 사이

다고 장황하게 설명했다.

3

 이수 시장은 출근하자마자 어젯밤 보민당 동주시지구당 확대간부 회의에서 용가리를 시장 후보 공천자로 내정했다는 보고를 받고는 낄낄 소리 내어 웃었다. 이수는 곧바로 비서실장을 불러 기자회견을 준비하라고 지시했다.
 "오후에 기자회견을 하겠네. 몇 시가 좋을까? 2시? 내일 아침 조간신문 마감시간과도 맞고, 티브이 밤 뉴스에도 문제없겠지? 왜 그래? 놀랄 것 없어요. 이미 예상했던 일 아닌가!"
 이수의 생각이 여전히 바뀌지 않은 것을 눈치 챈 비서실장이 당황했다. 비서실장은 소속 정당인 참민통 중앙당과 논의하는 것이 어떻겠냐고 건의했지만 이수는 뿌리쳤다. 굳이 당과 논의할 필요가 없었다. 진로를 결정한 이상 당과의 협의는 오히려 명분을 약화시키는 결과만 낳을 것이기 때문이었다.
 이수는 쓸쓸했다. 기상이변에 해괴한 사건까지 겹치면서 시장으로서의 한계를 절감한 날들이었다. 시장 개인의 힘으로 무엇 하나 해결할 수 없는 현실이 두렵기도 했다. 하늘을 원망했지만 정작 원망을 듣고 있는 하늘만이 이 난제를 풀 수 있는 해답을 갖고 있음을 깨달았다.

"제발 비, 비를!"

이수는 저도 모르게 두 손을 모았다. 느닷없이 신앙심이 발동해서가 아니었다. 그의 내면 깊은 곳에서 파도처럼 출렁이고 있던 자책감과 후회가 한꺼번에 폭발하고 있었다. 지칠 줄 모르는 욕망과 멈출 줄 모르는 야망, 끝없는 이기심과 질투와 분노가 뒤엉켜 있는 동주시의 염증이 곪아 터지고 있었다. 악취가 진동하는 이 도시에 대한 뼈저린 반성이기도 했다. 이수는 죄의 대가를 치를 각오가 돼 있었다. 시장 자리에서 물러나겠노라고 결심했다. 이 도시를 더 이상 비참하게 만들 수는 없지 않느냐는 것이 그의 판단이었다. 아무런 희망 없이 고통과 불안으로 시민들을 떨게 할 수는 없었다. 이수는 자신이 희생됨으로써 비가 내린다면, 폭염이 사라진다면, 썩은 상처가 낫는다면, 염증이 가라앉는다면…… 기꺼이 받아들이겠노라고 결심했다.

"수많은 시민들이 폭염에 절망하고 있고…… 곡식은 패어 보지도 못한 채 말라가고 있고…… 이제 마실 물마저 사라지면 이 도시는 끝입니다! 이 암울한 현실을! 이 비극을! 어찌할까요?"

이수의 마주 잡은 손이 부르르 떨렸다. 굵다란 눈물이 책상 위에 뚝뚝 떨어졌다. 이수는 울었다. 슬프고 서러웠다. 그의 무뚝뚝하고 차갑던 감정이 봄눈처럼 녹아내리고 있었다. 가슴 밑바닥에서 싹튼 오회(悟悔)의 씨앗 때문이었다. 이제야 뉘우치게 되다니! 이제야 깨

닫게 되다니! 처음에는 소리 죽여 흐느끼다가, 격한 감정이 파도처럼 밀려오자 참지 못하고 소리 내어 울부짖었다.

"너무 어리석었어! 바보! 병신! 쪼다!"

이수는 자신의 가슴을 치며 울었다. 통곡의 시간은 오래 지속됐다.

시장실 밖에서 기다리고 있던 비서진과 참민통 당직자들과 선거 참모들은 노크를 하지 못했다. 처음에는 그가 시장 선거에서 조팔개에게 참패한 데 따른 충격과 분노와 좌절감을 참지 못해, 더러운 성질 그대로 울부짖는 것이라고 여겼다. 시간이 흐르면서…… 시장의 통곡이 비통한 회개와 뼈저린 반성 때문이라는 것을 알고는 모두들 숙연해졌다. 시장의 울음소리가 하도 서글퍼, 손수건을 꺼내 눈시울을 닦아내는 참모들도 있었다. 굳게 닫힌 시장실 문은 열리지 않았다. 문을 두드린 사람은 비서실장이었다.

"저, 기자회견 시간입니다!"

비서실장이 문을 빼꼿 열고, 그 사이로 말했다.

이수는 그제야 감정을 추슬렀다. 바닥에서 일어나 거울 앞으로 다가가 눈가에 맺힌 눈물을 훔쳤다. 흐트러진 머리카락을 빗었다. 그가 시장실 문을 열고 나왔을 때 누군가가 박수를 쳤다. 그것을 신호로 격려의 박수가 쏟아졌다. 이수는 아무런 반응을 보이지 않았다. 그런 외적인 반응에 대응할 만큼 여유롭지도 않았지만 예전과 달리 마음이 움직이지 않았다. 그가 참담한 심정으로 겪어야만 했던 내면의 폭풍이 그를 변화시킨 것이었다.

농담의 세계

이수는 기자실에 도착하자마자 준비해 간 기자회견문을 약간 떨리는 음성으로 천천히 읽었다. 그의 얼굴이 유난히 창백했다.

"존경하는 시민 여러분! 저는, 오늘 동주시장 직을 포기하기로 결심했습니다. 잔여 임기가 얼마 남지는 않았지만, 현재 상황에서는 도저히 직무를 수행하기가 어려울 것으로 판단돼 부득이하게 이런 결정을 내렸습니다. 시민 여러분께 송구스럽다는 말씀을 드립니다. 저는 100일 뒤 치러질 보궐선거에도 출마하지 않을 것입니다. 오늘 저의 결심을 계기로 이 도시에 새로운 희망이 싹트기를 기대합니다. 아울러 우리 모두가 지나온 과거를 돌이켜보고 겸허하게 반성함으로써 재앙의 시련에서 벗어날 수 있기를 기도합니다. 부족한 저를 사랑해주시고 지지해준 시민 여러분……."

그가 잠시 말을 잇지 못하고 울먹였다. 직원들 사이에서 아들 명구의 얼굴이 보였다. 아들을 보자 괜히 가슴이 먹먹했다. 푸른 꿈으로 가득해야 할 아들의 가슴이 한 치 앞도 볼 수 없는 불안한 기상이변과 구린내 나는 세상의 악다구니들로 상처를 입는 것을 보자 눈물이 맺혔다. 한동안 입을 다물고 감정을 가라앉히고 나서야 나머지 회견문을 읽어 내렸다.

"그리고, 이 땅의 평화를 위해 노력해온 진보개혁 동지들! 새로운 세상을 꿈꾸며 가시밭길도 마다하지 않고 함께 걸어온 당원 동지 여러분! 대단히 죄송합니다. 저의 부족함과 불찰을 용서해 주십시오. 모든 것이 저의 책임이라 여기고, 제 한 몸 희생하는 것으로 오늘의

작별과 출발의 사이

위기와 난국을 극복하는 계기가 되기를 기도합니다. 죄송합니다."

이수는 회견문을 접어 윗주머니에 넣었다. 손이 떨렸다. 기자들과 참모들과 시 간부들과 악수를 하면서도 감정이 가라앉지 않아, 자꾸만 어깨를 들썩였다. 이수는 시장실로 가지 않았다. 아들 명구의 손을 잡고 곧장 시청 주차장으로 걸어가 승용차에 올랐다.

"집으로 가세!"

이수는 집으로 가는 길에 차창 밖으로 조팔개가 박힌 울창한 느티나무를 보았다. 보민당 당사와 시립병원 건물을 지나왔다. 깨진 머리통에서 핏물이 뿜어 올라왔던 분수광장도 보았다. 하늘 군데군데 바위처럼 검은 구름덩어리가 무겁게 떠 있는 것이 보였다. 명구는 근래 보기 드문 구름덩어리가 눈길을 끌었는지 아까부터 줄곧 하늘에 떠 있는 검은 구름덩어리를 올려다보고 있었다. 신호등이 빨간불로 변해 차가 멈춰 섰다. 분수대 옆이었다. 기분이 이상했다.

'아, 테러를 당한 곳이로군!'

이수는 그날 저녁 퇴근길에 당한 테러의 악몽이 떠올랐다. 그 때문인 듯 무의식적으로 두리번거렸다. 때마침 흰색 승용차 한 대가 정차 중인 이수의 승용차 곁에 다가와 나란히 멈췄다. 이수는 움찔 놀라 반사적으로 몸을 움츠렸다. 곁에 정차한 차에 탄 사람이 누구인가 싶어 저도 모르게 눈길을 돌렸다. 운전석에 앉은 젊은 남자와 조수석의 여자가 말없이 신호등이 바뀌기만을 기다리고 있었다. 남자는 종종 백미러를 통해 뒤쪽 시가지를 살폈다. 뭔가 다하지 못한 아쉬움의 그림자가 배어 있는 표정이었다. 그 표정에 우물처럼 깊은 우울감이 자리하고 있었다. 조수석의 여자는 뭔가 깊은 생각에 잠겨 눈을 감고 있었다. 뒷자리는 비어 있었다.

이수는 휴, 하고 한숨을 돌렸다. 테러를 당한 이후부터 시작된 불안 증상이었는데, 후유증 탓이라고 넘겼다. 이수는 눈길을 앞쪽으로 돌려 신호등을 올려다보다가, 문득 곁에 서 있는 승용차 속의 두 남녀가 낯익다는 생각을 했다. 누구더라? 누구?

"윤도영!"

아들 명구가 또박또박 이름을 불렀다.

"그래, 그들이로군!"

이수가 두 사람을 기억해냈다. 차창을 내려 그들을 부르려는데 신호등이 파란색으로 바뀌었다. 흰색 승용차가 먼저 출발했다. 이수는 운전기사에게 앞 차를 따르도록 했다. 윤도영과 이강란이 탄 승용차는 시내를 빠져나와 구십천을 지나, 고속도로 인터체인지가 있는 외곽도로 방면으로 향하고 있었다.

"넌 저 사람을 어떻게 알지?"

이수는 아들의 예지력 혹은 기억력이 놀라와 물었다.

"이무기를 발견했을 때 같이 있었어요. 윤도영이라는 사람은 이무기가 살아날 것이라는 내 말을 믿어줬어요."

윤도영은 보수우파 진영의 핵심 정치인이었던 국회의원 박수종을 보좌했지만 냉철하고 객관적인 판단력이 남달랐다. 정치적인 성

작별과 출발의 사이

향이 달랐을 뿐, 윤도영의 인성에는 늘 신의가 넘쳤다. 이수는 간혹 그가 탐이 나기도 했지만, 정치적으로 경쟁관계인 보수우파 쪽 사람이라는 것이 아쉬웠다. 과묵하면서도 일처리가 빠르고 상황 분석이 뛰어난 그가 박수종의 부인을 연모했었다는 것은 놀라운 사실이었다. 정치밖에 모르던 그의 차가운 가슴에 사랑의 따듯한 온기가 지펴지고 있었으리라고는 미처 몰랐다. 운명의 행로라는 것이 예측불허이긴 해도, 윤도영의 경우는 남달랐다. 따르던 주인은 죽고 그가 몰래 사모하던 주인의 여자를 얻게 됐으니……. 이수는 눈을 감았다. 두 사람의 미래가 행복의 실로 화사하게 수놓이기를 바랐다. 이 도시에서의 불행을 털어버리고, 멀리 낯선 도시, 희망의 땅으로 가 새로운 둥지를 만들기를…….

흰색 승용차는 욕망으로 들끓는 동주시를 떠나가는 것이 확실했다. 이수는 고속도로를 향해 달려가는 윤도영의 승용차를 따라가다 말고 마음을 바꿨다. 운전기사에게 차를 돌리도록 했다. 그들이 아무런 부담 없이 이 도시를 떠나가도록 하는 것이 좋을 것 같았다. 이제 그들 두 사람을 찾을 사람도 없을 터였고 기억해 줄 이도 없을 것이니, 굳이 작별의 인사를 한들 그게 무슨 의미가 있을까? 새로운 인생을 시작하는 그들에게 행운이 함께하길…….

이수는 고속도로를 향해 멀어져 가는 흰색 승용차 속의 두 사람을 향해 손을 흔들었다. 아들 명구가 손가락으로 차창 밖 하늘을 가리켰다. 검은 바위덩어리 같은 구름이 점점 늘어나고 있었다. 구름덩어리가 커다란 기구처럼 움직였다.

"왜 그러니? 하늘에 뭐라도 있는 거야?"

"비가 오려고 해요."

"비? 비가 온다고?"

이수는 도로 갓길에 승용차를 세운 뒤 밖으로 나와 하늘을 올려다보았다. 이전에는 볼 수 없었던 검은 구름덩어리가 둥둥 떠 있었지만, 비가 내릴지는 미지수였다. 비가 내리려면 적어도 하늘이 온통 먹구름으로 뒤덮여 대기가 습기를 잔뜩 머금어야 했다. 돛배처럼 둥둥 떠 있는 검은 구름이 하늘을 모두 가리기에는 역부족이었다.

"구름은 생겼다가도 감쪽같이 사라지고는 한단다. 네 말대로 비가 내린다면 얼마나 좋겠니?"

이수는 바싹 말라붙은 도심을 향해 달리는 차 안에서 하늘을 바라보았다. 비가 내리는 풍경을 마지막으로 본 것이 언제였던가? 그는 비가 내리는 모습을 상상해 보았지만 선뜻 떠오르지 않았다.

4

윤도영은 도심을 벗어나 고속도로 인터체인지로 접어들었다.

"우리가 살던 곳이 오히려 낯선 도시 같군요."

이강란이 차창 밖을 바라보다가 말했다. 시 외곽으로 나올수록 도

작별과 출발의 사이

시는 점점 멀어져 갔다. 도시가 작아지면서 실루엣처럼 아련했다. 윤도영도 마찬가지였다. 검은 구룡산 자락이 나지막하게 보였고 그 산을 배경으로 모여 있는 도시의 회색 건물들이 차창 안에 다 모여들 만큼 작아져 있었다. 낯선 도시였다. 악다구니들의 천국치고는 초라했다.

"멀리서 보니 낯설고, 무척 작아 보이는군요. 저 안에서 그토록 싸우다니. 우리가 정말 저 안에 있다가 나온 것 맞아요?"

윤도영도 실감이 나지 않았다.

톨게이트에 접어든 흰색 승용차는 속도를 늦췄다. 윤도영은 톨게이트를 지나면서 통행권을 빼들었다. 출발지만 찍혔을 뿐 도착지는 정해지지 않았다. 그는 통행권을 물끄러미 바라보다 말고, 가야할 곳이 어디인지를 떠올렸다. 어디로 갈까? 어디로?

톨게이트를 빠져나온 그들은 장거리 여행을 떠나기 전, 잠시 몸을 풀고 목적지도 정할 겸 차를 세웠다. 톨게이트 간이휴게소의 자판기에서 커피를 빼 벤치에 앉았다. 그들은 나란히 앉아 커피를 마시며 눈앞에 펼쳐진 들판을 바라보았다. 채소와 벼가 바싹 말라비틀어진 들판은 황폐했다. 새 한 마리 날지 않는 갈색 들판은 사막과도 같았다. 들판 끝자락에 희미한 회색 도시가 아득히 보였다. 이 도시를 떠난다는 생각에 감회가 새로웠다.

"목적지를 정해야지요? 어디로 갈까요?"

윤도영이 이강란에게 물었다. 그녀의 결정에 따를 생각이었다.

"우리가 찾는 유토피아는 어디에 있는 건가요? 당신은 어디라고 생각해요?"

이강란이 찾아가야 할 도시를 말하기 전, 유토피아에 대한 질문을 던졌다. 윤도영은 망설였다. 과연 우리가 찾는 이상적인 도시는 어디에 있는 것인가? 갑자기 막막했다. 길 잃은 방랑자 같은 고독감이 온몸을 휘감았다. 감정이 복받쳐 오르면서 울컥하고 목이 메었다. 그 어디에도 갈 곳이 없다는 절망감이 그를 에워쌌다. 검은 아스팔트로 포장된 고속도로를 따라 달려가면 어디쯤에서 우리의 안식처, 유토피아가 나타날 것인가?

"없어요. 이상향은 어디에도 없어요."

윤도영이 그답지 않게 시무룩하게 대답했다. 가슴이 찢어질 것만 같았다. 눈시울이 뜨거워졌다.

"찾아보지도 않고요? 어딘가에 있을 것 아닌가요?"

이강란은 희망을 포기하지 않으면서도 마음이 흔들리기는 마찬가지였다. 어딘가에 있을 그들의 안식처는 너무 막연했고 캄캄했기 때문이었다. 그녀는 어디든 낯선 도시에 정착해 발을 붙이고 정을 주면 된다고 여겼다. 새로운 설계를 하고 집을 짓고 밭을 가꾸며 미래를 키워갈 날을 꿈꿔왔다. 그런 기대가 그녀를 지탱하는 힘이었다. 그녀는 도시가 멀어질 때부터 줄곧 낯선 느낌에 사로잡혀 있었다. 톨게이트 간이 휴게소의 벤치에 앉아 바라보는 들판 너머 회색의 도시는 완전히 낯선 곳이었다. 이강란은 저 멀리 희미한 도시의 건물들을 바라보며 애증과 연민으로 뒤섞인 복잡한 감정으로 울적했다. 막상 이 도시를 버린다는 생각이 그녀를 우울하게 했다. 그런 감정 때문인지, 앞을 가린 눈물 때문인지…… 황량한 들판과 낯선 도시의 하늘이 점점 어두워지고 있었다.

"희망의 도시는 어디에도 없는 건가요?"

윤도영은 손에 쥔 빈 종이컵을 일그러뜨렸다. 짓이겨진 종이컵을 쓰레기통에 던져 넣으며 숨을 내뱉었다.

"너무 절망적이지 않나요? 그 어디에도 우리의 이상향이 없다는 현실이 너무 슬프지 않나요?"

이강란은 손수건을 꺼내 눈물을 훔치며 떨리는 목소리로 말했다. 두 사람은 고개를 돌려 인터체인지의 검은 아스팔트 도로를 바라보았다. 무수히 많은 차량들이 쉬지 않고 빠져나가고 혹은 들어오고 있었다. 하늘은 더욱 어두워졌다. 두 사람의 마음도 어두워졌다. 어디에도 가야할 곳이 없다는 절망에 빠져 벤치에서 일어나지 못했다. 오랜 시간 길을 잃은 두 마리 철새처럼 외로움에 떨었다. 대기는 그들의 암울한 기분만큼이나 어둑어둑했고 안개처럼 칙칙했다.

윤도영이 이강란의 손을 잡고 일어섰다. 눈물은 말라 있었고, 흔들렸던 감정도 가라앉았다. 출발 시간이 훨씬 지나 있었다. 더 지체할 수가 없었다. 차에 올라 시동을 걸었다. 그들은 도시를 등 뒤로 하고 출발했다.

"아, 아!"

이강란이 신음소리처럼 내뱉었다. 인터체인지의 검은 아스팔트 도로를 따라 북쪽이든 남쪽이든 하나를 선택해야 했지만, 윤도영은 둘 다 외면했다. 흰색 승용차는 지하 회차로 쪽으로 진입했다. 지하 도로를 따라 180도 급회전을 할 때 이강란의 머리가 검은 차창에 부딪쳤다. 지하 차도를 달리는 차 안이 캄캄했다. 불과 10여 초에 불과 했지만 그들은 길고 긴 터널을 빠져나온 느낌이었다. 터널을 나왔지만 어둠은 여전했다. 차창 앞에 펼쳐진 황량한 들판과 구룡산 아래 장난감처럼 서 있는 메마른 도시 위로 먹구름이 밀려가고 있었다. 그들이 타고 있는 흰색 승용차가 마치 검은 구름을 몰고 가는 형국이었다.

"희망의 땅은 어디에도 없어요!"

윤도영의 들뜬 목소리가 천둥처럼 울려 퍼졌다. 갑자기 푸른 번개가 차창을 때렸다.

"악!"

이강란이 비명을 지르며 윤도영에게 달라붙었다. 그녀는 운전 중인 윤도영의 옆구리를 꼭 부여잡은 채 새파란 낯으로 눈물을 떨어트렸다. 윤도영의 옆구리에 비스듬히 기대어 있는 이강란의 눈물 젖은 시야로 창밖의 낮지만 검은 구름덩어리가 들어왔다.

"비가 오려나 봐요!"

이강란이 떨리는 목소리를 겨우 가다듬었다.

윤도영은 동주시를 향해 달려가는 차 안에서 낮게 깔려오는 검은

작별과 출발의 사이

구름을 바라보았다. 거세게 밀려오는 구름 파도였다. 그 속에 한 마리 이무기가 숨어 있을지도 모른다고 생각했다. 번개와 천둥을 동반한 폭우가 쏟아지고, 황톳물로 불어난 구십천 속으로 한 마리 이무기가 내려오는 모습이 알록달록하게 젖은 눈앞을 지나갔다. 빗방울이 떨어졌다. 윈도우 브러쉬를 작동시키자 오랜 세월 쌓여 있던 먼지가 빗물에 섞여 흙탕물 같은 빗금을 그었다.

  빗물로 얼룩진 차창 밖으로 누군가가 달려가고 있었다. 모래 바닥에 이무기가 묻혀 있는 구십천의 방천길을 향해 달리고 있었다.